他的红颜

的

罗天婵 著

中国文联出版社
http://www.clapnet.cn

图书在版编目（CIP）数据

他的红颜 / 罗天婵著 . -- 北京：中国文联出版社，
2016.6

ISBN 978-7-5190-1701-9

Ⅰ.①他… Ⅱ.①罗… Ⅲ.①长篇小说 - 中国 - 当代

Ⅳ.① I247.5

中国版本图书馆 CIP 数据核字 (2016) 第 143832 号

他的红颜

作　　者：罗天婵	
出 版 人：朱　庆	
终 审 人：奚耀华	复 审 人：王　军
责任编辑：刘　旭	责任校对：傅泉泽
封面设计：陈靖文　甄雯雯	责任印制：陈　晨

出版发行　中国文联出版社

地　　址：北京市朝阳区农展馆南里 10 号，100125

电　　话：010-85923043（咨询）85923000（编务）85923020（邮购）

传　　真：010-85923000（总编室），010-85923020（发行部）

网　　址：http://www.clapnet.cn　http://www.claplus.cn

E - mail：clap@clapnet.cn　　liux@clapnet.cn

印　　刷：深圳当纳利印刷有限公司

装　　订：深圳当纳利印刷有限公司

法律顾问：北京天驰君泰律师事务所徐波律师

本书如有破损、缺页、装订错误，请与本社联系调换

开　本：700×1000		1/16	
字　数：275 千字		印　张：20.75	
版　次：2016 年 6 月第 1 版		印　次：2016 年 6 月第 1 次印刷	
书　号：ISBN 978-7-5190-1701-9			
定　价：35.00 元			

本故事是杜撰，如有人物相似，纯属巧合。

人物关系表

王恒——地产大亨，一个有思想并有行动的男人，美院毕业，放弃画画直接投身地产业，成为名声显赫的地产大亨。

小鱼——省委干部的女儿，王恒的初恋，后成为王恒的妻子。

林林——王恒的红颜，舞蹈演员，因为王恒的支持成为知名影视演员，一个为爱而生的女人。

大刘——自称刘哲学家，从自己创立的富金房地产公司入股南风地产，和王恒成为地产拍档，之后与王恒从好友到反目。

剑明——王恒的助手，聪明有知识有商业头脑，是王恒从很多优秀人才中选出的副手。

燕子——南风地产公司秘书，人称古代妃子赵飞燕转世，美丽娇小，极有心机。

任总（任伟）——王恒的同学，和王一起创业，设计师，幽默加潇洒。

叶总（叶华）——王恒的同学，与王恒一同创业南风地产，也是股东之一。

赵总——小鱼爸爸的旧部下，国企负责人，一直以神秘的背景支持王恒。

小鱼爸爸——省委副书记，军人出身，有魄力的干部，待女婿王恒如亲生儿子。

小弦——财经版记者，也是为王恒写报道的高级推手。

熊健——副省长的儿子，小鱼青梅竹马的朋友。

冯之之——南风地产的员工，后成为大刘的二奶。

小芳——大刘的妻子，一个现实社会的红楼女子。

袁小弟——大刘的帮手，一个悲情的小人物。

目　录

自　序

　　他，是一个大亨，一个地产大亨。

　　这个亨，离你的生活又远又近。远，你可能一辈子也不会见到他（电视报纸上见到除外，顶级企业家圈子除外，十万分之一的飞机头等舱碰上除外）；近，他的一切信息，每天在各种媒体上电脑网络上手机微信微博上不断推送。

　　无论是精英，白领，蓝领，或屌丝，也许自己住的可能仅仅限于几十平方米或几百平方米，对于地产大亨的那点事，他的发迹，他的神秘的前妻，他的股权争斗，他的绯闻，或是他和红颜的故事，甚至包括他喜欢的运动，他穿的是什么名牌的西服，大家都会饶有兴趣地阅读。虽然内心明明也知道，阅读这些八卦故事不会让自己住的房子多出一平方米，但必须得知道，否则大家都知道我不知道岂不亏大了。越有人有兴趣，这些东东就越有人写，有些记者和写手，分析他的名，他的利，他为了理想放弃股权，是善或是傻。总之，分析他的内心世界深到骨髓里，好像清楚这位大亨的潜意识多过清楚自己。人类天生都有八卦名人的基因，也因每天手机里太多的信息强迫你接受，或是从被动到接受，慢慢变成了大家的业余爱好。

　　有时，谈论这些大亨的行为，并无目的，或者说近乎无聊，闲时手指滑一滑，在自己的微信里分享转发一下，带来一种与自己没有关系的快感或担忧，他的几个红颜是怎么成功泡上他的，其中两个是怎样被他甩得潇洒中带着忧伤和悲凉的；各种版本和传说，若认同写点好评论，不认同时一通恶语吐槽；有时觉得自己像法官，有时觉得自己好像和这大亨是亲戚，他和这些红颜的爱情故事令自己如此揪心，他喜你喜，他悲你悲。

这几十年里，中国是生产地产大亨的过去时也是现在进行时，做地产生意的十有八九堂堂正正都成了大亨，曾经一窝蜂齐齐地挤上了各种各样的富豪排行榜前一二三，风风光光，直接地把其他行业的大亨们挤到了一边。现在突然有一些互联网大亨杀上排行榜，毫不客气地注销了一批地产大亨，其实，即使没有互联网，很多地产大亨也因自己的眼光和战略失败必定从这个圈子慢慢淡出，最终不得不永远消失，不知去了何方。但，无论如何，地产大亨的故事，仍然是最吸引人的，说起这些故事，神秘又简单，大家表面上看到的是——地地地，钱钱钱，买和卖。但地和钱，买和卖的背后，商业，机遇，黑暗，血汗，秘密，当然也包括伤悲，情怀，不可割舍，也有生死爱恋。这些，都不简单。

大亨与美女，用时髦的话说，是一种互惠和因果关系的享乐主义，双方在快乐中寻找彼此，这样的故事既被一部分人羡慕，也被一部分人鄙视。无论如何，这些故事靠不上"爱情"这个圣洁的词语。但我们故事的男主人，却是一个有着某种高尚情操、有着人生特殊境界的却同样具有正常男人欲望的大亨。他和他的红颜们，有纯洁如柏拉图，有被诱惑后的心灵博弈，有美如一首山路十八弯的爱情诗，而这首爱情诗和精神有关，和灵魂有关，与物质无关。

如果喜欢这个故事，它可能会令人愉悦，反之，这仅仅是一个杜撰，让你轻轻一笑，飘过。

一、演讲背后

这个城市有海，有高楼，有钱，有很多有姿色的女人，有各式各样的故事，传奇的，惊艳的，悲伤的。

有人在这儿得到一切，有人在这儿失去一切。

城中最高的海景酒店顶层套房，三面都向着海，客厅，卧室，浴室，抬眼就可以望见那色彩随着天气和心情变幻的大海。

一个头发两侧已散露白发、身形仍然非常年轻有型的男人，站在窗边，望着下面晃眼的海景。晕，他感慨，一线海景的豪华房并不适合每个人，或者说，不适合内心不安的人。

他叫王恒，在这个城市，包括这座城市以外的很多城市，他是名人中的名人。如果中国有房地产发展史，他也一定是扉页上最闪亮的那个人。这个闪亮不是说他腰包最鼓（如果以拥有财富程度做排名，他或是倒数），但是，他的名声，传奇，惊世骇俗，是很多精英男人想成为的人，或者说很多女人想靠近的人。

女化妆师拿着化妆盒走过来："王总，开始化妆吧，今天的镁光灯会很多。"

男人化妆后才上镜头，这在过去被他认为是很"娘"的行为。第一次化妆几乎是被团队五花大绑按住才完成，并用化妆前化妆后的录像对照合力说服，他才接受了化妆。之后，只要面对镜头，他反而习惯和喜欢上了化妆，并有了依赖。现在，若有任何对外会议，他会严格按需要上妆的深浅程度要求化妆师来做这件事。

化妆师又说了一遍："可以开始了吗？"

王恒眼睛眨了一下："今天，我自己来。"

化妆师胆怯地："王总，这活我来吧，这么多年，我都没有失手过，而且，这的确是女人的活。"

王恒习惯地嘴角上扬了一下："我是盖房子的，能粉饰一座大厦，何况一张脸。"

之后他补充一句："你知道我过去是学画画的吗？"

化妆师笑着："我看过关于您所有的报道，我觉得这是一个化妆师必须做的功课。"

王恒："谢谢，今天我自己来。"

他的礼貌表情，明确含有不要再为这件小事多说什么的意思，这是他一贯的作风，无论大小事情，他说一不二。

女化妆师静静地走了。

他走到浴室的镜子前，一只手打开化妆盒，拎出一个男式粉盒，一个粉刷，身体靠近镜子前，准备往脸上补粉，扑了几下，觉得不匀，又补了一下。突然，镜子里出现了一个女人，用一种爱情褪色亲情仍在却似有许多哀怨的眼神望着他。他回头往后面望一眼，没人，一转身看着镜子，人影又在镜子里面。

他摸一下额头，发汗，急忙拧开水龙头，用冷水洗了一个脸，将化妆盒

2

一扔，似乎懒得理会脸上妆容是否达到了上镜头的效果，随便将头发往上弄了一下，硬直的头发竖了起来，头发挺着，这是他比较喜欢的一点。

他出了洗手间，走到桌子前，看了一眼演讲稿，一行大标题跳了出来——南风地产股权的未来。

他放下讲稿，张开嘴巴，嘴巴好紧，第二次张嘴，门铃响了。

王恒开门，他看到是他的两位副手同时也是合伙创业的股东叶总和任总，叶总是负责前期开发项目，任总负责全部设计。叶总操正步走进，眼光炯炯神色凝重，紧张程度貌似上台演讲的将是他而不是王恒，因为王恒的演讲稿是他弄了八个昼夜轮番作文熬出来的，一来担心王恒对稿子是否满意，二来担心演讲的内容会有什么不适引起记者的围攻。任总则玩着他一贯擅长的幽默搞笑，扯着自己的一身西装得意扬扬地："这套西装是敌傲男装（任总故意将 DIOR 翻译成敌傲），意思是表明我们今天无敌天下，傲视群英。"然后伸出左手腕秀了一下："这块百德菲利手表，二手的。"

王恒把任伟推了一把："只要你的脑袋是一手的就行，嘿，我没心思开玩笑。"

任伟做了一个委屈表情："我这不是想缓解你的情绪吗？"

门铃又响，这次是王恒的心腹、助手剑明，也是被人笑称其忠诚度高得疑似两人有"基情"的帅男。剑明进门之后，叶总和任总立即坐一边去了，二位心里明白，这是王恒最喜欢的人，只要剑明出现，他们基本可以坐在一边了。

剑明虽然已近中年，依然有型，他习惯地从王恒身后绕到胸前，帮他整理好领带，用他最喜欢的英剧台词的调调说："Master, you can do！"（主人，你一定行！）

王恒声音低沉，眼光游移："剑明，今天，我感觉不对，刚才，你知道我想起了谁？"

剑明看着王恒，跟了王恒这么多年，他有一坚韧的神经，直接问："谁？"

王恒表情飘忽，眼神像追寻那个他说的梦到的人，好久，才说出这个人的名字："是小鱼。"

剑明轻松呼出一口气，显然，他认为梦到这个女人并无特别："你们恋爱八年，夫妻八年，想起了她，也很……"

剑明最后还是吞下了下面两字"正常"，没有说出口。

王恒提出了怀疑，又像对自己说话："刚离婚那阵子，我很正常地想起过她，但我从未在夜里梦过她，今天大白天的，我居然梦见了她，而且，我肯定这不是白日做梦。"

王恒眼珠摇动，像盼望剑明给他的梦一个合理解释。

任伟一直在一边仔细倾听他们的对话，所以忍不住在一旁插了一句："白日梦不是梦，是幻觉。"

剑明白了任总一眼，觉得这时候讲笑话不合时宜，他清楚王恒今天每一根神经都是紧绷着的，担心一个字表达不准会影响他的情绪。王恒拍了一下剑明的肩膀："我要集中精神了，今天演讲，比任何一次都关键。"

剑明吹捧了一句："王总，演讲是您的强项，您常常是内心有九分，表现有十分。"

王恒表情有所轻松："别拍马屁了，这个你不擅长。"

叶总和任总四眼一对，任总悄声议论："拍马屁可是我的专项，剑明连这个也要跟我抢戏？"

叶总不接话，紧张地脱下了西装。

任总忍不住了，冲到王恒面前拍马屁："有几个记者说你那个经典的一个指头冲天一指的动作，是学英国前首相布莱尔，我却认为你是学前美国总统克林顿，又有那么一点奥巴马的味道。"

王恒打断任总："这三个经典表情加一起混着，就是一动物园里的。"

剑明端过一杯茶："好，来点实际的，您先清清嗓子吧。"

王恒清了一下嗓子，声音低沉："女士们，先生们……"

剑明含蓄地："王总，声音有点低。"

王恒又说了一遍。

剑明这下不含蓄了，直说："还是低。"

王恒还欲继续。

剑明忘记了礼貌，着急地："也许你试试这个方法，这是位唱歌剧的戴歌手曾经告诉我的一绝技，他说，有次上台前他紧张得开不了口了，就私下里对着一面墙，放开嗓子，一通大吼，非常有效果。"

王恒没等他说完，马上对墙壁放声大吼一声，两人眼神一对，效果不错啊。

这时，房门的门铃又响起。

剑明的兴奋点突然被中断，有些遗憾，一边去开门一边感叹："一定是我们的圣（剩）斗士老记。"

"喂，她有名字的，还有，你该知道剩女大部分是精品。"王恒对着剑明的背影说。

剑明侧身，做了一个电影里最常做的抱歉的手势："她不介意做圣（剩）斗士，你知道她的微博个性签名吗？是一句：'我的爱情去哪里了？'"

临开门前，剑明朝任总挤挤眼，潜台词是："她大概不用剩多久了。"

门铃又响，很明显，门外这个女人是极其爱惜时间的那一类人，连浪费几秒钟也嫌多。剑明开了门："你可真急啊。"

小弦白了他一眼，看上去她和剑明关系已经熟悉到可以向对方翻白眼，从门外走到房间十几步路她几乎是小跑的步伐，几步跑进了酒店客厅。

剑明对站在门外的两名公司请的保安说了句："你俩不需要再在这守候了，直接去会场等候我们吧。"

两名保安早已站得脚底发麻，两眼发直，听到指令，以急行军速度走出走廊。

小弦进屋没敢坐，目光关切加急切："Are you ready？ Mr 王。"

小弦知道王恒喜欢英语氛围，故意调皮地用英语问话，但口音听起来是塑料英语。

王恒做了一个手势，笑："你的英语发音进步了。"

小弦幽默地伸出两根手指头："我去牛津学习了两个星期。"

小弦是记者队伍里敢与王恒幽默对话的一个，可见两人交情。王恒喜欢严肃，与玩笑绝缘，在英伦游学几个月后豁然开朗，幽默感大增，只是，今天的事儿让他没有心情开玩笑了。

小弦扫了一眼，望了一下叶总和任总，叶总仍然目不斜视沉默着，任总一双眼睛含情脉脉地朝小弦挤了又挤。小弦狠盯他一眼，暗示任总必须正经点，不要不识时务，她显然不想把与任总有一腿恋情的事情，让大家都知道，特别让王恒知道。

小弦天性敏感，觉到了王恒的紧张，她直言了一句："王总，您今天没了那个招牌笑容。"

王恒点头："是的，我今天有点不对劲，思想和脑袋都一起开小差，无法集中。"

小弦的双眼睁着，依然是仰望与崇拜的眼神，显然，她不相信自己笔下那个永远淡定的商业天才，怎么可能会有不自信的时候。

王恒似乎读懂了她的意思："小弦，你写的地产英雄、商业天才，是你笔下描红的人物，我如果真是天才，就该有天才的预见性，今天这个事就是我自己没有预见性造成的。"

小弦这下感觉王恒不是装了，真有点没底的样子，她赶紧试着打探道："您今天的演讲内容我可以看看吗？"

小弦感觉关键时刻无须绕弯子问话的语气了。

王恒把稿子递给小弦。

小弦认真翻了一下长长的稿子，看着页码，感慨地："啊，这大概有近两小时的长度。"

王恒双手一摊："要命的是我想表达的比这些还多得多。"

叶总这一刻坐不住了，终于开腔说话："小弦，你就别打扰王总了，让他熟悉演讲稿。"

小弦眼睛向上翻了一下："问题是——？"

王恒知道小弦一贯风风火火，从不吞吞吐吐，于是，追问一句："问题是什么？"

小弦坦然地："您是董事长，代表全体股东说话，这一次的股东争斗，姓刘的，姓小刘的，姓赵的，包括在座的叶总、任总，还有剑明，对这里面的内容都认可吗？"

叶总、任总、剑明，三人齐齐举手："我们认同。"

王恒把稿子顺手一扔，丢在桌上："你们三个认同不够，我觉得小弦说了直话，我的形象，已经不是过去那个登高一挥一呼百应的人物了，现在，几个大股东不止是有微妙的变化，我闻到了火药味。"

所有人都沉默。

小弦其实早有了一个主意，只是不敢谏言，既然重要关头了："是不是，这样好？"

"什么样？"剑明语调语气急促。

小弦修长的手指拨到最后一页："是不是，只讲这一段？"

王恒精神一振，眼睛闪亮，这个想法是他刚才正在考虑的，几乎要做决定了，又似乎需要一个人解读自己的内心，或称为自己佐证。一瞬间，他感激不尽，这个全心全意地跟踪采访自己的、写了无数报道的女记者，想出了跟他内心相同叫绝的主意，这种高度默契可以称之为心有灵犀。

剑明激动得想拍一下小弦的肩膀："小弦，聪明。"

叶总一听要把他苦心撰写的演讲稿抛开，形同把他的劳动果实直接扔进垃圾桶了，还有，这是他认为多年来为王恒写稿最高水平的一次，包括结尾那些对企业的真情表达，如"一片忠心，冰心玉壶"云云，那么感人的话都要丢弃不讲。叶总真是急得想跳起来给小弦一巴掌，想把这个极度自信的老姑娘收拾一下，然后用她的家乡话说句"你算个啥子嘛！"碍于叶总内心隐隐知道小弦不但是王恒最亲近的记者，还可能是自己的好兄弟任总的私下恋人，他忍了，只好说："这么精准的演讲，变成不讲，不可理喻。"

任总不支持叶总，他也认同："我觉得不讲好，起码不让媒体逮住话柄。"

叶总觉得这屋里只有他一个人想念自己写的稿子，很孤独。

最后，演讲变成少讲，这个主意绝对是上策，因为王恒心里最清楚，这场股权争斗有太多的不确定性，这时候，大小股东都在沉默，相当于，一个将军领着一群人，而这一群人只有三人同心，其他是各怀心思的军队首领，加上一群目标不一的将士，那个阵仗，想想有多乱。

王恒整理了一下自己的乔治·阿玛尼西装，这套西装随他出征多次，让他感受到了服装与人之间的默契真的是时装设计师的灵魂。因为天性节俭，他并不随便换下它，因为觉得这件西装给自己带来的好形象，更加珍惜它，也暗自期待，今天穿着它能让记者们感觉良好。

几个人一起走向演讲会议厅，地毯上几双锃亮的皮鞋在移动，有步履紧张的，也有急促的，只有王恒的步伐像练习过一样潇洒有型，将要面对镜头了，他的明星味出来了，无论他心里多没底，他也要装。

王恒从容上了讲台，记者的眼睛像机器一样齐齐扫描他。

灯光照着讲台上的王恒，上天给了他一张像足球明星一样阳刚的五官，岁月也在他脸上刻下标准的皱纹，他的身形有很多年轻人都不常有的透过西装革履仍然若隐若现的六块腹肌，他不像富得滴油的商人（实际上的确不富也无油，与地产大亨的名声相比，他的钱包中等，这也是一个讽刺），他长得有那么一点硬派演员的味道，又比硬派演员多一种深沉，或者叫智慧。这样的气质，让他一直是媒体的宠儿，最特别的，他属于很上镜头的人，很多白领精英粉丝们只限在镜头上认识他，对他的好感也是来自镜头上的认识。

几个电视台网络视频的镜头直对着王恒的脸。

王恒嗓音比平时高："江湖有一种传说，因为这次股权争斗，我将出局南风地产的董事会主席，我今天宣布，不是我出局，是我有一个重大决定，要提交董事会，就是把南风地产交给资本市场。其实，南风地产早在两年前已经在港交所认证了上市资格，但我一直选择了不上。今天，我愿意让相对公平、没有姓氏的资本，来决定南风地产的未来。"

说到这，王恒又不自觉地做了那个一指冲天的动作：

"但是，资本市场绝不完美，有很多人甚至认为公司上市就是圈钱，也有不少上市公司让它的股民很快沦为赤贫。但这是另一种问题，对目前的南风地产而言，我不怕资本市场这个缺陷。

"最后，我正式宣布，我个人不会在这个资本市场捞一分钱，因为我一股也不要。我要讲的就是这些，还有，我不接受任何采访。"

王恒放下话筒走下讲台，迅速在保安的拥护下，出了酒店门，一瞬间坐上了他的商务车。他的讲话，前后加中间到结尾只用了几分钟，让电视台的直播机都没热起来，快得让媒体没有反应过来，他就在众人眼前消失。这场让媒体期待的大戏，开头结尾加起来就几百粒字，太少了，会场留下一大堆狂蜂浪蝶的记者，个个像得了焦虑症一样，他们没有捞到今天所期望的大礼包——爆炸大新闻。

叶总和任总出了酒店大堂，准备取车，一群记者从他们面前过去，他们二人屁股后面没有一个记者。任总幽默加遗憾地："今天我这套敌傲（dior）西装白白浪费了，没有一个镜头对过我，也没有一个记者问我。"任总耸耸肩。

叶总冷冷地："难道过去有什么记者注意过你？或者是注意过我，你穿什么也白穿？我写什么也白写。"

任总表情略有伤悲："这就是副手的悲催。"

叶总不接任总的话了，他的眼睛盯着走过来的小弦，恨恨地："今天你满意了？一群聪明男人，听一个女人……"他费了好大劲把"蠢人"没有吐出去。

任总急急拉着叶总上了自己的车，另一只眼睛对着小弦抛着媚眼，小弦不理他的媚眼，直冲冲往前。任伟上车，一边点火，一边小声劝叶总："别怪小弦，她不过是提建议，如果王恒内心没这个决定，他是不会听一个女记者的。"

叶总不吱声。

任总说话不嬉戏了，认真地："咱们跟着他一起创业，你难道不知道他的性格，只有他自己认可的决定，他才会做，别惦记你那些精彩的讲稿了，我找一财经杂志帮你当学术文章发表行吗？"

叶总叹了一口气："发表过数十次了，有什么用，他们只记得演讲人，不记得撰稿人。开车，我要睡觉。"

任总开车，叶总睡觉。好几次，任总被副驾驶旁边叶总的呼噜声吵得有点烦，推他，不醒。

任总把叶总送到家里，任总使了劲推他，他睁开眼睛，挥手下车，步履不稳进了大厦。任总马上掉头去接小弦，小弦仍然坐在酒店大堂对着电脑写稿。

任总上去扯她一下，暗示她走人，小弦上了任总的车，任总得意扬扬地："怎么样？你今天满意我的配合吗？"

小弦不表扬，笑了一下："王恒自己下的决心，我只是想法跟他一样。"

任总充满妒忌地一笑："我很酸啊，你总是这么全心全意为他服务，而且你们总是思想高度默契。"

小弦拍了一下他："我与他，手拉手也没有过，除非握手算拉手，你酸哪门子劲？"

任总搞笑地："我与王恒就差那么远，我追你，你爱理不理，他跟你手拉手也没有过，你死心塌地为他写文章当鼓手。"

小弦嘴巴歪了一下："这是我的职业，再说，因为写他，我也跟着名气上涨，回报率不错。"

任总突然温柔地："今晚我们去哪儿庆祝？"

小弦不答他的话了，扯了一下衣服："让我睡会儿。"

任总开始哼着歌曲，慢慢开着车子。

在滨海大道上，王恒和剑明坐的黑色商务车在一路飞奔，车的速度和车内人的心情相似，又快又急。王恒望了一眼车窗外闪过的灰白相间的南风地产的楼盘，内心澎湃，过去经过这里，内心充满着荣耀和骄傲，还有些许温柔；今天，同一条路，他却迷惘、无奈，一双充满血丝的眼睛，露出了从未有过的疲惫。

剑明侧眼望一下王恒，无语，沉默。

王恒打破了沉默："剑明，我曾经义无反顾一脚踏进冰河，你去拉我，而且不止一次，我居然拒绝，这种错误居然发生在我身上。"

剑明不敢点头，那样相当于说一个聪明绝顶的人却犯了一个绝不聪明的错，但是，又有谁不犯错呢？

王恒继续承认错误："我清楚记得你刚进公司一个月，就建议我修改公司章程，把公司创始人一票否决制加上去，我没有听。南风地产十几页的公司章程，大部分是企业的套话，都是些范本文本，最关键的控制权保护条款，我却把它丢了。"

剑明的语气里充满着可惜："是的，我当时提醒您，国外所有公司的创始人，都会在公司章程注明创始人有一票否决权，这个是保护创始人的永久权益，你不采用，才有了今天的危险。"

王恒一半幽默一半解嘲："我太在意自己的光辉形象了，才有了今天的不光辉。"

剑明这下反倒过来安慰他："我敢保证，如果当时你听了我的把这一条补上，你的形象可能早就不光辉了，所以说，两难。再说，你当时拒绝我的理由是，一票否决文字上显得很独裁，与你自己平时追求的那种——人类更应该有博大胸怀和人文精神不合，其实，你这个观点当时也相当说服了我，我才没有敢坚持这个事。"

王恒看着剑明，做了一个他想继续聆听的手势。

剑明得到鼓励，补充自己的观点："还有，您对股权，态度太暧昧了，其实，股权就是钱，钱这东西，没有浪漫主义可言。"

王恒点头："你说对了，对法律，我是天真里面带着艺术的浪漫。"

两人说到这，又开始无语，人无法预测未来，剑明也不能预测，只是对法律和华尔街规则比较在行而已。如果当时王恒听了他的建议，江山将永远不倒，问题是剑明没有强迫王恒补充，仅仅是建议，最后反而被王恒说服，所以，该发生的一定要发生。

车，继续在阳光灿烂的海滨大道奔驰，王恒和剑明觉得承认错误的同时必须是尽快改正错误，两人内心感觉到马上要消化不良情绪。这时，车驶入了南风地产的一处公寓小区。

剑明眼尖："王总，门口好像有很多人。"

车子以极慢的速度驶进小区保安门，门口一群拿着单反相机的记者围着一个美丽的女人闪个不停。剑明撞了一下王恒："王总，好多记者围攻林林。"

剑明说的林林，就是王恒的红颜，一个有高温爱情体质的女孩子，她让性格沉稳又有高度自我约束力和严格管理自己感情能力的超人，做了一次平凡男人。

她瘦高个儿，穿一条白色裙子，站在一群高矮胖瘦身材不同的记者队伍里，像一只孤独的白天鹅，脸色也跟裙子一样白。

记者甲问林林："昨天你发了一条支持王恒的微博，一分钟后删除，你有什么不安？"

林林假装淡定："哦，微博是我自己想要表达的东西，有时候会想着想着写了，有时候也会看着看着删了。"

记者乙："很多记者把你称为长相绝色绯闻很多但是永远不红的明星，你怎么看？"

林林眼睛眨动："是吗？我不那么在意这个。"

回答是滴水不漏，众记者甲乙丙丁同时不高兴了，脸上不快，内心都在嘀咕着，怪不得你这女孩子红不了，缺少了傻劲儿，哪个记者会喜欢说话像背书一样没有一点娱乐精神的明星呢？

安静了一两秒钟，记者的敬业精神又上来了，继续围攻。

记者丙："你对王总这次争夺股权有信心吗？"

林林听到这句一下子来了精神："这个是百分之百的信心。"

记者丙笑："这个信心是否叫意淫无敌天下？因为你认为有信心想赢就能赢？不是意淫吗？"

尖刻的问话没有让林林生气，她羞涩一笑："这个形容有点色啊？"

记者丙转过话题："你认可他对财富的态度吗？"

林林这下变成有点直肠子了："不认可，财富的态度方面，我是俗人，他是圣人，大家都知道他是地产界的超级名人，但他从没上过超级富豪排行榜，这个是你们写的啊。"

记者丙嘴巴一歪："那些新闻是财经记者的兴趣，我们娱记只关心你和他的爱情故事。"

记者丁："既然他看淡金钱名利，为什么支持你进名利第一的娱乐圈？

这是否有点假？"

大概对"假"这个字很戒备，林林马上纠正记者丁："别说他假好吗？"

预热的提问结束了，最尖锐的话题甩过来。

记者丙："有人说王总为你冲冠一怒，才出手伤了大股东华商集团的赵总，点燃了这场股权争夺战？"

林林想了一下，语气委婉："我认为不是这样，任何股份公司都有股权争斗吧。"

记者甲："你不知道？现在你已经是红颜祸水的代名词了。"

林林听了表情并不吃惊，显然已听到过这个词了。

车里的王恒看到林林无助的样子，对剑明说："我下去看看。"

剑明一把拉住王恒的手："王总，您不是台湾明星啊，那种冒着枪林弹雨去救年轻女友的故事，这标题与您不合吧。"

王恒苦笑了一下，接受了剑明的建议，对司机说："开车，今晚我只好住酒店了，去 Four Seasons（四季）酒店。"

司机一踩油门，走了。

车继续前行，刺眼的阳光照进车内，王恒扣下窗帘。

王恒无奈地感叹："这些记者，太八卦了，难道他们真的认为八卦有益健康？"

剑明："这对她实在不公平。"

王恒有点按捺不住自己的担忧："林林是一个不谙世事的女孩，谈艺术还行，对付记者，我想她今天够呛。"

剑明安慰王恒："放心，她是聪明女孩，知道怎么对付的，何况，她今后是王的女人，先学会有钢铁心肠。"

王恒意外地扭头瞪眼看着剑明："难道你也这样形容？王的什么人？"

剑明知道说漏了："我也是从记者嘴里听到，所以，以为你不反感。"

王恒其实也知道这是记者说的，他苦笑："我只是姓王，很多人把我娱乐化了，硬把这个王字扣在我身上，什么王者风范，王的情人，通通是记者给我贴的标签。"

剑明逗趣地："王总，记者也得工作啊，他们跟我们卖房子是一样的，他们卖新闻。只是，我们某天不卖房子了，他们还会卖新闻。"

王恒马上纠正："我们要盖一辈子的房子，这个事业我会做到进棺材那天。"

剑明笑了："我跟您到底。"

王恒把话题兜回林林身上："剑明，我承认自己喜欢镁光灯，从创业到成名，我一直比较喜欢与记者打交道。但是，和林林这事，实在不想别人盯着，这，是我唯一不想与媒体分享的事。"

剑明认同，点头："爱情这玩意是私人的，但你是名人中的名人，你不想它是甜点，那大家就当茶点，总之，必须是一款，你跑不掉。刚才你见识了，那些记者对林林比对你演讲更有兴趣。"

王恒苦笑："像围剿一样。"

剑明继续概括："财经媒体，关心的可能是股权争斗，但那是精英们的兴趣。普通人嘛，只会对你和林林这段情有兴趣，特别是年轻女人，不管是美丽的、普通的，抱着这个梦来这里闯世界的。我打赌，这些人一边嘴巴上八卦着，内心恨不得克隆出一批王恒，让她们来共享。"

王恒不说话了，良久，挤出一句："有句心灵鸡汤这样说的，要想人前显贵，必定背后遭罪，那种罪，那种痛，可以说成是不打麻药上手术台，生生割裂的痛，那种生不如死的撕裂。"

剑明马上安静了，语气阴沉地说："这个——我是知道的。"

王恒："你知道我痛的地方？"

剑明："是对小鱼？"

王恒点点头，眼睛有点湿度："是，还有，她爸爸，也是我爸爸。"

车子经过剑明家，剑明下了车，刚关上门，又打开车门，嘱咐王恒："你今天一定要关掉手机，不看信息，让心平静，别担心林林，我会告诉她你住Four Seasons。"

王恒关掉了手机，车继续前行，王恒有一种等待命运裁决的无奈，难掩失落——失意和失落，这么多年的意气风发使他从来忘记了的这个失落的表情，包括失落的心情，这些久违的滋味，他觉得自己有一种从未有过的孤独。

一个海边的旧别墅，远处一看别墅的凌乱，就推断出主人对房子的缺爱。这种可以望海的贴近海子的那句著名的屡用不爽的诗句——面朝大海，春暖花开——的房子，无论怎么旧，也该是有它的情调的。因为住着一对忙于为事业奋斗打拼的男女，加上他们从搬进这个别墅第一天就开始与争吵相伴，似乎没有任何闲情打理这里，因此别墅的外观上已经成了一个如同随时会被人遗弃的旧房子，与一墙之隔的干净又整洁的连排别墅拼在一起，显得异常的不协调。这个别墅的主人就是剑明和燕子。

剑明脱下西装，拎着，眼睛抬着往房子里看，步履晃悠，好像突然一下没劲了。他掏出钥匙，转动，进了门。

燕子坐在沙发上，因为她穿的衣服比较裸露，可以看见阳光照着她长长的白皙的脖颈，那是一个古代仕女图上才会有的典型的美人长脖子，纤细，被一丝丝散落的黑发点缀着。燕子过去是南风地产大楼的一个景致，她还在当秘书时，大楼里上上下下的男孩子们排队来看的美人，大家暗称赵飞燕转世来到人间的。剑明对她一见倾心，但她对剑明却没有对等的爱。剑明也知道她心里有那种恨天高的爱情故事，但他根本不介意她脑子里想什么，只要把她娶回家，从此可以相伴而眠，就足够了。所以，无论燕子怎么找剑明争吵，剑明都看成是自己娶了绝世美人必须要付出耐心的代价，所以，每次争吵都以剑明无条件退让打住。

剑明进了门，看见燕子端着一个酒杯，在客厅喝酒。

剑明马上笑眯眯地："嘿，大白天的，喝白的，太早了吧。"

燕子递过一只酒杯："不想吵架，你就来喝一杯。"

剑明马上倒了一杯，一边迎合燕子，仍然不忘记他的英式幽默："我已经忘记我们不吵架是哪一天了，去年，前年，或更早。"

燕子显然不为他的幽默所动，急着打听："如果你直播一下王恒演讲的情形，我今天就破例，不找你吵。"

剑明把酒杯一举："你想听什么呢？来来去去只讲了一百多个字，你上网看见新闻了吧。"

燕子表情严肃："是的，今天公司总部，各大子公司，孙公司，都乱了阵脚，猜测，热炒，谁赢谁输，都发酵了。前两年，公司在港交所取得上市资格时，我们小股东差点放炮庆祝，眼见股份变钞票了，他却放弃上市。现在资本市场这么差，很多地产股上市就跌破发行价，他却一个人宣布上市，而且自己宣布不要一毛股份，这是一场什么诡异的游戏？"

剑明坦然一笑："没有一点诡异，他这人就像一个透明的玻璃工厂。"

燕子顶他一句："他如果人格真的像透明玻璃，会有今天的成功？一个人要成功，没有阴谋是假的。"

剑明吞下一口酒："你别乱猜，总之，我怎么走，你怎么跟。"

燕子表示不悦："哪条法律规定我们夫妻一定得步调完全一致？我虽然是小股东，我有我自己的主意。"

剑明看到燕子的对立情绪，更感觉现在股东之间的确如王恒所言，各怀心思，所以他更庆幸今天王恒演讲的内容是没有明确表态："燕子，听你这么一说，我更觉得今天的演讲变成不讲，是明智的。"

燕子饶有兴趣地："今天这事，谁出的主意？你？"

剑明笑："你知道，我从来没有即兴的 idea。"

燕子眼睛眨巴一下："王恒自己决定的？"

剑明抿嘴点点头："应该是王总自己的内心早有主意，但他需要人佐证他的决定，小弦恰恰也出了这个主意，很巧，他们想法相同。"

燕子笑了："我也猜测是她的功劳。"

剑明很感慨地："不能否认，她是才女。"

燕子听了这个肯定，之前一直四平八稳地坐在沙发上，突然"吱吱"扭了一下腰："才女？她只是一个吹鼓手而已，王恒成为地产界风云头号人物，什么精神领袖，她那么有文化，难道不知道'领袖'这个词是要来解放人类让世界变得美好的人才用得上的词吗？动不动就用'地产领袖'赞扬他，请问王恒这个领袖解放了谁？谁都知道地产生意是充满血腥味的，没有小弦这个吹风机吹，王恒的名气绝对没这么大也没这么好，她联合了很多财经记者一起当推手的，把这人神化了，成了男神。"

剑明不想反驳她，"嗯"了一声。

燕子继续扭转着细腰："你看王恒对林林的态度，不就一个坐五奔六的老大款爱年轻美女啥的，难道你也认同'黄昏恋'配得上什么'领袖人物'的行为吗？"

　　剑明继续附和着："嗯。"

　　燕子眼见剑明哑巴了，更来了劲儿："他这个泡女演员的行为，很负面，没有一点正能量。"

　　剑明回敬燕子一句："其实，有很多地产界大享私下爱好整几个美女，那叫玩。王总这么坦诚，这么真，这才叫真爱。"

　　燕子还想继续说什么——

　　剑明像发现了秘密："你讨厌小弦啊？"

　　燕子嘴巴歪了一下："我觉得她有野心，她第一次采访王恒，我就暗示她，王总不近女色，也不近美色，只近绝色。她不听，拼命写吹王恒的文章，终于取得了相当的地位。"

　　剑明问："什么地位？"

　　燕子神秘地眨眼："可以不敲门进王总办公室。"

　　燕子没敢说，过去那可只有我燕子才有这个权利。

　　剑明却不在意这个："王恒那么平易近人，这个算得了什么。"

　　燕子继续议论着小弦："我觉得，小弦对王恒的情感像那个有名的老徐导演加主演的电影里的女人。"

　　其实是剑明和燕子一起看过的电影，茨威格的小说改编的电影，他问："你说的是《一个陌生女人的来信》？"

　　燕子会意地点头："一个女人，内心无比仰慕地深爱着一个男人，而这个男人一点也不知情，我敢担保王恒一点不知情小弦的暗恋。"

　　剑明不苟同："暗恋是感情的一种，谁都有这个权利。"

燕子不吱声了。

剑明看到燕子这么病态地挖苦小弦，把世界名著都联想上了，他终于八卦了一次："嘿，我告诉你吧，小弦有主了。"

燕子来了劲头："谁？"

剑明指指燕子的鼻子："这是没有公开的事，你知道任总离婚后一直单着，小弦也是大龄了，他俩是一对了，没有公开。"

燕子恍然大悟："我说任总怎么最近节制了，不再对公司其他女人抛媚眼了，原来他跟小弦好上了。"

剑明又提醒一次："公司风波过去之后，他们也许会公开的，现在你保密。"

燕子声音增大："这女人长相平常，厉害，一边挂着任总，一边成了王恒的核心朋友。"

关于小弦说了这么久话题，剑明仿佛嗅到了妒忌，他很想说，女人就爱妒忌，即使自己国色天香，也会对普通长相的女人产生妒忌。但他不敢说，他知道，这句话一说，一场战争就会打响，结婚多年，他多次在战争的黎明前止住，这是他的相处之道。

剑明靠近燕子，坐在沙发上，拉了一下她的手，那是一双可以做手模的美丽无比的手。他在燕子手上吻了一下，非常温柔地："来，庆祝我们今天没有吵架。"

燕子表扬了一下："你没白在英国留学几年，这个礼仪你做得最有味道。"

剑明眼神开始迷离："那，lady，我今晚可以邀请你上床了吗？"

这个"邀请"二字是燕子第一次和他上床时开玩笑的词，所以，剑明现在只要想有亲密关系，就说这两个字。

燕子眼睛白了他一眼："你报告过没？"

　　剑明认真地："我已经请示过几次了，再不做一次，我都要忘记自己是个男人了？"

　　燕子眼睛一翻："好吧，看在你今天诚实的分上。"

　　剑明三步两步去了浴室，高兴地哼着英文歌曲——"我永远在那里等待"，这是他高兴时唱的歌。他今天发自内心地高兴两人没有吵架，他对爱情的要求如此之低，是所有朋友们的笑话。在这个很多美女随时招手停的时尚城市，剑明却始终情有独钟地爱着常常虐待自己的妻子燕子，不但从未有过婚外情，连心外幽情也未曾有过。虽然两人承认说两人之间是错爱，但他一点也不想纠正这个错爱。

　　整个晚上，剑明享受了一次很久以来没有的温柔，这对于夫妻之间来说最平常的事，对剑明来说是一种奢侈。这不知道是悲哀还是喜悦，反正剑明看成自己的福利，很高兴的，他认为福利应该是偶尔有，如果常常有，怎么能叫作福利呢？

　　这种一方享受被虐，一方愿意出招的关系，也不乏为幸福夫妻的一种。

　　第二天，剑明早上就去海里游了半小时，蛙泳、蝶泳、自由泳，没有人看他表演，他自动表演的，这是他很久以来未能做的事情。昨晚与燕子的一夜温情让他短暂忘记王恒的困惑，他觉得自己有一种久违的幸福感。

　　上岸了，他朝自己的别墅区走过去，突然，他看见一个熟人靠在一辆路虎越野车上，朝他笑着。剑明熟悉那种笑，他暗地里形容为：二笑二笑，就是那种笑容里有笑容的笑。这人最惹人注意的还有那个大鼻子，鼻子占了他三分之一的脸。他是大刘，一个只有高中文化程度却自封哲学家的人，他是公司大股东，也是这次争斗事件的始作俑者。剑明非常不喜欢这人，大刘平时从不一个人出现，通常有一两个跟班，一般说来，只有在办大事时，他才会不带马仔和跟班。剑明并不纳闷，王恒刚刚演讲完，一定会有人排队来找自己，只是大刘第一个来找自己，有点意外。

看来大刘已来了一阵子了，大刘站的位置左脚旁边放着一个巨大的农村大叔才用的麻布编织袋，与他锃亮的越野车和身上那套名牌西装衬在一起贫富悬殊极大。他热情地迎上来说："我差点就走了，还好等到你。"

剑明："刘总，说这话，too much，我们没有那么亲密吧。"

大刘二话不说，将麻袋拖过来，打开，给剑明看，剑明看见是一麻袋的红红的人民币。

大刘特意从中间找出一捆黑色的票子，强调说："这一捆是美刀。"

剑明目测最起码五万以上，一愣："这是什么意思？"

大刘二笑了一下："这是给你的。"

剑明吓一跳："给我？无功收什么礼？"

大刘并不掩饰："直白一点说，请你帮我一把。"

剑明打起精神："如何帮你？"

大刘收起笑容："我要你站我这一队。"

剑明严肃地："虽然我没有高尚到视金钱如粪土的境界，但用钱收买对王恒的背叛，这不可能。"说完之后，再补充一句"绝不可能"。

大刘马上接茬："这绝对有可能，而且不要你一人站，还要拉上燕子，你想想，连赵总也倒戈王恒了，如果再加上你和燕子，我们就是一条心了。"

剑明哈哈一笑："刘总，你忘了我学财务的？我早已估价我与王恒的忠诚值多少价。"

大刘一听这话，心想这小子平日里装得多真诚，原来早已估价了，他问剑明："值多少？"

剑明靠近大刘："无价。"

说完又踢了一下麻袋的钱："所以，这一招，对我没用。"

大刘狡猾地一笑，也踢了一下麻袋："不完全凭这个，还凭跟你说一个秘密。"

剑明并不想听，急着转身："既然是秘密，就 keep（保持）。"

大刘拉住剑明："这个秘密，与燕子有关。"

剑明停住了脚步："即使这个秘密与燕子有关，你在这个微妙的时候来说，也不道德，你快走吧，please（请）。"

剑明一急，就用英语表达自己的意思。

大刘用眼睛望了一眼屋内："好，钱，你留下，秘密，你自己去问。"

剑明还没反应过来，大刘开着车"吱"一声长叫，车开走了。

剑明无奈地看着麻袋，很久，他摇摇头，一个人使劲将麻袋扛进门，把门"嘭"一声，带上了。

燕子听见进门声，头也没抬，但声音较往常甜美很多："回来了。"

剑明惊讶地发现燕子在为自己做早餐，这是好久以来没有发生的情景，上一次她为自己做早餐，大概可以追溯到半年前。显然是久疏操练，动作欠麻利，两个煎鸡蛋在锅里要着火一样，她捂着半边脸好像怕火烧着，一边用铲子翻鸡蛋一边说："快来帮忙，我觉得这火能把我烧了。"

剑明冲过去把炉子的火灭了，燕子看了一眼锅中黑黄的鸡蛋，感叹地："我太不擅长下厨了，想做一个早餐都不成功，看来我永远做不了贤妻。"

剑明有点生气，语气含少许不耐烦："是的，当贤妻，太委屈你了。"

燕子感觉口气不对味："喂，我今天一大早给你做早餐，你就这态度？你一大早跟谁打架了，眼光拉仇恨一样。"

剑明一听"拉仇恨"这种网络语言，不顺耳："麻烦你不要用网络语言，仇恨是拉的吗？"

燕子奇怪地看了剑明一眼："你怎么和昨天比，像突然变了一个人，嘿，这是什么？"

燕子突然看见了麻袋，她走近看了一眼打开的麻袋，吓了一跳："这么多钱？谁送的？"

剑明白了一眼："大刘。"

燕子马上明白了："他要唱哪出戏？（指大刘）要你联手对抗王恒？"

剑明没有回答。

燕子靠近剑明，用久违的嗲声嗲气："你不想——把握这一机会，增高自己的筹码。"

剑明看了她一眼："我从来没有想过什么筹码，我满意我的位置。"

燕子很复杂地叹气一声："你内心从来没有一点点野心？难道王的时代是永远的？你没有想过一点点属于你自己的时代？"

剑明可以说怒目圆睁，看着燕子："千万别这样想，这种念头即使是一闪，也很可怕。"

燕子装着轻松地："有什么可怕？你的学历、人格、眼光，哪一个比他弱？你只差野心。"

剑明认真地，几乎一字一句："我和他，差的就是眼光，我的眼光最多是执行他的布局，他的眼光却预测未来。"

燕子听了，表情很失望，感叹地："你真的是愿意做太子阿斗，这是我的悲哀。"

剑明严肃地一字一句："我不是阿斗，只是忠诚，除非，他某天授权予我，我才会取而代之。背叛的事，我绝不会做，你千万别古装戏看多了，把那些宫廷阴谋上位的事拉到生活中来。"

燕子声音一下子从嗲声上升到了叫嚷："我没有想背叛，我是想得到我们能得到的东西，这次是一个机会。"

剑明突然问："刚才我听到大刘说的，关于王恒的秘密，你觉得是指什么？"

剑明一刹那把话拉回来。

燕子内心惊讶，装得淡定："秘密，他当然有，他如果没有秘密，能有今天？"

剑明紧接着追问："刘总好像指的是你和王恒有的——秘密？"

燕子声音突然颤颤的："与我？"

她说"我"字的时候，小嘴巴张了好久没有合上，表情里的复杂足够让剑明相信燕子有大刘说的这个惊人秘密，他越发想打探到底了。

剑明长吐一口气："你说吧，你知道我的承受力。"

燕子像是在极力回忆过去的什么事，又像在过滤什么东西，大部分像编，又似乎有一点点真："太多年了，我原以为，这件事永远不会被人提起。"

燕子说了开场白，不说了，看着剑明，剑明回望她："继续说啊。"

燕子拿头发上的一个小夹子夹了一下头发，欲言，又止住，再把夹子松了，让头发"滑一下"溜下来。燕子做了几次这个动作，最后像下了决心，咬牙道："我其实也有很多次想说给你听，只是，每一次都被打断，我理解为你并不想知道。"

剑明急眼了："到底是什么？"

燕子在剑明面前第一次表情软软的："如果说出来，也许我们的婚姻就完蛋了。"

剑明更急了:"快说。"

燕子刚想张嘴,又提出了说出来的条件:"我只说三句话,而且你从今以后不能再问任何细节,一次过,同意吗?"

剑明肯定地点点头。

燕子躲开剑明的眼睛,用低得不能再低的声音道出:"十几年前,我们还没结婚前,我和王恒,有过一次一夜情,双方都是无意识的酒后行为。"

即使燕子的声音像蚊子一样嗡嗡的,剑明仍然听得没漏一个字,可以说十分清楚。也许刚才没吃东西游泳原本耗了太多体力,听到这些他差点没站住,整个人瘫软下来,眼睛和脚底都有什么东西在摇晃,或是动荡,他脸色苍白,嘴唇发青。燕子被迫道出的这个秘密,令他觉得太苦了,太痛了,他的生命里两个让他最深爱的人,有这样刺穿他心脏的秘密,一时间,他竟然忘记自主呼吸了,有了窒息感。

燕子这一边也是,觉得终于倒出了这十几粒字但足有千斤痛的秘密,内心也慌作一团。她好久也不敢望剑明,只敢偷偷用余光扫他一眼又迅速把眼光移开。她大概早已预测过这件事的伤害度,所以,她只是策略性地仅仅只说了这个秘密的冰山一角,对于整个事情的完整秘密,她怎么会怎么敢全盘道出呢?即使是夫妻,也有永远说不得的东西,升格地说也叫"阴谋",如果全部说出来,对任何人,不是伤害,而是毁灭。她是绝顶聪明的女子,她知道一个尺度,为了把这个伤害减到最低的尺度,那段完整的秘密,她只能记在心里,带到棺材里,她差一点觉得自己今天灵魂都要出窍了。

剑明好久好久缓过气来,从情绪差点失控回到正常,也像是从另一个世界突然回到现实,这时才记得看一眼燕子,恍然发现燕子这时像一个灵魂游走在往事里的躯壳，眼神像飞出了眼前的世界，那种一贯强势的骄傲的头，很低很低，低到埋在乌云一样散乱的黑发里，那个小小的身躯像承受着巨山一样的压顶的压力，这个压力像瞬间要把她揉碎一样。剑明看着心一下子软了，反而一种莫名的内疚涌上来。是的，秘密，这个东西说大也是天大，说小也可以是很小，自己婚前也和两个女孩子恋爱过，也有过性那种事；特别燕子强调是婚前，而且是醉酒后，这也并不是什么逆天的行为，也就是男女之间那点酒后原始冲动。既然自己这么深爱她，又是夫妻多年，就原谅她吧。只是，对王恒，他一直认为那么高高在上的圣人，竟然……他不愿意再想了。

剑明语气开始柔和了："来，我们吃饭吧。"

燕子慢慢把头从乌发里抬起，眼神仍然飘忽着，好像找不到依靠，她解下自己的围裙："我想，洗一个澡。"

燕子低头走出客厅，自己进了洗澡间，拧开淋浴龙头，竟然忘记了把龙头对准热水方向，冰冷的水突然洒过来，她打了一连串冷战，立即往热水方向拧，渐渐，热水冲在身上，缓解了她的紧张。她开始一边沐浴一边想心事，自己刚才说的事，虽然今天是被逼着说出来的，也许这是命运，命运决定自己在这个时候道出部分真相；从自己说的尺度方面，她认为把握得很好，既解脱了一部分自己内心那个沉甸甸的秘密，巧妙地攻击了一下王恒的圣人形象，在这次股权纷争的事件里，可以影响剑明的一些态度，因为这个事情他不再那么死心塌地护他了。至于，自己到底是支持？还是背叛王恒，她可以观望，哪一样，更符合自己的利益呢？

关于剑明是否可以某一天，对王恒趁机取而代之，这里面就是关乎阴谋和野心的成功与否了，自己再怎么设计和幻想也无用，应该让剑明自己决定。结婚这么多年，她一直控制他的一言一行，公司管理已经透明了，但她仍嫌不够，回家后常常要剑明汇报他在公司与王恒的所有对话，然后，她在内心探讨和分析王恒会否某一天交权给剑明。

她关好水龙头，穿着浴袍走到客厅，想上楼换衣服去上班，突然发现剑明仍然坐在客厅里，一动不动，如一尊雕像，桌子上的手机响个不停，他也不接听，显然，刚才说的事并没有让他真正平静。

的确，剑明此刻，头如乌云压顶，心如乱云飞渡。

燕子觉得事情不妙，她必须做点什么，她走过去，深呼吸一下："剑明，刚才说的事，我知道你受了刺激，我也是，但是，我们的生活还得继续不是吗？"

剑明不说话，燕子又说："我们都是成年人，这事希望你看得开点，不要让一次醉酒行为断了我们的一生。"

剑明点点头。

燕子喃喃地："这些年，你对王恒，像对偶像，又像对兄长、挚友，好像你的灵魂，都依托在他身上，但他不是圣人。"

燕子说完了，又加了一句："你或许也该有自己的独立人格了，无论你曾经怎么崇拜一个圣人。"

燕子最后一句话，让剑明内心着实一怔，其实，他认为，自己一直是有独立人格的。

阳光照着偌大的客厅，客厅是清一色的灰色，这个酒店套房是王恒常常包下来开重要通宵会议时用的，因为有王恒喜欢的朴素的徽式风格，客厅唯一的摆设只有一幅画。王恒一边喝咖啡，一边看报，人生有了太多的故事之后，他偶尔也想做到一种超脱，就是把自己的新闻和绯闻也当别人的新闻来围观。

几份不同的报纸，标题与网上大致一样："南凤地产股权争斗升级""王

29

恒与亦敌亦友的潮汕帮大刘鹿死谁手""地产大亨为美女引江山震荡"。

王恒没有太在意这些媒体对自己的议论，他的工作和生活既精彩又压力山大，他必须学会选择在乎什么，不在乎什么，所以，他经常选择忽略某些事情，并会经常在自己的记忆里按时清理不良记录，记下美好，忘记不快。

他想联系剑明，交流下一步的计划，之前他打过一次电话了，他再次拨打手机，又拨了一次重复键拨打剑明的手机，回答仍然是："您拨的用户暂时未能接通。"

王恒自言自语："这个剑明，发生了什么事？难道睡过头了？"

王恒没有往剑明家打电话，因为南风地产的企业文化是尊重员工隐私，其中一条是不使用家庭电话，即使他与剑明亲如兄弟，他也不打剑明家里的电话。

王恒拨了公司秘书的电话："小宋吗？剑明的手机打不通啊。"

宋秘书："是的，王总，我们今天都联系不到他，包括燕子，两人都不接电话。"

王恒："哦。"

宋秘书："王总不用担心，马上会有消息的。"

王恒放下手机，眉头皱了一下，显然他比秘书想得复杂，一个从来不会因任何事耽误一秒钟接他电话的人，包括出国时差也不迟缓地接听他的电话的一个人，今天这么长时间不接电话？不回短信？到底发生了什么？王恒一贯心胸很大，并不像人们说的成功男人都有多疑性格，他从不多疑，也从不猜测别人的心思，但今天，他还是多想了一下，到底发生了什么事？

这时，酒店电话响了。

王恒只听到对方"hi"一下，知道是林林，表情立即温柔起来："hi,

你昨天晚上为何没有来酒店？"

林林停顿一下，调整自己着急的语气："你知道吗，昨天我以一对十，应付了一堆记者，而且问题八卦得要命。"

王恒想说我看见了，又改口："哈，问了些什么？"

林林假装平静："还不是那些车轱辘话，不愉快的，我选择不记住。"

王恒听了不说话了。

林林轻轻问："嘿，怎么不说话？"

王恒轻轻叹了口气："有点心疼你，而且，你要知道，这可能只是开始，今后还有更猛的。"

林林幽默地："你知道，我跟你一样能对付镁光灯，好的坏的都行，当灯光变得刺眼，我却享受它的光芒。"

王恒笑了："你真的这样认为？"

林林语气在轻松和得意之间："这是我们——爱的成本，不是吗？"

王恒把电话换一个耳朵听："你认为值吗？"

林林大笑："超——值。"

王恒终于相信了。

林林马上说："还有，我今天决定不过来了。"

王恒嘴巴不说，内心感谢林林总是做出跟自己内心想法相同的决定，这大概就是那种亲密恋人之间的左手和右手一样自如配合的默契。

王恒对着电话点点头，好像林林站在对面一样："你不来也好，昨天的事，只是一场暴风雨的前奏，我要看的文件太多了，一宵没睡，时间仍然觉得不够用啊。"

林林又低声补充一句："如果这个时候我们双双对对，只会增加更多话题，让股权争斗这个事，变成了那些什么'为美人忘记江山'的无聊话题。这种时候，我得低了又低，低到尘埃里，做一颗看不见的小尘埃，这样，就没有人把我们的事情放大了。"

王恒用英语说："You always understand me（你总是这样理解我）。"

林林学着说台词的腔调："有时候，并不是正义一定会胜，邪恶就一定败，好人永远打败坏人——"

王恒被林林逗笑了："我是好人吗？"

林林甜蜜地："岂止好人，是巨人，在我眼里。"

王恒开心了："这就足够了。"

王恒放下了电话。

他坐了很久，从包里拿出烟盒，抽了一支，抽一口，呛了，他已很多年不抽了，他并不喜欢这个，只是觉得有时抽一支会让自己镇定。

这时，手机"吱"一声，他以为是短信，一看，是腾讯的海外新闻跳了出来：纽约"寂寞画廊"华裔女画家Fish陈，一幅名叫"陶瓷女人"的油画卖出高价。

王恒愣了一愣，点击进入，新闻的照片很大很清晰，没错，是她，这位被叫作Fish陈的女画家就是他的前妻小鱼，演讲前突然想起的女人。

新闻简单，字数不多，内容大约是：

"寂寞画廊"寂寞经营十年，一直清淡清闲，作品鲜有卖出，但该画廊一直坚持画家无名作品一流的固执和执着，让画廊在众多先后关闭的画廊中始终坚强支撑，中间的酸楚和困难足以让人放弃和关门多次，画家和经营者Fish陈本人却无比坚定："本画廊经营十年，大门洞开，无论是坐房车来的富豪，还是衣裳不鲜的无名艺术家，本店一律厚礼相待，入廊者皆赠薄礼一份。"

一直以来，画廊经营情况是富豪极少而不知名艺术家居多，但画廊多次获得了艺术家杂志社每个年度评选的"寂寞画廊永远寂寞"的美评。

　　这次却意外被富豪垂青，Fish 陈这幅《陶瓷女人》据说画风独立之外，意喻也很唯美，暗示女人如果把自己视为"陶瓷"，男人就会把你小心翼翼捧在手里当作"陶瓷"珍爱。据说画的意境让收藏家詹姆斯青睐，詹姆斯决定将这幅画送给自己挚爱的夫人丽丽。

　　最后一句是："女画家 Fish 陈一举成名。"

　　王恒一口气看完新闻，深深抽了一口气，从内心讲，他为这个只有需要时才偶有联络的前妻小鱼惊喜和意外，也意外小鱼有如此天赋，当然，惊讶之中难保有一丝丝怅然，因为这个画廊的资金全部来自于王恒的腰包，但小鱼并未就此说过一句"thank you"。他知道，她从未原谅他，他想了一下，她怎么可能原谅他呢？爱，有时是没"原谅"这个词的，尽管文学大师和心灵鸡汤写手都共同倡导"爱怎能没有宽恕"，但是，"宽恕"与"原谅"仍然有不同之处，他这样认为。

　　王恒是不喜欢回忆的，他，甚至也从来不回忆过去，因为他个性里有一种永远把昨天甩到脑后的不羁，他喜欢随时随地地拥抱明天的太阳。但这一刻，过去的，尘封在岁月里面的，那些人，那些事，那些与他有过感情纠缠的女性，像潮水一样冲上来，触及了那个潜伏在记忆海底深处最弱的东西。不管他愿意不愿意，一种被迫地回忆过去的劲儿直往上冒，越是拒绝，记忆越是拼命上升，而且越来越强烈和清晰——这时，他机器般像回忆一部旧电影一样，从青春开始，到自己的苦涩奋斗，完美的童话婚姻到痛苦分手，事业带来的第一次镁光灯闪烁，很多，很多……

二、好风凭借力

青春并不都是美妙的，从南方知名美院毕业的王恒经历了学画的苦与疯狂，爱情的纠结，同学之间争强好胜的友谊，幻想与现实的焦虑，总之，是毕业了。

庆幸美院里南国特色的红墙绿瓦、宽敞的画室让他专心学业和沉稳下来，也让一个想迅速走进未来去闯世界的理想主义者有了安心学习的大学四年，然而，马上是一个选择在眼前。

离校的前几日，王恒走进系主任孙老师的办公室。

孙老师上下打量他一番："你拒绝了留校？拒绝了这个名声跟教学都一流的学院，油画系的老师，多少人，多少学生，对这个，心向往之，这是本省美术的最高殿堂，你懂吗？小子。"

王恒沉默好久，终于开口："孙老师，我评估了自己，画画只算是刻苦，不算特别有天赋，还有，中国是出不了凡·高和毕加索的，我们东方人没有西方人天生的画油画的思维和功能。"

孙老师眼睛瞪着："思维？功能？我们中国人没有？现在两位姓陈的油

画家在美国都出大名了,都是凭油画扬名海外的,你不想成为他们那样?还有,我敢打赌,就算你学的是国画,成了当代张大千,你也会想去经商的。这股九二南风,吹得太猛了,不要以为美院的红墙高,不知外面的南风,我天天看报,知道这阵风把很多人刮海里去了。"

王恒独自笑了。

孙老师莫名其妙:"你笑什么?"

王恒眼睛直直地看关心自己的孙老师:"老师,如果我自己有信心或者有人能担保我日后成为张大千,我一定会放弃一切,与画为生。"

孙老师有些恨铁不成钢地感慨:"你自己都没信心,谁又能担保你成为任何人?我只知道画界一定是少了一个天才,一个人扼杀自己的天赋,是非常可惜的,我替你惋惜。当然,你在商界也可能成为一个奇才,也许我思想不够时髦,但也明白现在学画不是什么特别的新浪潮时代,经商,现在可能是一个特别的浪潮。"

停了一会儿,孙老师又继续说:"学校里也有年轻教师热血沸腾地要下海,这股南风让不少人去海里游了,扑腾几下吧,我保证有一半人,甚至不止一半,一大半,得淹死。"

王恒一个劲点头,他想让恩师出够气。

孙老师又问:"听说跟你走的同学中还有任伟、叶华。"

孙老师记性好,记得每一个同学的名字,其实任伟是工艺美术系的,叶华是雕塑系的。

王恒点头,然后补充道:"他们并不是那么喜欢下海,任伟没找到工作,叶华不想去文博院,太闲了。"

王恒的意思不是自己煽风点火的。

孙老师一副悔恨难填的表情，做了一个请"走"的动作。

王恒仍然没有走。

孙老师表情差不多撵人了："你怎么还不走？"

王恒一贯胆子大，说话不喜欢拐弯，直说："我可以推荐小鱼来你的油画系接替我当老师吗？"

孙老师嘴巴歪歪："她，她画画没有任何天赋。"

王恒显然不同意这种说法："没有任何天赋？她也是千军万马的考生中考进这里的。"

孙老师迟疑一秒："喂，你是真不知道，还是假不知道。"

王恒不懂地："什么？我知道什么？"

孙老师对回忆显然是烦躁但克制着："小鱼她爸爸坚信女儿是画画天才，一个省委大干部，为了证明女儿是画画天才，像一个普通人把她三岁时画的画也拎到了系主任面前，说得老泪纵横，最后多了一个名额，小鱼才进这个学院的。这里凭才华进来的，只有几个学生，你是最好的。"

王恒一时语塞，不说话了。

孙老师幽默中带点挖苦："她想来这里当老师的话，她那位大干部爸爸一定会把她这几年获奖的作品拿来给学院看的。"说完又补充一句："谁知道那些获奖的作品是不是企业买下的。"

孙老师看着王恒不走，内心奢望他会改变主意，又温情地说："真正有才华的只有你一个，用我的眼光看。"

孙老师眼睛都湿了，希望这句话打动王恒，王恒还是没有回答他，收起袋子离开了。

王恒难过地出了孙主任办公室，可能心情复杂，出门一脚踏空，他狠狠地摔了一跟头，他立马站起来四周望了一下，还好，同学们都在难舍难分地写临别赠言，没有人在意他的狼狈。他无意中抬头，望着油画系办公室楼上，窗台上孙老师用一种不舍的表情看着他，一瞬间，他差点产生了想回去跟孙老师谈留下来的事儿的冲动。这时，犟强的孙老师在窗口处无奈地做了一下"离开"的手势，王恒这一下真的怏怏走了。

突然，他被同学叶华拉住了。

叶华像姑娘一样眼泛泪光："王恒，你得帮我一下，那个任伟，太缺德了。"

王恒没有来得及张口问什么事，就被叶华半拉半拖到相互写临别留念的人堆中间。

叶华控诉任伟："王恒，你看看，任伟给我的留言是：'20年后你又是一条好汉'，你说，留言旁边还画一背着牌子的人跪着，他这不是咒我吃枪子吗？要分别了，下这样的恶咒。"

叶华这会儿都不想提两人同学关系那么好，这样损他，近乎残忍。

任伟一贯喜欢把玩笑开到天边，别人认为伤人，他不觉得伤："谁叫你平时总是语不惊人死不休呢？何况，你给我的临别赠言也是咒语。"

任伟把自己的留言簿秀给王恒看，叶华这样写的："任同学，爱情苦海无边，回头是岸，若不回头，永留苦海。"

任伟气得像要掉下热泪："这不咒我爱情一生失败吗？其实，我也就大学四年失败四次，而已。"

叶华语气里充满怜悯："我劝你有错吗？谁不知道你暗恋小鱼四年了，从不敢吱声，连个表白的勇气都没有，毕业了，要你回头，有错吗？"

王恒不敢吱声，紧紧捂住手里的留言簿。

同学们起哄要看王恒的留言本，王恒不肯，他们一齐按着他抢，王恒缴

37

械了。

任伟翻了好久，终于看见了秘密，他大声地用颇具喜感的陕西普通话朗诵英语诗歌：

> I can cross the sea. （我能穿过海洋）
>
> I can climb the mountain. （我能登上高山）
>
> Just to see you one eye, （只为看你一眼）
>
> My beloved girl. （我心爱的姑娘）

任伟拼命打探："啊哈哈，老实坦白，这样的情诗，是写给谁啊。"任伟内心已在猜测王恒可能是写给小鱼的，就是不愿意面对这个残酷现实，故意问个水落石出。

叶华的眼睛只有白没有黑地向上翻着对着任伟，言语充满妒忌："当然是写给小鱼同学的。"

其实，任伟同学也知道叶华心里对小鱼有暗恋成分，只是叶华木讷，更不敢表白。

大家集体不吱声了，虽然大学四年大家都若隐若现捕捉到王恒与小鱼是有爱情的那个意思，但两人从未在同学面前承认这种关系。美术学院是男生世界，一个系就十几个女的，一个班更少，大概是5∶1的比例，长相好与不好的女同学都是鲜花，小鱼更是花王。男同学都非常不喜欢王恒这种过分深藏不露的性格，也暗暗痛恨他独占着他们共同喜欢的高干女儿小鱼，在那个没有富商的年代，高干女儿，差不多就是公主。每一个男同学都有泡这个公主的非分之想，但他们之间没人能写得出王恒这样的情诗，还是英文的。

任伟眼珠子翻腾了半天，突然大声说："这首诗是抄的，一定是抄的，我好像读过，我确定，你用抄的诗写情诗，不地道。"

王恒淡定地说："是抄的。"

任伟一看王恒承认抄的，反而语气蔫了："哦，那我没什么说的了。"

王恒接着补充道："还有，这不是诗，是一首旧英国情歌。"

大家不再说什么了，临别赠言也有些不愉快地结束了，各自往自己的宿舍走。其实，任伟和叶华也内心恨恨的，他俩都要跟这个抢了他们暗恋的系花小鱼的人，去干事业了。

其实，在这个时候，王恒没有心情和男同学们讨论这个暗恋和明恋的事儿，满脑子仍然是孙老师那个不舍的表情，那个令他感如恩人的眼神，他挥之不去，感染着他，让他惆怅无比。也许，一位老师对他不好很容易让他忘掉，孙老师对他太好却让他难过。

晚上，他在宿舍里怎么也睡不着，他睡宿舍上床，好挤，好热，他跳下床出去洗了一个冷水澡。

任伟本来就不高兴王恒能恋上小鱼，今天挑明了，更不高兴了，他不敢警告王恒，因为知道自己要跟他创业，他没准是自己一辈子的头了。他只好压着仇恨，提醒王恒："上床的，大半夜的，你已经洗了两次澡了，我记着。"

王恒没好气回答他："下床的，明天离校没得洗了，得铭记一下，在学校厕所里洗冷水澡的味道，真的是又臭又冷。"

任伟不搭他话了，很快传出呼噜声，清楚知道自己暗恋了四年的小鱼被上床这一位捞到手了，他也索性死了心，睡觉也实在了。

这一宵，王恒反而是纠结、难舍、煎熬。

第二天，王恒拎着包包，看着美院的门，看到校外的很多林林总总的小画廊，眼前闪过自己在这四年里的劳作，自己这些年的学费也是在这些画廊里挣出来的，他临摹过多少名家的画作卖出去，又替多少好奇的人画过人面画像，他都记不得了。总之，除了赚得自己的学费，他还可以帮助弟妹的学费，这一下要离开学院了，他突然觉得有点怀念这没着没落的校园的日子，单纯，迷惘，又好像觉得某处一定有美好前程等候自己。

他低头走路，眼睛突然看见了一双盯着看他的老人眼睛，那是大学四年里都一直在校门口摆摊算命的先生。王恒因为忙着赚学费，也从来不信这个算命看相的事情，时间久了，这算命的也知道这人从不爱这个，也懒得理他，所以两人目光从无交集。这次，王恒走到他的摊前。

算命老先生意外地："算一卦？"

王恒点头。

老先生掏出一叠签，弄成一把扇子："随便抽一张。"

王恒没有多想就随手抽了一张，打开一看，上面写着一排字："好风凭借力，扶我上青云。"

王恒放下签，没有表示信与不信。

老先生神秘地笑着问："满意吗？"

王恒不笑，严肃地："我绝对不会靠算命来决定自己的命运的。"

老先生没有生气，低头说："可以参考一下，蛮准的，要我说，你，会有贵人相助。"

什么贵人？难道自己靠算命来决定自己的命运？他想了一下，确定不是这样，他只是想算一下这些预言合不合自己内心的想法，他是一个百分之百的唯物主义者，对算卦迷信风水这类东西统统鄙视，谁会相信这是真的呢？

王恒蹲在算命先生旁边，陷入沉思。算命先生说："快走吧，我要收工了，今天你这卦，我不收钱。"

王恒才记起自己没付钱，马上掏出钱，往先生手里一放："一定要收，而且，不要找了。"

算命先生收起钱，很高兴，又多说一句："谢谢，其实，你的相貌本来不凡的，加上有贵人，运极好。"

王恒还想说什么，小鱼在他身后拍了他一下："喂，你怎么信这个，过去我想算，你骂我封建迷信。"

王恒没吱声，沉默不语，脸色沉沉地站起来，好像有好多话要说，又一句说不出，表情紧绷着。

小鱼上下打量他一下，问："脸色那么黑干吗？我跟你说了100遍，再说101遍，你要学会笑，而且一定要露齿，笑起来时的牙齿是我喜欢你的原因，笑一下，我今天有个事告诉你。"

王恒突然问："你爸爸，同意见我了？"

小鱼一愣："你怎么知道？"

王恒坦然地："我们都大学毕业了啊。"

小鱼点点头："是，可以见他了，只说男同学来玩，两人是纯洁的友谊，今后关系，再看发展，总之，恋爱的程度，暂时不准提。"

王恒问："为什么？"

小鱼嘴巴嘟着："你知道我爸爸，从来认为女孩子不能谈恋爱，因为一旦谈恋爱，而且还谈了四年，女孩子就是女人了。"

王恒直接说："你已经是女人了啊。"

小鱼飞起一只脚，踢在王恒嘴巴边："难道你胆敢跟我爸说我俩已经那个了？"

王恒把她的脚放下："别炫耀自己的长腿功夫了，谈正经事。"

小鱼放下长腿，有点难过地告诉王恒："你知道我爸爸，还是有点门当户对的意思，嘴巴上不明说，内心有很多框框的。他认为我必须得找个级别比他更高的干部家庭的男孩，第一个目标是副省长的儿子熊健，熊健已经准备去美国读书了，前途无限。我说熊健不行，太熟了，小时候一起玩我把他当哥，突然要谈恋爱，会让我觉得兄妹乱来了。爸爸说，那就政法委苏书记的儿子苏冰吧，也不错，长相斯文还有才。我说苏冰不行，说话那么娘娘腔，我说话的声音都比他大，两人一起性别都颠倒了。爸爸说还有一些备选的，宣传部的副部长的儿子，马上也是电视台主任了，我说电视台女孩子多，花儿朵朵，我觉得不安全。爸爸说，还有那个——"

王恒听烦了，打断小鱼："小鱼，这样排下去，等我直奔黄土那一天也没有机会排上我了。"

小鱼："也不要这么悲观啊。"

王恒："今天我就跟你爸爸说：我们，要么分手，要么你爸爸同意我们确定恋爱关系，目标是结婚。"

小鱼定定神，知道王恒不开玩笑："有胆，你自己跟他谈，不行，我再使用我的招。"

省委大院外，两个持枪的士兵像雕塑一样站着，小鱼不理他们，领着王恒直接进了门。他和小鱼一前一后地走着，小鱼几次回头，问他："怎么这么慢，这里走去我家还远呢，快点。"

王恒四周看了一下，像城里老鼠进了宫殿，相比院子里宽敞的绿树成荫，外边的建筑显得破烂拥挤，这里甚至比公园更惬意。他对小鱼说："慢点走，让我看看，哇，我家就住在这外面几条街，走路离这十分钟路程，不是因为你，可能我不会进这省委院子的，好神秘，原来省委大院这么大。"

小鱼有点得意："印象还好吧？"

王恒再次四周瞧瞧："嗯，我觉得这是小说里面描写的高墙。"

小鱼的脸上流露着或多或少的那种特权阶层的骄傲，"哦"了一声，继续看着王恒，等着往下说。

王恒停了一阵没有说话，突然貌似像要敞开一切心扉："小鱼，告诉你一秘密，其实上中学那会儿我暗恋你，特傻吧？"

小鱼淡淡地说："我知道，暗恋我的，又不止你一个。"

王恒悄声说："男同学们暗地里把你叫作——高墙里的班花。"

小鱼装出很伤心的表情："班花又怎么样？还不是被你这棵野草给吃了，还是一穷美工家的孩子。"

王恒直接问："你后悔了？"

小鱼故意拉长声调："悔之晚矣——"

两人聊着聊着到了小鱼家，是一个小院子。

王恒进了院子，眼睛四周一搜寻，吃惊："这个大院子，就住你们一家？"

小鱼没回答他，反而大叫一声："嗯嗯，啊，我忘了带钥匙，我去我爸爸那儿取去。"

小鱼抬腿欲跑，王恒从身后拉住她："小鱼，不急，等一下，等你爸妈回来。"

小鱼点头同意了。

王恒拉着小鱼，神情严肃："小鱼，今天我都要见你父母了，我想让他们了解一下我的一些真实的东西。"

小鱼被王恒的认真吓了一跳："啊，什么真实，你家是台湾特务？"

小鱼示意两个人坐树下去，看着周围的环境，王恒平静地说："这个院子有几间房？"

小鱼如数回答:"四间,不加厨房,不加厕所,不加一间杂屋,不算这个院子里的猫屋。"

王恒尴尬地笑了一下:"我们家兄弟姐妹六个孩子,只有一间半房。"

小鱼眼睛睁大了,显然无法想象那么小的空间要装下那么多人。

王恒接着说:"厕所是几家人公共的,所以,我每次上厕所,会故意大声在外'嗯嗯'一声,表示问有人吗?里边如果有人会'嗯'一声,就表示还没完呢,你再等一下。"

小鱼听到这儿"扑哧"笑了。

王恒挠了一下耳朵,有点不好意思:"我和弟弟挤一个床,弟弟有次尿床,尿我一身,爸爸起来打弟弟,弟弟哭了,我就安慰弟弟:将来哥哥盖房子给你住,你就会有自己的大床了。"

小鱼听着点头,表扬道:"嗯,像哥哥。"

王恒眼睛不看小鱼了,因为要讲到事情的关键了:"家里钱不够养这么多孩子,我就赚钱贴补家里,高中的每个周末,我就跟着二叔去沙头角倒日本的自行车,到市里中心区贩卖。那时还没有修好隧道,很多山路,我和二叔要各扛着一辆自行车,要翻过两座山。"

小鱼同情地点点头:"每一次,车都卖掉了?"

王恒嘴巴歪了一下:"只有一次没卖掉。"

小鱼追问:"哪一次?"

王恒坦白地说:"有一次,在贩卖市场上看见你了,你与我擦肩而过,但你没有看见我,我丢下自行车拔腿就跑,怕你看见,所以,那一次没卖掉。"

小鱼有点感动,眼睛湿了。

王恒不敢看小鱼了,抬头看天:"那天之后的很多天晚上,我都在为你有没有看见我倒卖自行车这个令人发窘的事儿，猜想了一晚又一晚。哎呀，都说青春期的男孩子倒床能睡，我却失眠了，像一个我爸爸那年纪的中年男人一样，失眠了。"

小鱼眼泪在眼眶里直打转，着急地问："那你那辆自行车呢？丢了吗？"

王恒点点头："当然丢了，损失是，我白干了两个月。"

王恒说完，又补充一句："当然，这些都不是最重要的，重要的是我从那以后，连偷看你两眼的勇气也没有了，丢车的事之前，我是常常偷看你的。"

小鱼听了很感动，从不喜欢掉眼泪的她也泪眼汪汪的，站起来，背对着王恒，不想让他看见。

王恒看着小鱼修长的双腿，内心本不想说的一些事儿，又忍不住想要说："小鱼，你知道，和你比，我的身高一直是我的弱项，虽然我身高也很标准，只是打不了篮球，你入了学校篮球队的，我不但没进篮球队，连后备也不是，只有坐板凳的份。每次看你的长腿在球场上的风采，我都会把头低到与板凳的位置一样低，那种酸楚的味道，真的，今天我就讲这一次，从此我一辈子也不回味了，因为我要和你在一起了。"

小鱼听了这个，眼泪一眨眼变成了笑，她坐回王恒身边："想听听我对你的感觉吗？"

王恒拍了一下小鱼："我说了这么多，你说点，公平。"

小鱼用手把眼角抹了一下，让眼睛不湿润了："我得承认，高中开始时，我从未正眼看过你，你听了别生气。那时候，我只接触省委院子里的同学，你是街边长大的，同学都知道你爸爸是一县剧团的美工，而且这种团常年没戏演的，又不是正经文艺团体，差不多是戏班子，所以，用'穷酸'这个词不为过，我没有注意你，你不要生气。"

王恒打探地问："后来怎么正眼的？"

小鱼看着王恒的眼睛："是你的画，打动了我，记得那次校运会，你好像给学校办墙报的来着。"

王恒口气从自卑跳到兴奋："当然记得，我画画时，满脑子是你的长腿，还有，你脸上这对小酒窝。"

小鱼老实坦白："墙画完成以后，女同学闹腾了，跟过节似的，都直奔过来，众口一声，画中的长腿女孩就是你呀，小鱼，这人原来偷偷喜欢你呀，不知道这平时不吭声的男同学，这么有才呢。"

小鱼说到这，开始羞赧了："老实告诉你，我表面没说什么，从此开始暗地里注意你，因为我也在学画，也想考美院来着，画技却怎么也上不去，所以，我主动找你搭话了。"

王恒恍然大悟："是的，你开始找我说话，我就学会笑了，特别见到你时。"

小鱼声音放小了，眼睛神秘眨动一下："现在告诉你，我私下的癖好，特别喜欢整齐洁白的牙齿，这是看了一本英国小说之后的癖好，那小说上面写，看一个男人的高贵与否就看他的牙齿，你冲我笑的时候，我突然觉得，嗯嗯，就是这人了——"

小鱼把那句"你的笑容，令我青春期身体里那种女性荷尔蒙悄悄上升"吞下去了，用"嗯嗯"代替了。

小鱼爸爸坐在省委配的小轿车上，小车进了院子，进院时仍然像军人一样对站岗的敬礼。因为过去是军人，从连长做到副军级，所以身上全是军人作风，他腰板挺直，眼睛像鹰，有点狠。

小鱼妈妈对他说："小鱼今天要带男朋友回来。"

小鱼爸爸声音超亮："什么男朋友？我没批准，不能叫男朋友。"

小鱼妈妈："那叫什么？"

小鱼爸爸眼色严肃："就是男同学，她就是一个宠坏了的女孩子，这么小的年纪就谈男朋友，还是一街边长大的，这么多省委院里的男孩子都牺牲了吗？"

小鱼妈妈偷笑："我赞成你把这个男同学修理一下，想约会我们家小鱼的，敢称小鱼的男朋友，必须是省级干部的孩子。"

小鱼爸爸赞同的眼神："你这个意见也对，但让我看看再说吧，我管过这么多士兵，现在又参加了建设兵，建设了这个城市，我看人极准的。"

车在院子里停住了，小鱼爸爸下车，看见了王恒和小鱼坐在树下，他看了王恒一眼，像看空气一样，不打招呼，脚步如风，"嗖嗖"刮进了屋里。

王恒和小鱼坐在客厅，挂钟显示等了半小时，小鱼爸爸终于来到客厅，他叫司机端来几块冰冻西瓜，吃了几分钟，没有讲一句话，终于，开始吱声了。

王恒暗自紧张：开头不好，兆头是否不妙？

小鱼爸爸终于开口，但表情接近训斥："你们背着我，恋爱八年了。"

小鱼撒娇："爸，中学时是暗地里喜欢，那个时间，不算。"

小鱼爸爸眼睛一瞪："谁暗地里喜欢谁？"

王恒举手，像在学校里回答问题："是我，暗地里喜欢她。"

小鱼爸爸把一块吃得接近白皮的西瓜往盘子里一放："好吧，不管谁谁谁，你们这八年，也是抗战八年这么长，但居然瞒着我。"

小鱼嘴巴噘了一下："不敢说呗。"

小鱼爸爸用手指了指客厅里的四个方向，严厉地说："我跟你们说，我这里的一切财产，从这个院里长的一棵树（树当然是国家的），到屋子里的一支笔，一张纸，与你们俩一毛钱关系也没有，如果想要我给你们继承，只

47

有我伸腿那一天，你看看，我离那一天还有一段时间吧。"

小鱼有点儿不高兴地说："老爸，你想活一万岁啊。"

王恒觉得形势不对，马上解释："叔叔，我没有算计您财产的意思。"

小鱼爸爸眼光扫过来："什么，你叫我叔叔？"

王恒被那眼光吓了一跳："我，该怎么称呼您？"

小鱼爸爸声音铿锵如雷："叫首长，我过去是军队干部，现在是省委干部。"

王恒马上点头："是，首长。"

小鱼看不过去，帮腔道："爸爸，别欺负人了。"

小鱼爸爸指着女儿："你不许说话，再说一句，不给你批文。"

小鱼顶嘴："爸，你每天批文批多了，恋爱结婚这事只是想让你认可，民政局才批的。"

小鱼爸爸横眉立目："你试试，没有我的批文，你能结不？"

王恒慌忙解释："首长，我今天来不是要您批恋爱结婚这个文，是想让您，批另外一个文。"

小鱼爸爸惊讶了："什么，你想批——什么？"

王恒不再忧心忡忡，索性直言："我毕业了，美院很想要我留校当老师，原来我答应恩师留校的，但我决定不去，我向孙老师推荐了小鱼。当然我不确定孙老师的最终决定，但把这份难得的工作推荐给最热爱这个工作的人，我觉得也是明智的。"

小鱼爸爸眉毛皱了一下，重新上下打量王恒一下："你的意思是你牺牲自己成全小鱼？"

王恒坦荡地说："完全不是这意思，我跟孙老师说了，目前艺术方面不是什么浪潮时代，但现在这股创业下海的南风却势头很大，这股南风从上至下吹过来，如果我不抓住，不去商海里试试，可能这个机会永远不会有。我和任伟叶华两个同学一起为南方公司设计了海滨浴场，他们付不起设计费，愿意让我们三个人入股进公司，我们决定三人一起创业。但我的目标不是做建筑设计，将来的目标是想经营房地产。当然，现在仅仅是想法，我只想得到您的认可，将来我们从事房地产开发业务，很符合您负责的特区建设项目。"

小鱼爸爸恍然大悟："哦，你想和同学一起创业？"

王恒："是的。"

小鱼爸爸："你确定，这不是短暂的踌躇满志？"

王恒神色坚定："是我的，也是我们的长期久远的目标。"

小鱼爸爸态度开始友好："你今天不是来提与小鱼的恋爱和结婚的？"

王恒笑了一下："不是。"

小鱼爸爸眼色得意扬扬地看着小鱼，意思是：你看，女儿，你错了。

小鱼脸色涨红嘴唇发白眼睛瞪老大："啊，今天我在校门口求你不要提结婚的事，你偏说一定得提，还威胁说今天爸爸不同意，我们就分手，现在你是来找我爸今后帮你进军房地产？办批文？你，你利用我啊？"

王恒急得连忙摇手："不，不，不，不是利用。"

小鱼气喘吁吁："不是利用，是什么？"

小鱼情绪激动，感觉自己两头都很失望，爸爸官架子太大，王恒不谈两人的事情谈起了自己的工作，她站起来，气冲冲想走出客厅，与往里急步进来的小鱼妈妈撞了一个头。

小鱼妈妈其实一直在隔壁坐山观虎，眼见女儿生气又被自己撞到，马上气朝王恒出："嘿，小伙子，你来提亲，提亲气成这样？"

王恒心想，完了，完了，这事彻底搞砸了，感觉灾难要来临一样，脑子一片空白，紧张地看着小鱼爸爸，那表情是：请您判决吧。

结果，与王恒想象的，完全不一样。

小鱼爸爸认真扫视了王恒一眼，觉得这小子有那么一股不凡气质，他缓了一口气："小子，这样吧，你们三个同学先在南方设计做股东吧，他们做这一行虽然与房地产有联系，但要做成开发公司，还有一个南到北的距离，但我会关注你的想法，也许将来帮你促成意愿。但我跟你说，这不叫后门啊，这叫爱惜人才，我们建设特区需要的人才。"

王恒惊讶得嘴巴张着好久才闭上，问："首长，您不怪我？"

小鱼爸爸把手一挥："今后叫我叔就行了，首长这个称呼免了。"

王恒深深一鞠躬，直差没让头着地，他太意外了，嘴巴里不断说："是，是，是。"

小鱼爸爸坦诚中带点官腔："小子，说真话，如果你今天来谈跟我女儿恋爱结婚的事，我的态度就不是这样子了。年轻人，今天大学毕业明天马上就谈结婚的男孩子是脑震荡，今天听你谈话，我觉得你是一个有思想并有行动的孩子，目标明确，像我年轻时候的样子，所以，叔叔支持你，这跟小鱼没有任何关系。"

王恒笑了："叔，谢谢您了，谢了，但，我得去找小鱼认个错。"

小鱼爸爸正经八百地问："认什么错？是她错了，你是对的，今天你可以回去了，我来负责教育她。"

王恒几乎是后退着走出院子的。

小鱼在自己房间的窗户里面看见王恒走了，居然没有来哄她，她把门狠狠一关，声音巨大。

小鱼爸爸黑着脸推门进来。

小鱼偷偷看爸爸一眼，嘀咕一句："爸，到底怎么回事？您态度一个小时内有四个季节。"

小鱼爸爸忍住没有笑："太快了？"

小鱼点头："你一小时前满脑子不想我嫁的穷小子，一小时后就成了知音，这个变化，不够快吗？"

小鱼爸爸坐在小鱼旁边："老实跟你说，如果这小子今天跟我来提要娶我的女儿，我会一脚把他踢出这院子，且不说他的身份是否配得上配不上干部女儿，我讨厌年轻轻的脑子里只有结婚这点事，这小子显然是有想法的人，而且不是一般的聪明。"

小鱼似乎得意自己的眼光了："他，比您原来心里面排好队的，准备我挑的那些候选人，都强吗？"

小鱼爸爸想了很久，摸了一下小鱼的头："这样说吧，我并不确定这个男孩子是否一定能给你幸福，但这个男孩子的确与众不同，思想，思维，表达力，还有他的眉宇之间那种坚定，的确像一个不一般人才，这个，我不会看错。"

小鱼眉毛闪了闪："爸爸，您这是赞成，还是不赞成？"

小鱼爸爸指指小鱼的脑袋："孩子，这一点，你还是忠于你自己的内心去决定，我只想说，他有不凡之气，却不见得会把所有的热情，完全贡献给一个女人。"

小鱼吃惊："你怎么知道的？"

小鱼爸爸"唬"一下从坐的地方站起来："因为爸爸就是这样的人，爸爸我从来没把全部热情贡献给你妈妈。"

小鱼打探地问："你留着精力贡献给谁了？"

小鱼爸爸白了小鱼一眼："当然是贡献给事业了。"

小鱼不追问了："爸爸，我铁了心要跟他好的，不过，我决定要一个星期不理他，给他一点小惩罚。"

小鱼爸爸高兴地笑了："你会把握一切的。"

小鱼不好意思地说："你怎么知道？"

小鱼爸爸得意地说："因为你是我的女儿啊。"

小鱼笑了，给了爸爸一个拥抱，这种动作她极少表现，小鱼成年后几乎与严父保持着距离，很少有诸如拥抱拉手这类动作，这一个热情的拥抱让爸爸怔了一下，但他内心还是喜滋滋的。

小鱼爸爸准备出房间，又站住："还有一个对你来说最好的事，我刚接到你们校长电话，你有机会去学院当老师了，因为王恒放弃了，名额就一个，多少人都不知道这个信息，也算王恒的放弃帮你圆了梦。"

小鱼担心地说："我知道有很多同学想留校，轮到我，真不容易。"

小鱼爸爸用手拍拍女儿："是的，他们都没有一个像我这样的爸爸。"

小鱼幽默地伸出手，紧紧握住："谢谢首长，谢谢首长。"两人笑成一堆，小鱼妈妈进来了，问："你爸爸同意这个小子了？"

小鱼点头。

小鱼妈妈脸色黑黑的："我不同意。"

小鱼有点吃惊，平时这个万事对自己说"好"的妈妈，怎么为难自己呢，她马上问："妈，你觉得他哪儿不好？长得很丑？"

小鱼妈妈嘴巴嘟着："他不丑，还帅，帅没有用，不能变钱，他们家与我们家庭是不一样的阶层，他家太穷了。"

小鱼反问："你怎么知道呢？"

小鱼妈妈用有点神秘的语气说："我早就叫司机去东门街调查了，他们一家太穷了，六口人住一个半房间，你若将来嫁给他了，得挂墙上去。"

小鱼马上叫起来："哇，妈妈你是特务啊，私下查人。"

小鱼妈妈很满意自己的功劳，理由大大的："不查怎么知道真实情况，我从来就喜欢掌握第一手资料。"

小鱼爸爸幽默地说："孩子，你妈这个优点你还是别学了啊。"

小鱼妈妈反身瞪眼望他："老头，你怎么叛变了啊，几小时前还说熊健跟小鱼合适些。"

小鱼冲到妈妈面前，语气坚定地说："妈，我和王恒从暗恋到认真，八年了，如果想要我们散，再过八年吧。"

小鱼冲口说完了这话，觉得不吉利，吓得捂住了嘴巴，她害怕一语成谶，足见她内心多么在乎王恒，哪怕迷信地说一句"分手"都令她害怕，而且，她不敢告诉父母，他们已经吃了禁果，等于私订了一生。当然，刚才王恒的表现，或多或少她内心又暗藏一丝疑问，王恒是不是因为自己是高干子女才这么追自己呢，这个疑问过去也会偶尔跳进她脑海里闪现一次。

王恒出了省委大院门，是跑着回家的。

他觉得校门口那个满嘴跑火车说话的算命先生碰正了一次，说的那个好风就是自己，借力就是借了小鱼爸爸的力。

回家后，他高兴得拧了一把弟弟的屁股。

弟弟噘着胖嘴巴问哥哥："哥，你怎么笑得像'喜'字一样。"

王恒想了一下，回头对弟弟说："你哥哥马上要去盖海边浴场了。"

王恒爸爸一身旧衣服沾着各种颜色，看上去很累，一边在水龙头下把手上的色彩拼命洗干净，一边凑近王恒说："儿子，学画有两种命运，最好的像两位姓陈的上海画家那样，去美国学画画，名和利皆有。最差的像我这样，名字叫县剧团戏班子舞台美术，其实是油漆工，每天刷一遍舞台。所以，你放弃画画这一行，虽然浪费了苦学，也浪费了你的天赋，爸爸理解你，我担心你若做不成名画家，像我一样命运不济。"

王恒动情地说："爸，在我眼里，您就是画家。"

王恒爸爸话题转到小鱼身上："嘿嘿，你什么时候去你那个高干女友家里？"

王恒淡定地说："刚刚从那里回来。"

王恒爸爸将手上的水擦干，问："他爸爸态度怎么样？"

王恒笑了一下："这个老军人，一脚把我踢出了院子。"

王恒爸爸没有表现出失望，反而笑了。

王恒意外地问："您一点不难过？"

王恒爸爸刮了一下儿子的鼻头："喂，小子，我怎么看着你的表情不像被人踢了，倒像中了什么彩似的。"

王恒笑嘻嘻地说："爸，今天你儿子办成了两件事，确定了恋爱关系，确定了工作关系，这都是小鱼爸爸的批准。"

王恒爸爸问："真这样？"

王恒说："是的，反正今天我两个目的都得到了。"

王恒爸爸嗯了一声，拍了一下儿子的肩膀。

王恒凑近爸爸，奇怪地说："爸，你好像没有为我特别高兴啊。"

王恒爸爸停顿了一下，感叹地说："我觉得你今天一下子得到这么多，日后遇到挫折的时候，可能会比较难承受，因为你会认为幸运会随时降临。

还有，对于特别容易得到的东西，会让你今后的人生，产生一种独断专行的性格，所以，你今天的事有好有不好。"

王恒看着爸爸，突然问："爸，不知道你原来这么有思想，我以为——"

王恒爸爸有点小得意："记住，你今天成为一个有思想的男孩子，你以为是天生，其实，是爸爸我的遗传。"

王恒入股的"南方设计"的海滨度假游浴场开始动工，为节省费用，不找外人，广告画由王恒和任伟设计，两人昏天黑地几个昼夜，一次又一次否定方案，最后的方案是王恒累得半死灵感全无的时候，小鱼仍死死缠住找他，要拍一张海边日出照，这张照片最终成就了这个广告画，画面是小鱼美丽的背影，对着一望无际的海边的红日，意境无穷。

王恒觉得广告创意的成功一半归功于小鱼，为表达谢意，也是爱意，他画了一幅迷你版的挂在小鱼的床头，旁边配上一段散文诗："你，是我每天，看见太阳想为每天努力的动力。"

这种诗意的话，迎合了性格里特别诗意的小鱼，她彻底原谅了王恒那天在他家里的功利表现，让自己相信了王恒的爱是纯洁的而不是因为什么家庭背景，尽管她内心偶有那种"王恒是否因我的干部出身爱上我？"的猜测蹦出，她也自愿把这种情绪压在自己的内心深处，拒绝让这种东西干扰自己的感情。

她准备回美院报到，因为王恒的放弃和推荐，因为爸爸的暗中努力，她终于获得了这个油画系助教的工作机会，这是她小时候就开始梦想的工作，除了她坚定地自认为有的画画天赋，还有她的性格中孤芳自赏和不合群的特性，特别适合这种只限于自己讲话不会有人反驳和不用协调别人的教师工作，她高兴得一夜未眠。这时，她接到了熊健的电话，就是那个副省长的儿子。

两人因为青梅竹马关系，一起在省委院里玩着长大的，平时两人称呼是"哥"和"妹"，熊健在美国读书放假回到家里，他是铆足了劲要向小鱼表白爱情的，却看见亲爱的小妹妹铁定了心和王恒好，他满怀惆怅地约了小鱼在公园里走走。

两人来来去去走了快两小时，却没有说一句话，这个副省长的儿子，非但没有一点干部子弟的花心和顽皮（这个可能与他长得不帅，又戴着一副转了好几圈的近视眼镜有关），老实得近乎木讷，是一学科优异的单纯的理科生，他觉得自己在美国镀了金，申请到了工作，万事俱备只欠东风了，没有想到，东风吹了——

小鱼跟在小熊后面，她偷偷计算了一下，大概来回走了十几圈了，近两公里多了，她不得不叫住他："唉，熊哥，我们走了两小时，你连一个字也不说。"

熊健终于开口："他，除了比我帅，还有什么比我好？"

小鱼嘴巴歪了一下："这个与帅没有关系（内心的台词是，的确与帅有很大关系）。"

熊健喃喃地说："小鱼，你说，世界上有没有后悔药？"

小鱼毫无疑问地说："当然没有。"

熊健坚定地反驳："不对，有后悔药，我就是你的一粒后悔药。"

小鱼有点吓着了："什么意思。"

熊健貌似这一天就是明天一样很快来临："如果他，有一天辜负了你，你就来找我。"

小鱼害怕地说："哥，千万别这么盼望啊。"

熊健意识到自己的疯狂语气可能吓到小鱼了，马上温和地说："不是这意思，我的意思是，你知道无论何时，我心里都装着你，而且是这个位置（熊健指了指自己的心脏）。"

小鱼用眼角余光偷偷望着痛苦又无奈的小熊，一种内心的酸楚涌上来，她差点要哭了："唉，如果你当时不出国，我也许会——总觉得你去了花花世界。"

熊健听了苦笑一下："你以为美国的校园是花花世界？我是理科学校，理科的学习类似修行一样，我每天只是三点一线，图书室看书、实验室跟小白鼠过招、宿舍睡觉。"

小鱼用点点抱怨来缓解他的痛苦："你没告诉我这些，只是写很少的信，而且，我们家地位还没有你家省长位置高，总怕说我想高攀你——"

小鱼真的不知道自己是假伤心，还是真伤心，只觉得面对熊健这么真心表白，总应该给予相当真诚和热诚的回报，毕竟是她先跟王恒定了恋爱关系，他还单着。

熊健紧紧拉着她的手，慢慢靠近，近得可以听见小熊的心跳在加速，突然，一刹那间，小熊给了小鱼一个吻，好短，但是很用劲。小鱼没有反抗，甚至想，如果熊健有进一步的动作，她也会接受，她太不愿意伤熊健的心了。问题是，熊健只是吻了她一下，之后，像犯了罪的犯人一样狼狈逃窜，那个踉跄的背影，让铁了心跟王恒好的小鱼，也惘然了好久。

小鱼结婚后，也会常常想起这一幕，她事后得出一个总结，少女时代的女孩子，对爱情的概念是，男孩子要像仰望星空一样仰视自己，而且，美好的话说了一百遍还要说101遍；而那种类似于"深深的爱是埋藏在心里的"，这个"深藏不露"，只会放飞爱情。少女时代虽然怀春，其实不懂真爱。

三、风生水起

　　王恒和任伟、叶华三人用自己的设计费和很多小项目设计费成了"南方设计"的三个股东，三人共拥有 50% 的股份，三人一直催促公司总经理老陈去工商局正式注册确立他们三人的股东身份。老陈是学建筑设计的，只会画图，管理一团糟，年纪不大耳朵很背。王恒过去认为他只是左耳有问题，调整到右边跟他谈话，原来他左右耳都有问题，所以每次谈话王恒总是在左右两边跳。本来王恒想小声问的事儿最后说得雷大他才听见，结果是每个人都清楚，这正好让大家没有秘密。最后老陈坦白交代他们其实是一个每个人接一些业务凑在一起的设计公司，所谓股东，就是几个人私下签好的大小股东，股比及身份没有到工商局备过案，名副其实的一私人内部股份制公司。老陈属于没有任何野心只想养家糊口的人，早想把公司拱手相让给有能力的王恒、任伟、叶华等三人，只差王恒张口，这一下，大家终于挑明。

　　想把公司做成地产开发必须得有地，南方设计虽然做了十年地产设计，仍然属于非建筑行业，要拍到地必须有钱，有地才有开发地产的入场券。这时候，王恒又求助于小鱼爸爸，这次的内容是借钱，这个借不是一般的数目。

王恒跑到美院外接小鱼下班，把想法跟小鱼说了，小鱼没等他张嘴就打住他："你游说人的本事这么高，你自己去说。"

王恒掏出当时那种砖头大的手提电话，忐忑不安地拨通小鱼爸爸的电话："叔叔，我有一件事找您商量。"

小鱼爸爸完全没了官腔，亲切地问："什么事？"

王恒坚定地说："我想借钱。"

小鱼爸爸显然不知钱的数量巨大，只问："借多少？"口气轻松得像他口袋里随时可以掏出来的数目。

王恒严肃得握电话的手都出汗："您知道，我想进地产开发这一行愿望很久了，您也知道想开发必须有地，我想拍下一块地，这块地叫丽景。"

小鱼爸爸反问："你拍地的资金呢？"

王恒坦诚："借，找有能力愿意投资的公司借，这块地是一块别墅用地，很少有地产公司目前愿意冒险建别墅，我看了一下，参加竞拍的人只有两家，我对这块地志在必得。"

小鱼爸爸又问："你们有抵押物吗？"

王恒马上回答："有，我们同学三个人都凑了一点，加上公司原来一些设备，算硬件投资。"

小鱼爸爸笑了一下："再加上我的这个院子。"

王恒听了这话一时感动得语塞，他知道这是玩笑，但他老人家完全忘了他曾经大声放言的"这屋子里一张纸也要我死后才让下辈人继承"，现在却说要给他来抵押，可见他又多么想帮自己。

小鱼爸爸对着电话说："这样，明天你到家里来，爸爸介绍一个朋友给你认识，他符合你要借钱人的条件，有钱有眼光，你有本事吸纳他成为股东，你就成功了。"

王恒放下电话心都要跳出来了，不只是为小鱼爸爸答应帮忙借钱筹资，还有小鱼爸爸自称他的爸爸，一种如生父一样亲切的温暖顿时流入王恒的心里，他转身给小鱼一个深情的拥抱。小鱼问："什么事这么激动？"

王恒笑得连白牙齿也闪闪发光："你爸爸是我爸爸了，他刚才自己说的。"

小鱼不笑，假装并不高兴，感叹地说："也许我爸爸脑海里梦想要一个你这样的儿子，可惜生了一个我这样的女儿，他把你真当他的儿子了。"

王恒不理小鱼的话，独自往外跑，小鱼对着他的背影说："哎，你来接我，你怎么跑了。"

王恒回头笑了一下："理解一下，我得去做标书，而且，晚上别等我。"

次日，王恒见到了赵总，小鱼爸爸对王恒说："恒儿，这是爸爸的战友，华商集团的赵总，他虽然是军人出身，也去美国学了商科。"

王恒望了一眼赵总，一看就是经过大风雨见过大世面的人，唯有眼神仍然有军人的严肃，他紧紧握了一下王恒的手，好有力的一只大手。

王恒谈了几点自己的想法，赵总立即总结："小王，我相信你这么看好地产这一行，又对这块别墅用地志在必得，我相信你有眼光，有想法。我嘛，有资金，有实力，我说几点：第一，我不干涉你今后的业务；第二，给予资金支持；第三，你一定要替我们华商营利，而且是高营利，一旦这个项目今后有亏损，我就撤资。"

王恒激动地点头。

赵总又补充："还有，你们的抵押物我全要押上，包括你未来岳父的。"

小鱼爸爸拍拍王恒的肩："恒儿，好好干，不要辜负爸爸和赵总的期望。"

王恒从小鱼爸爸的省委院子里出来时，有一种冲天的喜悦，从来不喜欢唱歌的他居然哼起了不知名的海外民歌，他并不会唱全这首歌，只是觉得好听。唱着走着，喜悦很快沉淀下来了，恩情的压力感，也同时冒了上来，这也是他生平第一次感受到了对恩情的压力，那是一个巨大的无形的东西。这个东西，让他觉得肩膀有点重，心也有点重，原以为这仅仅是开始有这种感觉，后来，他才知道，这种恩情压力竟然会越来越重，伴随了他奋斗中的所有过程，从未卸下过。

王恒借到了这笔钱，赵总顺其自然成了公司最大股东，任伟和叶华都心悦诚服，谁也明白有钱是老大。任伟和叶华高兴的是他们现在一个是管设计的老总，一个是管销售和后勤的老总，对着新印的名片，任总、叶总都很满足和满意，从此再也不提自己的名字，一律以任总、叶总称呼。

王恒、任总、叶总再加上原来的老陈一起，四个人大阵仗，一队人揣着赵总的华商集团借来的钱，挂着牌号入场进了拍地会场。竞标开始，王恒早已志在必得想拍了这块地，加上只有两家参加竞拍，另一家叫三州的地产公司态度暧昧，表现疲软，开始是两家轮流叫价，最后只有王恒一行人举牌，拍卖师一锤定音，放下手中槌子，做了一个优美的祝贺手势，这块地就落入王恒这一行人手中。王恒代表公司上台签订土地转让协议，这块地叫"丽景"。就这样，南方设计有了第一块地，一张王恒梦寐已久的地产开发的"门票入场券"到了手上，他开发地产的理想算是正式到了手中。虽然这个来之不易，但对于执着于这一行的王恒，即使"门票"入场券更高，他也要立志获取，何况这是一块宝地。只是，当时建别墅的地产公司极少，他吃了第一个"螃蟹"。

老陈的设计从来就能让无数公司中标，设计师的优质品位早已深入人心，王恒计划公司改为地产开发公司后，设计由任总指挥、老陈等人协助，因为王恒发现所有能赚钱的门道和技术都在设计上，其他最重要的就是看地的眼光，拍下的这块叫"丽景"的地，是天然的建别墅用地，前有照（大海，海纳百川，聚财），后有靠（有一座紧硬的石头山）。任总虽然喜欢嬉皮，但也是设计人才，和老陈等几位人才通宵画了很多设计效果图，包括室内设计也做得精确。可以说，别墅还在设计阶段，就有很多开始富起来特别想享受生活的老板来询问，想成为未来业主。

王恒成了房地产公司的发起人，看在南方设计几个元老情感上，王恒决定把地产公司名字仍取用"南"字，但将"方"字改成"风"字。这是他内心的想法，自己的确是被这股南风吹过来的，也期待公司像他最喜欢的那首古代宋玉的诗词"风赋"一样，大王的雄风，起于青萍之末，最终吹向地产界最高殿堂。

这个诗意的想法当然获得了任总和叶总的全盘肯定，他们原来在学校时就感觉王恒个性十足，异想天开又脚踏实地，很有领导能力，暗自庆幸自己跟对他了。但任总头脑比较简单，几乎王恒说什么就点什么头，虽然偶尔会妒忌一两下；叶总呢，就比较复杂点，常常会显显自己也有智慧。

"南风地产"正式成立。

"南风地产"做的这个别墅区是这个改革开放城市的第一个别墅群，也算是示范性的，主要是设计有品位，刚刚做好毛坯房，很多地产公司偷偷派人来拍照，想学样，所以，销售非常成功，王恒第一个项目名气就出来了。

南风地产公司有了宽敞的办公室，公司成立了财务部、销售部、市场部、发展部、人力资源部，按照国际化公司的定位，各个部长手里揣着一部时髦手机，那种嘚瑟，有点类似现在拥有半个兰博基尼的跑车一样，很惹眼。任总和叶总也都是要管一大帮子人的"总"了，也不能再做王恒的跟班，而且，这两位也凭同学的感情，偶尔也会摆点同学谱，不那么好使，王恒准备招一个全能助手。

候选的30个人，被秘书一个个快速领进来，又迅速带出去。秘书非常敏感，王恒与面试者谈了三句，一个眼神就知王恒不想深谈下去。王恒面试到28个人时，真的感觉失望了，他的情绪从热情似火到热情消失到慢慢掉到了冰点，因为一个也看不上，他想喝杯咖啡提提神，再见最后两个面试者。他给秘书使了一个眼色，暗示去休息室喝一杯咖啡。

一个穿着笔挺西装的高个年轻人也在喝咖啡，王恒看了他一眼，又看了一眼，因为觉得这人怎么跟自己一模一样的个头，且高矮胖瘦一样，也穿了一件颜色相似的灰色西装。年轻人显然不知道王恒是老板，他将咖啡递给王恒："喝一杯提提神，最后我们两个了。"

王恒刚想去接咖啡，发现男孩子的眼神有点怪，大概是看着自己年纪并不小了（因为连续昼夜不停加班，样子有点憔悴显老），年轻人的表情的潜台词好像是："您这岁数了？还来应聘这个助理职位？"

这个想法让王恒自己也觉得可笑，所以迟钝了一秒，动作稍慢让这杯咖啡落了个空，王恒的西装马上洒落一摊黑咖啡。王恒有少少心疼，因为西装是昨天刚买的，他很爱惜衣服的。

西装男子淡定地脱下自己的西装说："对不起，我把西装换给你，我这西装是昨天买的，牌子可能跟你的一样。"

王恒穿上西装，顺便演起戏来："如果我今天得到这个职位，要感谢你这件西装。"

西装男伸出手大方地说："祝好运。"

王恒再认真看着他："我们是竞争者，你不介意？"

西装男淡淡地说："我对竞争这事有自己的看法，认为是天意。"

王恒有了兴趣："你认为是天意来这里应聘的？"

西装男："那倒不全是，我是学法律的，也进修了财务，听说王总是学油画的，好奇他如何能搞好一个地产企业？我想以我对数字的敏感，对逻辑的严谨，与他的感性结合，加上数字与艺术，没准能碰出火花。"

王恒："你对自己有自信吗？"

西装男耸耸肩："自信不是盲目的，但一定属于那个与你共鸣的人。"

王恒很有风度地伸出手："也许我们会有共鸣！"

西装男这下才明白，这个与他兜兜转转谈了半天的外形老成的男人，就是老板王总，他也很淡定（没有做出惊讶的表情，不是他不做，他是极少有惊喜表情上脸的）地伸出手大方握了一下王恒的手，不亢不卑地说："您就是——啊！谢谢王总。"

西装男成了王恒的助手，他就是剑明，除了他自己得意的能辅助王恒的优点，后来突然露一手的是他超强的英语口语，以至于王恒问他为什么没有把流利英语写到简历里，他的回答是："盖房子好像用不着英语吧。"

在那个年代，地产业远没有今天的辉煌，却是一个充满机会又不设防的多变时代，一个风云的时代。地产界没那么多框框，有些积累甚至是原始的，也可以说是原始的竞争，但这条原始的竞争路上有的开满鲜花，有的也是哀号遍野，腥风血雨。

剑明当上助手才一个月，他利用业余时间在公司档案室泡了几天，然后觉得事有不妙，他趁王恒有时间，捧了一堆文件坐了进去。

王恒看他神色凝重，如临大敌，问："你打算长谈？"

剑明认真点点头。

王恒示意："说吧，什么事？"

剑明问："王总，您是公司创始人？也是公司股东发起人？对吧。"

王恒回答："对的。"

剑明将南风地产的公司章程翻给王恒："您这有重大失误，您在公司这几十页条约里没有设计创始人一票否决制。"

王恒并不在意："公司暂时没打算上市，这个暂时不急。"

剑明很在意："打算上市时再修改章程，就晚了。"

王恒想了想："你的意思是开一股东会，修改公司章程，把这个加上去？"

剑明激动地拍了一下桌子："对，马上开会，一定得补上，您不是喜欢企业文化吗？这是企业法律，比文化更重要，这是保命的东西。"

王恒双手撑着下巴："让我想想。"

剑明担心他意志不坚定，又加强语气："您知道吗？关键时刻，创始人一票，等于其他股东的20票，这叫创始人实际控制权，这在美国叫'创业者权益'。就是说，不管公司今后如何变化股权，创始人永远是决策人，用通俗的话说，创始人永远是'一堂言'。"

王恒点点头："剑明，但我们现在国情，大家并不谈这个'一票否决'啊。"

剑明有点着急地说："不管别的公司怎么样，您是一个真正做企业的人，如果想把很多理想输入公司，这个决策权，非常非常重要。"

王恒看了剑明一眼，很遗憾地感叹一句："剑明，我做人很坦荡，但也不是圣人，如果公司创始时，你就是我的助手，那么这个一票否决制我一定会写上去，现在，突然要开会，把这个补上，显示我另有所谋。"

剑明显然对自己的请求被婉拒有点不死心，仍然鼓动腮帮子，继续劝："这个我们请一律师，最好有涉外企业经验的，巧妙地说完善法律。"

王恒很担忧地说："'一票否决'这个词多么显眼，谁都会敏感，我保证，今天补上去，明天就会喧嚣起来。"

剑明知道多次强调不礼貌，但抱着"文死谏，武死战"的劲儿，反问王恒："您平时不怕一言九鼎的。"

王恒声音放缓，反过来劝说剑明："剑明，我愿意说话掷地有声，却忌讳独裁，你知道我整天把人文精神博大文化放在嘴边，如果我这一改，你想想，这后果？"

剑明这一下，终于止住了劝说，显然，他觉得王恒言之有理。

王恒补充一句："虽然我内心非常赞同你的观点，也赞同这条规则，这个法律设计真叫聪明绝顶，但……"王恒做了一个无奈的动作，不再往下说了。

剑明笑了，捧起文件准备出门时，王恒叫住他："剑明。"

剑明问："王总，还有什么事？"

他差一点奢望王恒改变主意，他是学法律的，那种严谨思维近乎固执，但王恒讲的是另一番话。

王恒看着剑明，这是他第一次对下属表示真挚加感动："我选择你做助手，也许是我最大的幸运，我没有看错你，你比我想象的聪明十倍，我对你在公司的未来，充满了期待。"

王恒仅仅没有说出一句话："成熟后你就成了我。"

不止是王恒的认可，剑明的年轻、活力、聪明，和外表憨厚谦虚，使他很快从公司新星变成了明星，又从明星变成了王恒的影子。他走到任何部门任何分公司子公司，都有人从背后仰望他，从心里感慨一句"一个学财务的，

66

凭什么一朝冲天"。很快，大家不再感慨了，因为剑明在工作方面，并不是一个像老板驯服出来的影子，他的忠诚里面会有自己的个性，他有一双鹰一样的眼神，智慧又果断，这种眼神表明他不但有迅速判断对错的能力，还有敏感逮住机会的能力。除了这种强的一面，他也有非常 nice 一面，很多时候他让年轻女同事觉得像哥哥，男同事感觉像兄弟。他会记住每一个员工的生日，并在这个日子送上鲜花附上 sweet 的话，还有一份小礼品；遇上节日什么的，他会请大家去海边游泳，并亲自当教练，那个耐心、技术和理论完美结合的演示，让无数男女下属从旱鸭子变成了会一点儿游泳的人。这种好人缘让他慢慢变成了受欢迎的男上司，剑明当然欣喜自己的受欢迎程度，但对很多年轻女同事抛来的媚眼，他不对接，也不搭话，他对称得上谈恋爱的女孩子，保持自己的标准，当然，对剑明从不抛媚眼不搭话也不特别表示尊重的，就是这个叫燕子的女孩子。

男人就是这样，对那种不太理睬自己、不留意自己的女孩子，内心有一种喜欢征服的心态，那个时候他并不清晰这叫爱情，以为只是一个探探自己魅力的小测试。为了这个测试，他从人事部偷偷调了燕子的简历看了看。燕子的简历极其简单，学历和经历都无特别，只是一般，当然，她的美貌，她的心计，她那种近乎和她容貌一样的古代宫廷女性一样的野心，她怎么会写在简历上呢？剑明知道简历是最不能概括人的全貌的，这个女孩子，有机会自己去测试，她到底有什么过人之处，让她如此骄傲，当然，美，是她的最大符号。

燕子和古代妃子赵飞燕的名字有一字相同，要命的是她的体形无比娇小秀气，走路如风一样轻盈，半人半仙，简直是这个古代出了名的袖珍型美人

67

轮回转世了。她那种令人穿越的美态，令每一个看楼买楼的人，都忍不住驻足。跟她的美丽并驾齐驱的是她的鬼点子，关于海滨度假村户型销售，她的理论是把最好的户型放到最后卖，最差的户型最先卖，而且，对打折的客户要签保密协议，等等。她的业绩占了部门的半壁江山，她在南风地产年度销售会上，从剑明手上接过了"年度最高销售奖"和"最佳部长奖"的奖杯。

散会后，剑明一直等着从销售部出来的燕子，说实话，他不轻易看得上女人，因为一心奔事业，对女孩子敬而远之，燕子勾起了他多年无精打采的追求女孩子的欲望。

燕子换上便服走出来的时候，剑明故意走过去想撞她一下，不料燕子因为有点急突然小跑，剑明没撞她，她自己撞上他了。"啊"，鬼一样叫了，那尖叫声音相当于有人非礼她一样，着实把剑明吓得不知下一步她是否会叫"有人非礼啊"，还好，她什么也没说，只是马上蹲下。剑明奇怪地看着她，看着她两只白皙的小手在地上一通乱摸，一边自言自语："你把我的隐形眼镜撞没了，我都看不清了。"

剑明："你戴隐形眼镜的？"

燕子眼睛不抬："奇怪吗？"

剑明一边一个劲在地上找，一边说："你的眼睛那么美丽，没有想到你会是一个小四眼。"

燕子迟疑一下，表情有某种很不想让人看出她有任何不足之处却又被人撞上的扫兴，叹口气替自己补充道："我告诉你吧，这是我唯一的，一个缺点。"

剑明马上安慰："也不算缺点，特别是对很多长相有点问题的人来说还是优点，在你面前容易过关。"

燕子狡黠一笑，幽默地说："不对吧，我今天戴眼镜时看着你脸上没毛病，掉了眼镜看你一脸褶子。"

剑明听了哈哈大笑，他天生喜欢幽默，平日幽默时很少有人可以接招，这女孩子嘴巴巧极了。

剑明不说笑了，问道："你眼睛多少度？"

燕子仍然死死盯着地下，一边说："我没打算告诉你。"

剑明将她一军："我觉得你近视应该没有1000度。"

燕子嘴巴一撇："不用套我了，直说吧，我只有300度，只是夜盲。"

剑明按住燕子仍然在地上瞎摸的玉手，劝说："你这眼镜今天怕是难找了，找了也没用了，明天我赔你五副，你用什么牌子的博士伦。"

燕子眼睛蒙胧地盯着剑明："那我今晚怎么过？我还要去庆功宴，大家都在卡拉OK厅了。"

剑明直着表示："不唱不行？"

燕子特别严肃地说："当然不行，那是我们销售部拼才艺的时候。"

剑明很自然地伸过去拖她站起："我陪你去唱k吧，今晚我做你的眼睛，嗯，有首诗怎么说的，'黑夜给了我一双黑色眼睛，我用它来寻找光明'，我可以改成，'黑夜给了我一双黑色眼睛，我用它来代替美人'。"

燕子感慨地："这首诗是我最喜欢的，好，就凭这个，我给你面子吧。"

剑明得意了一把，为自己的即兴机智得意，他伸手欲牵着燕子的手过马路，燕子把手一甩："暂时不用牵手，需要时我叫你，你在前面走，我跟后。"

剑明得意的表情瞬间凝固，尴尬缩回了手，知趣地走在前面。两人一前一后，刚走几步，燕子的高跟鞋被一石子戳中了，她"哎呀"一声，剑明马上回过头来，再次把手伸给燕子，大方地说："改革开放的特区，还兴什么男女牵不得手吗？"

燕子这一下终于把手放在剑明手里，表情很不自然。

剑明看着想笑，他悄悄幽默地说："难道你像小学老师吓唬你的，手拉手会怀孕？"

燕子终于不再装了，被他逗笑了，完了感叹一句："嗯，怪不得王总那么多人中选中你了，真会来事。"

两人来到卡拉 OK 厅，售楼部的男男女女唱得正欢腾，燕子一进来，大家齐刷刷把"麦"上交给她，剑明心想："这小妮子真有地位啊，销售冠军也是有江湖地位的。"

燕子把麦递给同事甲，大声宣布："今天我不唱，因为我没戴眼镜，看不清字。"

同事甲马上递回她："我们都点了你唱熟了 100 遍的歌，你不用看字也能唱的。"

燕子显然是有唱 k 瘾的女孩子，接过麦，高兴地说："好吧，我就不扫大家的兴了。"说完，像 k 厅油条一样自然开口唱起了粤语歌。

剑明悄悄向同事打探："难道燕子是广东人？"

同事甲答："她是杭州人，说普通话的，唱歌特别喜欢粤语的，非常准，我们叫她粤语歌后。"

剑明也投其所好，也准备唱一首粤语歌，他偷偷在电脑上插队，点了一首粤语歌："偏偏喜欢你。"

显然是借歌抒怀。

燕子歌声刚落，电脑马上跳出了剑明点的"偏偏喜欢你"，剑明急急忙忙用夹生的粤语开始唱了起来，一边唱着，眼睛时不时就溜到燕子那边，那多情的眼神，瞎子也能看出苗头来。

年轻的男女同事们眼睛都是雪亮的，很快都用眼睛挤眼一下告诉对方："这帅领导对我们销售部长有意思了。"

　　所以，解散的时候，大家都一个一个借着有事偷偷溜了，没有一个跟燕子回家的方向相同，等燕子反应过来，歌厅外面只剩下她和剑明了。

　　剑明自然伸手拉住燕子："我送你回家吧？"

　　燕子眼睛眨了一下："送什么，我家就住对面。"

　　剑明意外地说："啊，你没住公司提供的住处？"

　　燕子笑哈哈地凑近剑明："我原来住一起的，被同事赶出来了。"

　　剑明知道不可能，笑哈哈地说："你是销售部主任，下属都敢赶你？"

　　燕子想了想，说："我跟你讲实话吧，我香港的男朋友每个周末来探我，晚上睡觉他会打呼噜，声音那个大啊，大家说像交响乐，左边右边的房间的同事都被震得睡不着觉，所以，她们会半夜来敲门，要我注意点，所以，我搬出公司宿舍了。"

　　剑明看着燕子的眼睛："你这话我明白，你的意思是想说你有男朋友了，要我不要打扰你？"

　　燕子鬼鬼地笑了。

　　剑明靠近燕子："我不会因为你有男朋友就放弃追你的。"

　　燕子觉得剑明这么会接招，"扑哧"笑出声来，笑完接着说："我的香港男友，已经是过去式了，打呼噜的段子，是我编的，你真信了啊。"

　　剑明坦诚地说："你有男友不奇怪，你这么美的女孩子没有人追才怪呢，你知道吗？我这个人从来就喜欢竞争。"

　　燕子不再笑了，认真地说："好的，如果你想约会我，跟王总说一声，把我调总部的总裁室去，如果这个做到了，我就和你约会，拜拜。"

燕子如仙女飘过马路一样，很快地消失了，那种步态，真有几分仙气。

原来她的眼睛真不那么近视，完全看得清路，刚才愿意让他牵手，已经意味着愿意与他靠近。想到这，剑明步履如飞，朝前来的出租车吹了一个口哨，吹口哨这个动作是他在大学里做过的。

燕子刚刚准备掏出钥匙开门，叶总在她后面几乎是抱住她，吓得她花容失色"啊呀"一声，发现是叶总，她定了定神："喂，你来我这里怎么也得告知一声。"

叶总充满了醋意地说："如果我告诉你，我能摸到这种真实情况？"

燕子尴尬笑了一下。

叶总眼睛朝窗外路边扫一眼："刚才送你回来的是公司大红人剑明。"

燕子点点头，身体靠在门边。

叶总看着燕子："你不打算让我进去吗？"

燕子无奈地让他进了门。

叶总像是表扬又像是挖苦："还好，你至少没有第一次就把他领回家，否则我和他……"

燕子一边倒水递给他，一边没好气地说："否则，你和他会打起来？"

叶总阴阳怪气地说："你就这样对待一个待你恩重如山的恩人？"

燕子不吱声了，眼前这个男人说的话不假，他对自己的确有恩。燕子提销售主任时，竞争的其他三人学历都比燕子高，燕子知道自己文化不高是最大缺陷，谁叫自己18岁时就厌学呢，她多少次暗自流泪后悔放弃学业。亏了叶总帮忙，通过学校的关系，帮她进大学一个艺术专业强化学习，让她混了一个艺术类大专文凭，虽然这是个含有点水分的成人教育文凭，但她硬是挤上了文凭同等的竞争队伍。然后，叶总把凡是找自己咨询买南风楼盘的大客户通通介绍给燕子，同时把潜在的客户资源一律带去见燕子，可以说燕子的销售冠军军功章里有他一半，大家看到的能干聪明的燕子幕后的推手其实是他，他的目的只有一个，要燕子做她的女友。

叶总的目的差一点得手，燕子能虎口脱险，全赖叶总有一泼妇未婚妻陈果，陈果又是公司财务，除了管公司的钱，也管住了叶总的钱。陈果的思想是管住了财政就管住了人，叶总在公司的股权投资和工资等一切现金都在陈果手上，叶总可以支配的只有口袋里的零花钱。任总也曾奇怪叶总为何可以这样被陈果牢牢绑住不能动荡，叶总的答案是，他让陈果婚前做了三次人流，每次她都留了证据，如果他敢说分手二字，他的所有钱财就是她的，而且将来的钱财也是她的，如果他不答应，她随时去妇联告他。最后，任总总结了一句："坏男人要碰上比他更坏的女人来管。"

因为陈果的厉害，燕子才有了自由，但对燕子痴迷不悔的叶总在陈果繁忙的时候，一有空隙，就跑到燕子住处纠缠。燕子碍于他的恩情，不敢撵他走，内心却铁了心要离开他分管的销售部。她也多次向叶总提过，但消息是泥牛入海，她最终明白叶总怎么可能让她跳出手心，今晚，她遇上了剑明，她又想到了这个心愿。

叶总声音嘶哑，阴沉沉地问燕子："你在想什么呀？"

燕子不喜欢叶总，首要原因是陈果的干扰，重要原因是这个男人的嘶哑声音，特别是晚上这个声音听起来，真有点儿像地狱之门出来的，又阴沉又怪异，怵得慌。

燕子过去出于礼貌，从不敢直言叶总的这个缺点，今天她鼓起勇气："叶总，你的声音太嘶哑了，我真有点怕。"

叶总笑了一下："你要我帮忙的时候没嫌过我的声音啊，记得我第一次去销售部有人叫我老叶，你还纠正人家，这么年轻该叫小叶吧，是你这句话才让我对你产生了幻想的，当然，你这么秀色可餐。"

燕子答曰："我觉得我已经回报你很多了。"

燕子觉得自己给叶总搂过，抱过，也亲过，与他的付出价值相当了。她拒绝了最后一步，她不怕男女关系，她生理上讨厌这个人，这个厌恶当然不敢说出口，她知道其杀伤力之大，这点礼貌她学习销售多年，至少学会了与讨厌的人物相处这一招。

所以，叶总始终没有弄明白燕子为何讨厌他，他总是每一次怀着希望来找她，抱着绝望离开。

无论如何，他叶总在这个城市找一个美女并不难，他有时也很气燕子的不可捉摸。

今天，叶总离开时，更多了一分不开心，他知道燕子可能更不在乎他了，她有了公司顶级红人追求，这人简直是王恒的替身，他就是剑明。

这个事情的第二周后，燕子就调到了总裁室。

据说剑明是这样推荐燕子的。

剑明来到王恒办公室，尽量说话隐蔽让王恒不易察觉，假装语气不经意地说："王总，销售部有一个人才，听说海滨度假村一半的销售成绩都是她完成的。

王恒看着剑明："嗯，是有这么一个人，我听人力资源部议论过。"

剑明觉得话题投缘，像天赐良机："而且，我觉得她的商业眼光也极准，几次向发展部推荐的项目都不错，这证明她的强项不止是销售，我想把她调来总裁室。"

剑明嘴里连续说了几个她，他口里面说"她"时听不出是男的女的，王恒并不知道剑明说的是女性。

王恒拍一下剑明的肩膀："我相信你的眼光，也算我们共同找了一个助手，我大小事都找你，太烦琐了。"

剑明高兴地一笑："对，男女搭配，干活不累。"

王恒恍然地说："你说的这人是一女的？"

剑明收起笑容："是的，是女的，而且还很年轻。"

王恒话锋开始犀利："剑明，不是我歧视女性，我觉得地产公司这活，还是男人的世界，虽然地产这行不是完全像记者形容的那样'遍地眼泪和血肉'，但也是要有超强承受力的，女孩子是否经得了这个风雨。"

剑明这下理屈词穷了，说话不利索了："您的意思是——不？"

剑明都不敢把"不"字吐出。

王恒突然又爽快地说："我只是发表个人意见，这事由你定吧，下次这种小事你可以直接找人力资源部下一个通知，不必跟我商量，我把内部调度这种事全部交给你。"

剑明听了本来吓得一身汗，瞬间又心头一暖。

燕子来总裁室报到的那一天，正好是南多城市报的记者小弦来采访王恒。命运也是无数的巧合，王恒第一天认识这两个与他的命运有些关联的女孩子。

王恒首先在会议室看见燕子，穿着黑色套装的燕子仍然改变不了骨头里面的那一股妖媚，她那种女性的春风显然是可以穿过古板的套装吹透出来的。王恒见了她，暗自私忖：剑明这小子八成是被这个美人迷住了，却拐了八道弯来说服我。

王恒热情洋溢里保持那种他特有的距离感："你是剑明推荐来的总裁秘

书？"

燕子整了一下上装，挺胸缩腹，大方地说："是的，王总。"

王恒语气平易了一些，反问："剑明说你是销售部冠军，为什么要求进总裁室呢？"

燕子眼睛直视王恒，美貌给了她胆量："我想学点新东西，而不只是'卖'房子。"

王恒反驳她："我们公司是盖房子的，所有的努力，落实到最后就是一个'卖'字，所以你已经做会了最关键的，为何要变呢？"

也可能是剑明私下授教，也许是燕子真有见解，她的回答显然像准备好了："因为我会'卖'，所以知道策划什么样的产品好'卖'。"

王恒有了兴趣："你认为什么样的产品会长久好卖？"

燕子没有想就说出了意见，足见想法很成熟了："我认为有品质的普通住宅是我们最好卖的，而不是别墅，虽然我是卖别墅最成功的。"

王恒诧异这个女孩子想法与他内心的想法如此相似，但他没有表现出来。

燕子见王恒不言语，推测他愿意继续聆听她的自我介绍，她又补充道："公司的文化和理念也是公司产品，也是好'卖'的重要事情，您可以测试一段时间，就知道我的能力有好多吧。"

王恒心想，看来剑明不只是喜欢这姑娘漂亮，可能也有敬佩和欣赏，嘴巴利索得让人刮目。

王恒改变了话题："今天你安排了我的采访？但最近我并没有要向记者说的东西。"

燕子悄声说："是的，王总，今天的采访有点其他目的，企划部想把公司的文章上党报的头版，好多次了，每次这个稿子编辑审了副总编审，最后总是在总编那里打住了，批示是：宣传企业的文章上党报头版不行，这是宣传广告，批示两个字'不发'。"

王恒马上明白："看来你不只是知道'卖'，你的意思是借用采访我的名义，顺带把宣传公司的文章发出去。"

燕子神秘地笑了："对，今天我把过去跟我们的张记者换了，今天来的记者，与总编是亲信，一般稿子绝对不会被毙的。"

王恒点头同意，又强调一句："我很看重的是记者的文笔。"

燕子马上回答："她是财经版一支笔。"

王恒打探道："财经版一支笔？叫什么。"

燕子答："笔名小弦。"

王恒想捕捉一下记忆："哦，小弦，这个记者，我好像看过她一篇文章，让我想一下，她有一篇文章叫……"

"王总，您看过我的什么文章吗？"两人光顾着说话，挂着大背包，和大背包形成巨大反差的个子小小的小弦，已经进了会议室，站在他们面前。

王恒礼貌地笑了一下："我曾在报纸上看过你写的《外贸国里的王子》，我喜欢那个报道，所以记下了你的名字。"

小弦大方地伸出手："王总，今天的采访报道要不要把文章标题写成：地产国里的王子？"

王恒幽默自嘲："我这把年纪叫王子，老了点。"

小弦很直率："那叫国王行不？"

王恒用手扯了一下西装扣："这是笑话而已，我是苦出身，而且以苦为乐，叫苦行僧对我比较合适。"

燕子轻轻退出了会议室，尽管平时大小会议上她见过他很多次在台上，觉得他发言风趣，有风度，像电影里的榜样型人物，今天近距离接触，她觉得这个男人是那种让女人自愿崇拜和仰望的，是可以去征服世界的，女人想随便靠近他，可能并不容易。

过去私下也听叶总说过这位同学，叶总就比较吝啬赞扬他了，燕子理解为男人也有妒忌吧。刚想到这个人，这人就出现在眼前，叶总看到了来总裁室报到的燕子。两人擦肩而过时，叶总道貌岸然，完全不是私下那个色眯眯打她主意的男人表情，大大方方握着燕子的手，言语冠冕堂皇："欢迎欢迎，好好干。"

燕子内心暗自得意："哼，看你今后还敢骚扰我不？我随时奏你一本。"

燕子突然有一种飞上枝头变凤凰的感觉。

海边，剑明与燕子在散步，聊天，剑明帮忙把燕子调进总裁室之后，两人正式开始约会。

剑明语气里有关切，也有表功的意思："怎么样？自从调进总裁室，还没问过你的感受？"

燕子轻轻呼吸了一口气："每天心惊胆战。"

剑明有点不相信："想不到会有人让你心惊胆战？我以为只有公司胆小鬼才会见他颤抖呢？"

燕子马上转换话题："你说，王总知道我们在约会吗？"

剑明坦然地说："这个我不刻意去告诉他，恋爱又不是什么大不了的，让他顺其自然知道好了。"

燕子嘟噜一句："公司并不倡导内部员工谈恋爱的。"

剑明笑了："据我知道，公司确定恋爱关系的人很少，好像只有我们一对，这规定难道只针对我们两个人？如果我们两人今后成功了，公司大概要倡导内部自行开展优秀男女配对，这叫肥水不流外人田嘛。难道因为规定不准内部谈恋爱，眼睁睁看着你这个绝色美人给外面的人抢了，那不是把全体南风地产的男人给逼反了，可能第一个揭竿起义的人，就是我。"

燕子摸了一下心："你吓我呀？"

剑明用情深深的表情说："燕子，如果你瞧不上我，我可能会追你到瞧得上我的那一天才打住，但因为别的原因失去这个机会，我会有行动的。"

燕子听到剑明的深情表白没有高兴，用脚踢了一下海边的沙子："喂，别说得那种惊天动地的爱情故事，我一点也不喜欢，我是一个百分之百的爱情机会主义者，先把我这个爱情观告诉你，免得日后你跟我在这上面意见不同扯皮。"

剑明也跟着她把脚边沙子一踢："燕子，你是什么主义都不重要，这样说吧，我的脑袋长在你身上，跟你同喜同乐。"

燕子翻了一下白眼："如果要我挑你脑袋里的东西，我就把你的外语功能和财务全能拿下，其余全部扔这里去。"

燕子指了指远处的海。

剑明近乎赖皮地说："我一点也不怕你说狠话，这一招吓不倒我。"

燕子狡黠地一笑："那你今后接招吧，我的爱情观是：斗智斗勇，其乐无穷。"

剑明看着燕子的调皮，突然觉得有股冲动，想凑过去吻她一下，燕子很快闪了，然后对他眨眨眼睛："对我做这个动作时，要先看看我有没有感觉。"

剑明急眼了："喂，一个 kiss 也不让，这叫约会吗？"

燕子没好气地说："我跟你出来了，站在这海边吹冷风，这不叫约会叫什么？你以为人人喜欢海边吹风的情调，我告诉你，跟你来海边吹风，是最大的面子，你知道我多么不喜欢吹海风嘛，这比晒太阳还容易黑皮肤呢！"

剑明听燕子说了一箩筐废话，无奈地说："谢谢你肯陪我吹海风。"

燕子看他可怜兮兮的样子："好了，现在回去睡觉吧。"

剑明失望地说："我送你。"

两人到了燕子家门口，燕子住的是没有电梯的楼房，她住六楼，剑明跟着她上了楼，在房门口燕子停住了，没有让剑明进屋的意思。剑明很想来一个吻别，一想刚才燕子说"吻"要感觉，他又放弃了，只是拉过燕子的手，吻了一下。

燕子这次没有拒绝，白皙的手伸给剑明，吻的时间有点长，良久，剑明像相对满足地说了声："再见。"

剑明慢慢往楼下走，突然，燕子在他身后叫住他："嘿，站住。"

剑明问："什么事？"

燕子大方地说："好吧，今晚，我邀请你上床吧。"

剑明没听懂："什么？"

燕子急了，语气急速了一点："我邀请你一起上床，你没明白？"

剑明受宠若惊，屁颠屁颠一下子窜进了燕子的房门里。

燕子关上了门。

剑明看到燕子很自然地脱了外衣，嘴巴里哼着歌，似乎真的像邀请他上床做客一样，奉上自己的身体这顿佳肴，像回馈他的帮助多过爱情的感觉。有了这疑惑，刚才他身体里那种亢奋的情绪，荷尔蒙的飘荡，反而一下子沉下去了，这算什么事呢？——他突然有点打不起精神。

燕子看他一眼，好像热情一下子退化了，扭头问："你怎么了？"

剑明有点泄气地说："你是不是在敷衍我？"

燕子有些挑逗地说："啊，上个床那么多讲究？你还处男呀？还要我怎么样热情，跳个脱衣舞怎么样？"

燕子一边说，一边把音乐一开，还调到大声音，真的跳起来，她像一个电影里的演员一样自如表演，很自然地一边跳一边一件一件地脱，最后脱得只剩下内衣了，最后只剩下裤衩了。

剑明笑了，指着她的胸说："哟，这才知道，你像刚刚发育的小女孩。"

燕子丝毫不介意他的评价："你喜欢大的话，我也可以去做一个，只是担心你摸进来，有如摸一堆橡胶的感觉，手感不好。"

剑明吓一跳："你怎么知道，男人的感觉？"

燕子百无禁忌地说："有一个摸了假胸的男人这样告诉我的。"

剑明也跟着笑喷了，燕子的豪放从她娇小的身躯里放射出来，这股子味道有些打动剑明了。他不是情场老手，但他喜欢会挑逗的女子，这个可能与他严谨的个性有关，他从来不会调情这一手，所以他喜欢女孩子这方面。别人认为调情是低俗的，剑明反认为是能力，如果女孩子不会这个技能，他担心两人整一晚上还是那个梁山伯与祝英台。

双方的情绪好像到了那个程度，剑明忽然将灯光调暗："原谅我，我这方面有点传统，我喜欢黑，喜欢古书里写的洞房花烛夜的感觉。"

燕子一听吓一跳："啊，洞房花烛？那是结婚的意思啊？"

燕子的意思是两人还没有到结婚的程度。

剑明轻轻吻了一下她的脸："我只是说情绪，没逼你结婚的意思。"

燕子眼睛眨了眨，似乎明白了该怎么做，她从柜子里摸出一条红围巾，蒙上，问："这样够不够你要的传统情绪，我想起一部有名的电影叫什么来着，一个男人去女人屋子里还——今夜点灯！"燕子故意拉长了点灯两字。

剑明不想让她逗下去了，这样逗下去像外国的肥皂剧了，他伸手揽住娇小的燕子，感受一把皇上的感觉（这是公司大楼的人传说的，谁搂着燕子就是搂抱了古代的妃子赵飞燕）。

燕子也没有反抗，他的手在燕子细腻得如丝绸般的皮肤划过，也划过雪一样又白又直的小腿。剑明很年轻，这方面经历并不丰富，但他喜欢看书，也是理论上熟悉女人的人，他内心认定，燕子算得上货真价实的真美人。

一番云雨，来得匆匆忙忙的，似乎有点太快了。

他满头大汗，浑身燥热，紧张又紧张。

燕子把毛巾扔给他："瞧你这一身汗——"

剑明把毛巾在脸上贴了一下，擦了擦汗，又递给燕子。

燕子嘟嘟嘴："你用吧，可以与男人共枕眠，不可以与男人共毛巾。"

剑明笑了："你这么多规矩呀，做你的男友真不容易。"

燕子心里想，你以为你就可以做本姑娘的男人了，男人总是高估自己，以为一个姑娘跟自己上了床，就掌握了这个姑娘，好笑，男人怎么会知道，世上比海洋更深的是姑娘的心呢？

燕子左一个姑娘，右一个姑娘，像时时提醒剑明，不管跟谁睡了，我还是姑娘。

说完这些，大概什么事让燕子有所感悟，很久，燕子不说话了，剑明看她不说话，又浮现那飘远的眼神，这是剑明最犯愁的。

他把她的脸扳过来，捧在手上："告诉我，我符合你对男人的要求吗？"

燕子巧笑了一下："那我符合你对小姑娘的要求吗？"

剑明急急地表白："到今天为止，你是我遇到的最迷人的姑娘，而且，我也不打算再去遇见了，每个男人恋爱的最好纪录是见到了真命女孩之后，打住。"

剑明感觉这话比较迎合燕子的话了。

这会儿，燕子终于甜美笑了一下，安静了。也许剑明的真情，让性格不羁的她，多少有些触动，燕子在销售部待了这么久，像叶总这样的到处留情的男人一抓好几个，像剑明这样的有优良教养的，的确是稀有品种。

即使如此，直到这一步，燕子也没打算和剑明动真的，她水性杨花吗？好像也不是，做了售楼多年，接触的富翁太多，财富对她的刺激，一点一点地输入她的骨子里。她判断剑明是绩优股，但她对财富，对地位，有更多的欲望和野心。

王恒如算命先生所预言的，他借了一股好风，地产事业有了起步，但离上青云仍有距离，他吃的苦他的努力，只有他自己内心最清楚，但城中所有地产界人物睁眼看不见他吃的苦，只喜欢八卦他怎么背靠未来岳父找到资金拍到地产界元老都不敢出手去拍的"丽景"别墅用地，还有这个建委最高领导怎么出手帮他取得各种别人排队他可以插队迅速得到的批文，想与他合作的人有的是冲着这个背景而来。

一个比他王恒起步更早，公司大过南风地产几倍的富金地产，老板姓刘，大家叫他大刘，他是装修出身的潮汕人，以穷苦出身依靠个人刻苦奋斗成了地产老大，是潮汕帮成功商人的传奇。他与王恒拿地能力是5：1，就是说，大刘拿5块地，王恒才拿1块地。即使这样能力悬殊，王恒并不想认识这个老大，王恒觉得这个老大胃口巨大，总是把自己那一村人的钱全部囊括手上做超能地产生意。而王恒喜欢登山那样，一步一个脚印，一块钱一块钱地赚，他的理想又务实、清醒的经营思路，与大刘彪悍的一心捞钱的胡乱做法完全不合，他几乎是拒绝与大刘交往，相反，大刘千方百计想认识他。

大刘有一个夸张的大鼻子，表情充满了喜感，但这个充满喜感的人，内心非常精明和复杂，自称刘哲学家，因为他的人生哲学是：钱可以买通一切。

大刘知道要想认识王恒，得先认识剑明。

剑明看了一眼大刘递上的名片，除了富金地产董事长，背面写的是哲学家大刘。

剑明平时也关注大学哲学课，认识一些哲学知名教授，盯着大刘，心中想想他像哪一位，自己见过没？脑子里确定信息无，问："您是哪个大学学哲学的？"

大刘一张大嘴巴欲回话，差点唾沫星子飞出，他不好意思地捂住嘴："不只是学，是研究。"

剑明装成很佩服地说："您已经是地产老大了，还研究哲学。"

大刘认真地说："很简单，地产和哲学，看似没有联系，其实这两者很有关系。"

剑明笑了，意思是我怎么看不出这之间的联系呢？

大刘耐心且语重心长，说："年轻人（其实他比剑明并未大到可以称剑明年轻人的年龄），我说，地产看似是盖房子，不错，但房子怎么盖起来的，就是哲学了，这就是人与人之间的哲学。拿地，批文，融资，销售怎么上，哪一样不是人的关系，所以，这里面的哲学学问可大了。"

剑明"嗯"了一声，觉得有那么一点道理。

但大刘并不打算再跟剑明讲哲学道理了，他站起身子，伸了一个懒腰。这个动作有点夸张，剑明暗自计算一下，他进来坐下不过讲了几分钟话，但像坐了几个钟头一样疲惫，然后他小声说："你转告王总，我随时等候他的召见。"

剑明马上站起来，握了一下大刘的手，礼貌地说："我一定向王总转达。"

大刘出了南风地产的门口，看着四周没人了，马上在门口"扑哧"一下吐了一口口水，好像是发泄一下自己来拜访王恒需经副手这一关的不爽。

大刘助手见状马上问主子："您生意做得比他大，公司名字比他响，为什么亲自来见他，还是见他一副手？"

大刘白他一眼："你懂个屁，别说亲自登门见王，就是亲自陪王上厕所，我也得委屈一下，他背后这个准岳父，是每一个做地产生意人心中的老佛爷，能与他合作，他的靠山也会成为我的靠山。关于委屈，你看到的，大刘我混到今天这么大老板，从工地的小工做起，做得这么大生意，哪一样不是委屈得来的。至于这委屈怎么发排出去，我自有我的方法，这就是我的哲学了。"

大刘助手自言自语地说："怪不得您对我们总是火气那么大，原来把你那些个委屈批发给我们了。"

大刘好像听到了抱怨，厉声问："嘿，你小声嘀咕什么呢？"

大刘助手满满的笑容："刘总，我什么也没说。"

大刘一拍他的肩膀，笑哈哈地说："小子，紧张成这样？你以为我真的会关心你说的什么狗屁？"

"快点把我的大奔开过来，我还有下一个重要人物要见。"大刘的声音高得像喇叭一样。

助手像田径运动员一样以标准的速度跑出了停车场。

大刘回头又看了大楼上王恒的办公室一眼，一双眼睛像扫描一样扫了一下四周。南风地产的办公楼只有六层，但特别宽大，是一个旧厂房改造的，王恒把窗户扩大装了全景玻璃。大刘眼睛把全部的玻璃窗都扫一遍，最后眼睛在王恒的窗户处停住，像知道有某个人盯着他似的，把大楼窗口站着看着他的王恒吓了一跳，王恒立即坐回桌子上。

剑明来到王恒办公室，递给王恒一张名片："这人约你有十次以上，你告诉过我不想见他，我就说你不在。"

王恒笑了："我刚才在窗台看见他了。"

王恒看了名片一眼，念出："大刘，哲学教授，富金房地产开发公司。"

剑明在旁边偷偷笑了。

王恒问："虽然我听说过这人，不知道他原来学识很深？"

剑明从不对人品头论足，突然对大刘开始了评论："我听很多人说他就是初中毕业生，他原来是一工地的小工，后来是一包工头，做装修出身的，房子装多了，顺便把自己装修了一下。过去常说自己是粗人，后来改口了，逢人告之是中大哲学系高才生，现在又进步了，不用学了，是研究哲学。"

王恒觉得好笑："你说，他为什么不说自己是学数学和物理什么的，或者说学文学英语什么的。"

剑明推测了一下，得出结论："可能，哲学这一科，最无法检验他的学历真假。他今天跟我谈了地产与人的哲学，还蛮有说法的，蛮有智慧。"

王恒自言自语："听说他是潮汕人？"

剑明点头："对，潮汕海陆丰。"

王恒若有所思："我对潮汕人的印象是天生的聪明，特别刻苦，抱团，还有就是钱钱钱，钱对于他们大过天。"

剑明理解王恒的心思，也是自己的心思，剑明与王恒信仰和思想天生一对，对西方管理企业的观念高度一致，他们都不喜欢大刘这种家族式的"老板文化"。通俗地说，两人与大刘之间虽然同做地产生意，同在一个城市，却是两种文化的催生物，宁愿鸡犬之声相闻而老死不相往来。

剑明直接说："那暂时不认识这人了。"

王恒点头："暂时不认识，以后再说。"

如果王恒从此选择不认识大刘这个人，不跟这个人在生意上打交道，那么，他的命运可能会改写，不幸的是王恒最终不但认识了他，还和他一起合作做了生意，而且是深度合作。大刘这个文化不高但极度聪明的人，虽然以哲学家自居，他还真有一股社会上混出来的哲学，很强有力地用他的人生哲学把王恒改变了。后来，发生在王恒身上所有的故事，都或多或少与他有关。

他的红颜

四、各种游戏

婚礼对女人，就是一个人人生中唯一一次当仁不让的女主角机会。这个机会对普通女人很重要，对高干出身思想脱俗的小鱼并不重要，她只在意王恒对她的爱与付出，并不喜欢婚礼铺张。但在那个万事高调的地产圈子里，原来小鱼和王恒两人合计好只要两家亲友酒楼吃一顿的，但随着朋友们的鼓捣，也逼着想张扬一把，刚刚在国内流行的时髦的伴郎伴娘婚礼，也影响了小鱼，使她这个脱俗又慢热的女子也急了一把。她看到剑明来送东西给王恒，马上抓了他商量伴娘伴郎这件事。

小鱼用从来没有过的热情称呼剑明，让剑明立马认识到事情的重要性："剑明，让你来当王恒的伴郎，行不？"

剑明听了，心中一喜："这当然好。"

剑明跟着王恒跑，公司是认同了，进入他的私事，这种荣誉，还是让剑明窃喜一把，这种感觉往"亲情"靠近了一点儿。

小鱼悄声感慨："现在就是不好怎么定伴娘。"

剑明纳闷了，心想有这荣幸排队的人不知道是否从公司已排到东门了。

小鱼叹息了一声："我自己的高干朋友里，长得养眼，又不能养眼过自己，这个人找不出啊。我的朋友不多（省略了'性格有点傲'，'朋友少'这些词），唯一四个女朋友，杨杨太年轻了，梁梁太丑了，珠珠太高了，娜娜太矮了。"

可能是剑明脑子里每天都只有燕子在打转，根本没有评估燕子比小鱼美这个风险，他只想推荐燕子，这多好，也很吉利，反正当自己的婚礼彩排，于是，他大胆地推荐："这样，你请我的女朋友吧，她不高不矮不胖不瘦，简直就是职业伴娘。"

小鱼眼睛一亮："啊，你有女朋友了，那太好了，那好，我去认识一下你女朋友。"

剑明高兴地说："她是公司总裁秘书，每一个见王总的人必须经过她，你去公司找王总，就看见她了。"

小鱼来到南风地产大楼，这个地方她并不常来，她是那种安安静静的女人，好像多认识一个人会浪费她的一分热情。所以，公司的人除了保安，无人认识她。

见到小鱼，保安热情地说："您来了？"

小鱼温婉地说："不用称我'您'，我不想被称得那么老，记得下次用'你'。另外，可以直接叫我小鱼，好吗？"

保安高兴地说："小鱼，王总不在呢，我刚才看见他跟任总一起出去了。"

小鱼望了一眼公司大堂，一边说："我不找王总，我找……"

小鱼还没说出名字，因为她看见一堆大男人围在大堂门前晃悠。

小鱼问保安："有人吵架吗，这么多人围观？"

保安笑哈哈地说："不是打架，有人参观，这是南风地产销售部的景点，转到总部来了。"

小鱼好奇地问："公司景点，什么景？"

保安往里瞅了一下，告诉小鱼："这些人，都是这个办公楼里的男孩子，有事没事的，来看公司总裁秘书燕子的。"

小鱼问："燕子？剑明的女朋友吗？"

保安神秘地点头："嗯。"

小鱼问："她脸上有花吗？这么多人看？"

保安笑了："她就是花，原来是销售部楼花，现在来总部了。"

小鱼意外地说："真的那么好看？"

保安憨笑一下："俺不觉得美，个小，瘦得一根葱一样，我们农村人喜欢个大的。你看，她出来了。"

燕子出了公司大堂，骄傲地在门厅站了一下，大声说："各位，想找本姑娘签名的，举手。"

门口站的一群男孩子"唬"一下全散了，显然他们并不想那么掉价，只想偷偷看看而已，大约都心想，你又不是名人，签什么名，不值钱。

燕子得意扬扬地用调虎离山计赶走了这群"色狼"。

小鱼趁这机会认真瞧了一眼约两米远处的燕子，她的确是袖珍美人，皮肤白得晃眼，眼睛眉毛细长细长，像画中的古代仕女，放在当今时尚的现代社会，这种美，显然是稀有品种。

小鱼大方地进了公司，在会客厅坐下。燕子过来了，并不知道这是王恒的未婚妻，但仍然非常有礼貌。在燕子眼里，小鱼外形温婉，气质不俗，心想此女人一定有来头。

燕子热情地问："您来找王总？"

小鱼眼睛眯了一下："我来找剑明。"

燕子答："哦，他刚出去，与王总一起。"

小鱼笑了一下："那我坐着等他吧。"

燕子内心很好奇，这个女人高贵中带着冷傲，来找剑明，啥事？

燕子有些尴尬，走也不是坐也不是。好在小鱼礼貌地看了下表："我改天来吧，今天有事。"

燕子送走她，问保安："这女人是谁？"

保安提醒她："王总的夫人啊，哦，现在还不是，过一周就是了。"

燕子暗想自己算会看相，刚才对她的态度，还好算得上得体。

小鱼出了南风地产大楼的门，开车迅速离开了。这时，她内心铁定，绝不能请这个女孩子做伴娘,请她做伴娘,自己的身形会显得有点儿高大威猛了，太不相衬，别给自己的婚礼找不愉快了。

晚上，小鱼仍然在整理婚礼名单，王恒看小鱼心事重重的，问："伴娘选好了吗？"

小鱼很肯定地说："嗯，我决定叫梁姐了。"

王恒笑了："你不是说过她有点胖，不衬你？"

小鱼试探地说："剑明叫我选她的女友。"

王恒一边脱下衬衣，一边漫不经心地说："选燕子？"

小鱼用淡淡的语气说："哈，你早知道燕子是剑明的女朋友？我今天才知道。"

王恒狡黠一笑："他把她调进总裁室那天，我就猜到了。剑明太实心，被这女孩迷得五迷三道的，这女孩子过去是叶总分管，奇怪，我从未听见叶华提过这个女孩子半句。"

小鱼故意说一下燕子的缺点："我觉得她太瘦了。"

王恒回头盯了一眼小鱼："按你的完美主义，你登一广告招人可能行。"

小鱼绕开王恒的玩笑，问："你觉得燕子美吗？"

王恒想了一下，似乎不太确定："反正每天有一群男孩子排队去看她，应该还行吧，不然看什么呢。"

小鱼有点羡慕地说："哦，这是公司一个景色啊，顺便帮公司做了形象广告，美人嘛。"

王恒像想起了什么："反正我替剑明有些担心。"

小鱼问："担心她被人抢？"

王恒摇头："不是，我担心他每天晚上吓着。"

小鱼追问："吓什么，以为古代妃子进屋了？"

王恒眉毛动了一下，寻找了一个合适的形象做比喻："嗯，她绝对不像什么妃子，反而有点像聊斋故事里的女人，鬼魅的那种美，这女人美得不正。"

小鱼接着问："剑明的女朋友，你怎么形容得这么形象？"

大概不常说他人坏话，更不说女孩子的，分明屋子里就两人，他也好像担心人家听到，凑近小鱼说："跟你说吧，燕子刚进总裁室没几天，她在公司午睡，我急着要一个文件，推门进了秘书办公室，发现这女孩子在睡觉，睡得很沉，但眼睛是睁开的，翻着白眼，眼睛没有黑色，只有一双白眼睛直愣愣地瞪着天花板（王恒做了一个瞪眼的夸张表情）。真的，吓了我一跳，那一下，真有点儿聊斋故事里的人那感觉，所以，你不选她做伴娘我没意见。"

听到这，小鱼真的被逗笑了："你怕她半夜来闹鬼？"

王恒说："我只是开一个玩笑。"

小鱼同情地说："可怜的剑明，这样的女孩子在旁边，每天怎么入睡？"

王恒深有同感："有一天剑明请我喝酒，说要谢谢我，因为我他才约到了梦中人。我说剑明啊，谢谢什么呢？你今后可能得每天把燕子哄着了才可以睡觉，否则，每天看着她睁眼睡觉，不要今后老做噩梦，反倒怪我成全了你。"

小鱼："你这是拆散人家的意思。"

王恒吓得直摇头："绝对不是，我只是觉得老实的剑明可能控制不了这女孩子，这样说吧，即使剑明跟她面对面，可能也不知道她的内心想法。"

小鱼听到这儿，不说话了。

王恒纳闷："嘿，怎么了？"

小鱼敏感地说："我怎么觉得你这样的关心话，有点过头了呢？"

王恒闻到了小鱼的一丝妒意，笑了："嘿，我是告诉你，美人必有一陋，燕子就是有这个陋，但我的小鱼却是连一陋也没有。"

小鱼挖苦他："你不是在背什么文学名著吧？"

王恒把小鱼搂过来："别深挖我的潜意识了，这个世界，有了你，我是不再想第二个女人了，这里，空间不够。"

关于伴娘这个事情到此打住没有再议，两人婚礼中这个最重要潮流和时尚的伴娘细节也因小鱼的这点儿妒忌最终没有选择燕子担任，使得婚礼效果欠奉。因为伴郎剑明玉树临风，伴娘梁姐矮胖肥大，两人一起出场陪新人站在一起，喜感多多、美感很少。加上王恒的婚礼场所选择是小鱼爸爸定的，浓烈的老革命加军旅的味道，一半仍然在职的部队下属都着一身整齐的戎装排着浩荡的队伍来道喜，乍一看像某部队联欢会。小鱼爸爸意思明确，这代表着健康官方的社会关系，但这种风格与王恒的西装革履和小鱼的雪白婚纱的西式婚宴弄到一起，有点儿不伦不类，极不协调。所以，婚礼开场时，小鱼看着，再瞅了一眼来宾席上燕子和一群女员工在一起，美丽的燕子把女来宾衬得个个漂亮，小鱼当场就后悔得恨不能马上重新搞一次婚礼，第一要选择西式一点的婚礼地点，第二要找美女燕子做伴娘。现场效果告诉她，只有美女才能衬出美女，胖矮的梁姐把自己衬得那个胖啊。

小鱼为这个细节的不好差点想哭，好久没有缓过神来，又一件事令她膈应得不行。

当天，大刘手里拎着一个精致的纸盒子，亲自送到了婚礼现场。大刘有点急，加上眼神不好，没有看见大厅里显要位置坐着的大人物小鱼的爸爸。

大刘将纸盒交给王恒，眼睛眨了一下，示意打开看看。

王恒打开一看，是字画，蒋介石送给宋美龄的字画。

大刘手舞足蹈地讲解："我找了知名鉴赏家鉴别了，字画的确是真品，这是知名博物馆的证书。"大刘边说边拿出一本精致的证书。

王恒有点不好意思："刘总，这份礼有点重。"

大刘双手直摇："字画不贵，但意义贵，要送给懂的人，而且，蒋宋二人的爱情还是一段佳话，我愿意你们夫妻像蒋与宋一样相互支持，成为地产界的传说，爱情也像他们一样，一生相伴，一生长情。"

小鱼爸爸在一旁听得不顺耳，他上前一步，走到王刘二人中间："你这个比喻极其不对！"

大刘吓一跳："您是？"

小鱼爸爸声音严厉地说："我是共产党的高级干部，最知道这二人的虚假爱情，蒋介石原来就是上海滩小流氓，靠着宋美龄这个贪了大半个上海财产的宋家，挤上了所谓上流社会的台阶，这二人的爱情是极端利己主义者的代表，不值得歌颂，甚至要批判才对。"

大刘虽然内心不服但嘴里非常认同："哦，首长，可能真的是我说错了，这二人的爱情是有点功利，不值得歌颂，但蒋这个字画还是有水平的。"

小鱼爸爸眼睛斜视："我看字画没什么水平，一个人的字就是一个人的灵魂表现，他的人格这么差，字也好不了，你，必须，把这礼物退回去。"

大刘尴尬地说："退回去？"

小鱼爸爸严肃地字正腔圆地说："我是共产党的军人，与这个国民党的军人，誓不两立，王恒敢挂这个字画，他就不是我儿子。"

大刘一看形势不对，立马讨好小鱼爸爸说："首长，受了您的这番教育，我也仇恨这个跟咱们感情誓不两立的蒋光头了。由于我觉悟不够高，才差一点犯了错误，我决定把这张字画，撕个稀巴烂。"

说话时，大刘用力地三下五除二，将手中的字画，"啪啪"几下撕了个稀巴烂，撕完问小鱼爸爸："您觉得，我这个态度是不是跟您一个队伍了，如果觉得是一个队伍了，那么我符合条件参加王恒的婚礼了。"

小鱼爸爸哈哈大笑："你很识时务啊！"

王恒看着大刘脸上红一块白一块，一边热汗一边冷汗，也有几分同情，今天又是自己大喜的日子，见大刘如此诚意，刚想表示欢迎参加，话没开口，小鱼爸爸立即拍拍大刘的肩："这个我批准了，王恒就不敢反对了。"

小鱼爸爸属于那种原则极强心肠却极软的人，显然，他也在补偿大刘的尴尬。

婚礼上，看着台上新郎官王恒在致辞，大刘笑得山花灿烂。助手不笑，好像内心挂记着什么东西丢了。

大刘用胳膊推了他一把："嘿，你愁眉不展的，什么意思？"

助手悄声说："刘总，今天您那个字画要多少钱啊？"

大刘不耐烦地说："你问这个干吗？"

助手把手放在心上："唉，心疼啊，那么贵重的东西。"

大刘声音压低说："我跟你实话说吧，今天撕的是一赝品，假的。"

助手听了惊喜万分："真品你放家里了？"

大刘狡黠地一笑："我没有真品，这东西我永远不懂，不知真假，反正我目前送出去的这些东西，八成是假的，我当真的送，没有人怀疑过我。"

助手伸出一根手指："高！"

大刘用力撞他一下："你什么都不知道，听见了。"

助手点头："当然，当然。"

这句话被邻桌的任总听见了，他轻轻撞了一下叶总："嘿，我听到说，今天那个著名的大刘撕掉的字画是赝品，这事，我该告诉王恒吗？"

叶总瞪他一眼："人家大喜的日子，你去打假，还是一撕烂了的，积点德吧。"

任总意外地说："嘿，这个最喜欢背后说人坏话的人，今天变成了……"

叶总情绪低落地看着远处的燕子，任总从他的眼神里读到了失落和忧伤，他又撞了叶总一下："你别那么死心眼了，她已经跟剑明挑明关系了，你知道我大学里那样迷恋她（任总的眼睛瞅了一眼台上的新娘小鱼），现在，我看她很一般嘛，你看，也不苗条了，也不年轻了。我该谢她当年拒绝之恩，让我有机会找更年轻的。你得往后想，燕子二十年后就是徐娘了，男人却进入魅力四射的中年。"

叶总吓一跳："你的离婚手续办好了？"

任总点头："差不多了。"

叶总想了想，又问："你有了新目标？"

任总点头。

叶总故意问："谁？"

任总扯了一下衣服："我还在追求进行时，说不得。"

婚礼结束，王恒和小鱼牵手送完最后一位客人，两人疲惫不堪地相望一眼。

王恒问小鱼："今天的婚礼你觉得完美吗？"

小鱼只得点点头，她是不敢承认不完美的，但内心知道并不完美，迷信的说法是完美无缺的婚礼带来完美的优质婚姻，她暗自思忖，会不会因为婚礼不完美而导致婚姻不美呢？

王恒没有继续问了，他心里有点心疼那幅撕掉的字画，毕竟是美院毕业的，对有历史文物价值的字画是痴迷和热爱的，而且程度不一般。他怎么也想象不出大刘会用赝品赠人，反而对大刘的礼品的脱俗有了好印象，而且为了和自己诚意交往，竟然可以如此委屈，其诚意之大，让他无法拒绝。

王恒终于同意大刘的富金入股南风地产，富金也成了华商入股之后第二个股东。看到王恒的"丽景"别墅开发得成功，原来一直做普通住宅的大刘，也想盖别墅，他认为盖别墅利润大，操作方便，只面对富豪，赚钱利索。他知道有一个叫布丁的小渔村特别适合开发，这个渔村有一排靠海的村子，住了人数不多的渔民。第一天来南风地产上班，他就在王恒办公室唠叨半天，归结出来就是一句话，这个海边的布丁渔村他有资源。王恒明白了，问他资源可靠与否？但大刘说话藏着掖着，王恒以为这个资源很神秘，最后两人正式谈开，王恒都差点被大刘这个神秘背景笑出"喷嚏"。

原来他收购旧的布丁渔村的所有关系，是来自他离婚两年的老婆。

王恒看着150户人家的名单，知道是征村民的用地，王恒知道这个事情的复杂和难搞。大刘一副胸有成竹的样子，热烈表示这个下层建筑的关系是他最擅长的。

大刘来到布丁渔村一个小院子，这里旁边挂了一个"秋月便民诊所"的牌子，这是他前几年离婚时给阿秋盖的。因为阿秋是妇科神医，在这里替不少妇女接生，过去也帮年轻女孩子做人流，因为医术好，竟然名气大了，让远近几十里的村姑都来这做小手术，直到阿秋结婚两年都怀不上孩子，最后迷信把自己怀不上孩子自责为做了太多人流，有老天报应，于是，她决定不干这活了。

大刘进院里，看见一个十几岁的女孩子被一个男孩子扶着出门，阿秋在他们身后跟着着急地叮咛："喂，背她走，别让她下地啊。"

大刘一看，明白了三分，进门立即问："不是说不做这个了吗？"

阿秋不吱声。

大刘一愣："唉，咱们离婚那时，你不是发了誓不再帮村里的妇女做人流了吗？"

阿秋表情忧伤："是有两年不帮忙做了，可也没怀上。"

大刘一听，明白了："你有了新相好？"

阿秋不高兴了："嘿，姓刘的，你包养了好几个年轻女孩子，不要限制我交一个男仔吧？"

大刘马上解释道："不是那意思，我是怕我给你的那点财产被人骗走。"

阿秋白了他一眼："怕什么？我有妇科医术。"

大刘凑近她："最近对江湖医生抓得紧，迟早你得收手。"

阿秋得意地说："我是神医，人家正规医院接生孩子都常常有医疗事故，我这，从没一个失过手，可以说百分之百的成功率，怕什么。"

大刘急了："万一有一次，那个赔偿之大，还有你的名声啊，而且，你会变老，难道你六十岁还当接生的？"

这一句话让阿秋触动了："这倒是对，接生这事也是一体力活，有些孩子死也不出来，我费劲拽啊。"

阿秋边说边做了一个拽的动作，自己嘿嘿笑了。

大刘跟着笑了："你还是这么开朗，不愧为我前老婆。"

阿秋立即表情严肃了："大刘，当初我想离婚，是觉得自己生不出孩子，是上天罚我不能怀孕。其实，这是迷信，我有两年没做这个，跟阿豪在一起两年，也没怀上，这其实是身体问题，我谁也不怪。"

大刘安慰地拉了一下阿秋的手："还好，我们永远是比夫妻更理解的朋友，今天，我就是来求你的。"

阿秋把手抽回："你大老板了求我干什么？"

大刘眼睛看着外面："我想把这渔村收购了，盖海边别墅。"

阿秋听明白了，眼睛眨眨："你在这里名声很大，不需要我出面吧？"

大刘脸上笑得近乎假了："你出面更好，这里的人知道我们的关系，你出面，我出钱，记住，一定要说'为民造福'，这些字只有从你嘴巴里说出来才会有人信，你这么多年给村里妇女们造了多少福啊。"

大刘边说边拿出名单："这里面的人，你大部分都认识，不认识也间接认识的，我会把补偿协议给大家看，有不同意出让的人，我就画上，你去帮忙做思想工作。"

阿秋接过名单："好的。"

大刘装得坦荡地说："打心里说，这绝对是为村民办好事，你看看这里多少房子，住得跟新中国成立前一样，我将是一个为这些房子造福的人，相当于让他们住上好房子的恩人。"

阿秋回敬他一句："最大利益的人，一定是你吧。"

大刘不怕被揭穿，仍然笑道："这个是一定的。"

阿秋踢了他一脚（显示知道他的伎俩）："我了解你了，没发达之前，帮隔壁邻居买一桶油，你也会赚个差价，真是，无利不起早。"

大刘坦白地说："这叫懂得商机，再小也是商机啊，好了，我知道你你知道我，我们不是夫妻胜似夫妻。"

阿秋又差点想踢他，缩回了："别扯这个了，我知道，你只喜欢两样，钱和女人，是漂亮女人，不是我这样的。"

大刘止住了吹捧："你也两样啊，面子和帅哥，这事成了，你两样都有了。"

大刘和阿秋达成交易，承诺村民全部回迁。

王恒和任总及几个年轻人都在做设计方案，王恒的要求是摒弃标准化的一个模子出来的别墅设计，把自然个性放在第一。因为收购了渔村，别墅的另一边是回迁的价格低廉的平民建筑，形同解困房，如设计方案定为诗意的海岸明月别墅，要让两种风格高低不同又放一起看着和谐，几乎轮回，最后定了方案。

王恒打开设计图。

任总指着效果图说："这种风格有你一直痴迷的徽式建筑风格元素。"

王恒神情严肃。

任总不敢再嬉皮了，说话变成真挚："我认为目前是'新颖'摆在第一的时代，建筑风格一旦不新就随时落伍了，所以，在你喜欢的风格上有了新的东西。"

王恒的表情出现了惊喜，任总感觉到老板的满意，他又补充一句："你说的，海边别墅忌讳虚华，设计要让人觉得内心柔软，享受自然。"

任伟翻开另一张图纸："为了协调，我把和别墅相望的平价楼，也采用了玻璃窗设计，让村民们也能望见他们热爱的大海。"

王恒看完方案，高兴得正想给任总一个惊喜的拥抱。这时，大刘的电话来了，大刘在电话里要王恒去海皇歌舞厅唱歌。

王恒看了一下手表，纳闷："这么早的时间就去唱Ｋ？"

任总哈哈一笑："听人讲，Ｋ厅是他的第二办公厅。"

王恒想既然这样，就到ｋ厅办一次公，他召了剑明和叶总一起过去歌舞厅。刚进门，王恒没张口，大刘就有点激动地把一个画册放在王恒面前。

大刘一贯喜欢先发制人，他把方案摆在王恒面前："我们的方案搞好了，我们的别墅名字——南海渔村。"

任总纳闷，眼睛眨个不停："我怎么觉得这像某饭店和某酒楼的名字。"

大刘的眼睛差点急成了斗鸡眼："饭店？酒楼？也没有错啊，我们是美食文化大国，住什么也想到吃。"

王恒忍住笑："海边别墅的楼盘用院子？"

大刘不笑，很认真："对，院子很好，今后盖好了，每个业主可以自行做一个小牌子：李家大院、王家大院、赵家大院、张家大院。"

王恒打断他："你看看任总这个方案，很诗意又实际，完全是东方人的智慧。"

大刘连看都不想看王恒的方案："别墅不需要唯美和智慧，要亲切，亲情，清闲。"

任总听得头皮发麻："大刘，我们都是美院出身，相信我们的审美。"

大刘不高兴了："你的意思是我的审美比不上你们？"

王恒看着大刘脸上那个大鼻子翕动着，真想上去帮忙把鼻孔按住别翕了，但他还是忍着，他想到自己只有耐心更耐心，他指了一下楼下一个海景窗口："你看，大海的蓝，如果用灰白相间的别墅颜色，很诗意。"

大刘鼻子不翕了，眼睛翻白眼："你喜欢诗，诗能当饭吃吗？"

大刘的普通话把"诗"差点读成"屎"，这个讨厌的读法把自己也逗笑了。为了缓和气氛，他只好说一边吃饭一边唱K，再解决。

王恒面有难色："唱K，我不怎么喜欢。"

大刘知道，王恒喜欢看书，运动，不好这一口。

大刘强迫王恒："王总，我知道你喜欢运动，今天这么晚了你觉得我们还能去爬山打球吗？"

王恒想了想："那好，只是我有一个限制，不叫那些陪唱的。"

剑明看着双方有点坚持己见，打圆场了："叫我们公司燕子和之之，她俩是唱歌高手。"

大刘同意了。

于是，剑明叫上燕子，还有她的好朋友，也是原销售部的副主任，一个叫冯之之的女孩子。

叶总听到燕子要来，亲眼见自己付出很多心血却没能泡上的女孩子要来和现任男友秀恩爱，他不想受那个刺激，一心想溜走。剑明不知道叶总的内心世界，一把拦住叶总："叶总，我今晚一定要欣赏一下你的男低音。"

任总以设计消耗太多体力，拒绝参加，他想蒙头睡上一觉，让王恒战胜大刘，用自己的方案。

五、情色

　　海皇歌舞厅，也算是一个"罪孽深重"的地方，情色，三陪小姐的辛酸，浮世绘。喜欢这种地方的人，很容易找到与这个地方相对应的性格。这里灯光阴暗，大部分女孩子穿着时髦，唱得如同专业歌手一般，加上年轻美丽，像施了魔法一样每天召唤一拨又一拨的人前来消费,大刘就是其中之一。这次，他带了一拨人，刚一进包房，夜班经理就推销了一个排的女孩子跟着进门，个个穿着三寸高跟鞋，衣服露半拉。大刘笑着说："丽丽，玲玲，小秀，小五子，小六子，你们今晚不用来陪了，我们今天有专业的歌手，你们的坐台费一分也不少。"说完丢过一堆钞票，那些妹子们接过钱，笑哈哈地一溜烟跑了。

　　大刘难过地感叹："这些没良心的妹子，眼里只有钞票，怪不得只能干这个。"

　　叶总眼见大刘撵走她们，小声埋怨道："刘总，比例不对啊，我们男多女少啊，必须叫回来一个。"

　　大刘立即掏出电话："叶总，你刚才看中哪个？"

　　叶总想了一下："站最前面的那一个。"

叶总根据过往经验，知道站第一名的是最漂亮的。

这样，很快，K厅的职业陪唱丽丽回来了。丽丽的确是歌厅第一把交椅，长相姣丽，大刘拉着她的手，递给叶总，意思是你钦点的，交由你了。叶总暗喜，这样他既避免了尴尬，又暗示了燕子，别太拿漂亮当回事，漂亮女孩满地都是。

大刘说完，又转脸对大家说："好吧，兄弟姐妹唱起来，你们两位南风地产的歌手是替王总飙高音，如果赢了，我就让王总的设计方案为主。"

王恒听了这番对话非常反胃，做了一个要打电话的动作，双脚踩黄鱼，溜边跑了。在歌厅外面的咖啡厅找了一张沙发坐下，几个晚上没有睡好的他，在咖啡厅喝了两杯咖啡准备提一下神，几分钟后神没提起来，坐在沙发上睡着了。

大刘的嗓子不错，他非常在意自己这个天赋，唱歌也是跟他的最初的职业习惯一样，喜欢搞承包。他承包了整个晚上，他几乎不给别人唱几句的机会，也不提谁唱赢了他。

他不管谁点的歌，只要别人唱了几句，他就跟，慢慢地，都是他在唱了。看来大刘内心有很多爱情诗意，也有不少怨恨忧愁，因为每种情绪的歌他都唱得情绪饱满，把自己满腔的热情都倾泻在歌里。

好强的燕子不示弱，看到这个人表现能力太强，岂能示弱，所以，大刘唱哪首她唱哪首。大刘开始不开心看着抢他风头的女孩子，心想你到底是展现歌技还是给老板赢方案，反正两者他都不喜欢，因此给了燕子不少脸色。发现她不接招后，有点儿想冲过去摘下燕子的麦筒，但刚刚靠近燕子，他惊讶地发现一个绝色美丽的左侧脸，眼光顿时凝固。他最欣赏的是女人的侧脸，他的审美里侧脸远比正脸重要，因为女人大部分是站在自己旁边，所以，一个美丽的侧影能让他心软，眼看燕子的侧面简直就是故事里的神仙妹妹下凡了人间，比平时陪唱的丽丽、玲玲等不知美上多少倍，加上歌声那个甜。他眼睛盯上燕子，眼珠都睁大了。剑明看见大刘眼神不对，马上把燕子拉到自己身边，宣誓主权。

大刘心里明白了几分，问："这是你女朋友？"

剑明爽快地回答："是的，刘总。"

大刘泄气一样叹息："你把女朋友带到歌厅，不是带着叉烧上茶楼，多余嘛。"

剑明不吱声，嘿嘿一笑。

大刘显然无限失望，也不热情唱了，一个人在旁边喝起闷酒来，这个情景没几分钟，情况逆转，冯之之马上靠过来。的确，这是一个年轻女孩子热衷集体收割大款的时代，大刘怎么会寂寞呢。冯之之心想眼前情况，属于自己的小机会来了，她凑上去："刘总，我们一起唱一首吧。"

大刘这下转身正眼瞧了瞧冯之之的模样，心想，这姑娘脸蛋虽算不上美，但胜在有春风，于是，他脸上又展露笑容。

大刘问："我们唱什么？"

"纤夫的爱，"冯之之好像有备而来，她多少也有些心机，知道这首歌有调情的味道。

这首歌是当时最流行的，也是大刘的最爱，他常常把这首歌放在他压轴时才点，这一下当然得提前表演了。他马上指示剑明："快，把这首歌提上来。"

大刘一边等着电脑转歌，又跟冯之之确认："那高音，八度，你能飙上去？"

冯之之肯定地说："我行。"

两人开始唱起来，之之歌技惊艳，音准和声音都是接近职业歌手水平，令大刘拍手称赞。

大刘惊喜加赞赏："你真的是学过唱歌吧，我觉得接近专业的了。"

冯之之语气里既有骄傲又有更多无奈："是的，我学过，但上艺术学院学费贵，我没学下去。我妈妈说，贫学农，富学工，富家公子学唱歌，我家里不富，有天赋也没用。"

大刘动情了："好，赶明儿，我资助你学唱歌，你今后陪我唱歌作为回报。"

冯之之感动了："刘总，你人真好。"

两人因歌生情，越来越亲密，从未谈过恋爱的冯之之竟然对这个年纪大她十多岁的男人刹那间有了某种好感。

坐在一旁的叶总，则独自寻欢，一人独占丽丽谈心。丽丽或许每天唱得太多，把今天不用陪唱当成了福利，安心聊天，并对偶尔向她做过分动作的叶总报以K姐的职业微笑。

剑明上了一趟洗手间，回来后惊讶地发现叶总跟丽丽在门外一个黑暗地方偷偷接吻，看着丽丽表情安静并无抗拒，他纳闷这是丽丽常年混迹此地见怪不怪，还是她真对叶总有好感？

唱完K之后，大刘带着之之上了自己的奔驰车。车子准备启动的时候，王恒跑过来了。

这一下咖啡起了作用，王恒神情严肃地阻止，他觉得之之是公司员工，这样跟大刘走不太好，没想到酒精兴奋的之之把头伸出车窗："王总，您不要坏了我的好事嘛。"

大刘皮笑肉不笑的："对，她自愿的。"

王恒来气了："今后你们约，是你们的事，今晚是我通知她出来唱歌的，必须跟我回去。"

冯之之仍然坚持说："王总，我和刘总是以歌会友，想回他家继续尽兴。还有，我是单身啊，您放心了。"

大刘"吱溜"一下踏着油门开车离去。

王恒对着车的背影感叹："这算什么事呀？"

王恒真有点心惊肉跳，他知道冯之之把大刘这种行为幻想成爱情了。

剑明看王恒急成这样："王总，别操心了，冯之之是成年人了，她可以对自己负责了。"

王恒把手上的设计方案放在剑明手上："公事归公事，让他签字吧！"

王恒忧心忡忡地去开自己的车了。

海皇大街有很多车辆在穿行，让少数行走的人成了另类，剑明没有开车，和燕子并肩走着。剑明与燕子一起回家，剑明问燕子："之之这个行为你认为妥吗？她有没有男朋友？"

燕子苦笑一下："之之家里生活困难，总想找一个富人做男友，也许这也是一策。"

剑明叹息，他又告诉燕子，他在门外看到叶总与丽丽的情景。

燕子这下变成诡异的一笑："叶总就是这样的人，他虽然和王总是同学，但精神高度方面隔着一座山。"

剑明认同："这是我学习的榜样。"

他拉着燕子的手，发现燕子的手冰凉，他不知道燕子的内心在想什么，是否也跟他一样，对某些看不惯的人和事，或者说不喜欢这种灯红酒绿的男女之情，内心对这个产生一些凉意？但两人并没有为此再交流，只是静静地走着。

五星酒店门前，大刘刚下车，大堂经理赶紧过来迎接，大刘指着冯之之说："张经理，这是歌坛新星之之，哦，不对，现在还不是，未来是，歌坛新星，我准备好好培养她。"

冯之之甜丝丝地一笑。

看着大刘高兴地牵着冯之之的手进电梯了，张经理摸摸脑袋："什么歌星？我怎么看着没一点儿印象。"

大刘带冯之之来到酒店顶层，这是他在酒店的长包房。

酒店内，大刘继续开酒瓶，继续碰杯。

大刘酒后话更多了，他高兴地表白："之之，原来你这个女孩子，乍一看不起眼，仔细一看面带桃花的，我喜欢。"

冯之之半醉意半试探："刘总，你刚才是喜欢燕子的啊，她比我更面带桃花吧？"

大刘嘴巴一歪："她太瘦了，我这么胖，如果真有机会睡她的话，可能担心压断她几根肋骨啊，还是你的身材较适合我，合肥。"

冯之之脸上顿时不悦："刘总你这么说，伤了我了，我可不是肥，是丰满。"

大刘搂住她："你是环肥，你懂吗？我在一本野史书上看过一段话，古代唐玄宗喜欢环肥的理由是她能让皇帝感觉身体的温暖，今晚，你也温暖我一下。"

剩下的事情开始荒唐了，有几个版本传闻这件事，第一是大刘喝得醉鬼一样，对着脱了裤子的之之开香槟，结果不小心让瓶盖冲到了之之的下体里。

第二个版本是，大刘开玩笑，与喝得不省人事的之之打赌，她的私处是否可以装下一个酒瓶盖。喝得烂醉的冯之之对这个荒唐的提议居然没有拒绝，还同意试试。

结果是，之之痛得大叫，结果两人并未发生性关系，却造成了比发生关系更大的伤害的结果。之之当晚被送到红会医院妇科，医生在手术室用钳子加叉子等工具将酒瓶盖取出。

急诊小手术室，大刘坐在外面，嘴巴里仍然有残存的酒气。助手在旁边不断递给他自带的茶水。

女医生入内，问之之："我当妇科医生这么久，头一次做这种手术，你这么年轻，怎么不爱惜自己的身体呢？"

冯之之很羞愧，不敢抬头看医生，替自己辩论："医生，我很爱惜自己的身体的，您该看到了，所以我至今是处女。"

女医生痛心地说："但是你这个酒瓶盖子放进去了，你那地方就不再是处女了。"

冯之之问医生："医生，能修复吗？"

医生看了她可怜兮兮的表情："我尽力吧。"

冯之之眼泪要出来了："谢谢医生，你一定要帮我这个忙啊。"

女医生走出手术室，看着大刘和大刘的助手，分不清哪一位是搞事的人。大刘眼睛躲猫猫一样，医生判断是他。

女医生问："你是经手人？"

大刘嘴巴说话仍然像口齿不利索："医生，不管怎么说，想尽一切办法抢救。"

女医生听了觉得好笑："想尽一切办法抢救？这件事倒是死不了人的，只是对女性身体和心灵伤害太大，你经常这样虐待女孩子吗？"

大刘不服："恰恰相反，我是尊重女性的模范，这个方面我有很多美德故事。"

医生看大刘胡说八道的样子，懒得与他多说，感叹地说："你这种大款，做出来的事不怎么样。"

大刘奇怪地说："哎，医生，你怎么知道我是大款？"

女医生眼睛扫了一下外边："昨晚你开了一辆大奔送这女孩子来的啊。"

大刘突然很喜欢这个女医生，因为她的话好听，他开名车当然需要被人知道（那个时候还没有宾利、保时捷或者法拉利这样的进口名车，奔驰就是最有名的）。他转眼笑哈哈地说："医生，谢谢你的夸奖，赶明儿有需要用车，CALL 我，随时随地。"

女医生苦笑了一下，丢给他一堆单子："这女孩子要住院几天，去办手续吧。"

大刘迅速将账单交给助手："你去交，我得回避一下了。"

大刘走着歪歪扭扭的步子出了医院。

医院住院部妇科室，之之躺在病床上，燕子在旁边照顾她。

燕子心痛地看着冯之之："哎，这人素质太低，做这种事。如果是我，非得让他上报纸，整一条头条新闻，让他出丑。"

冯之之伤心地说："燕子，让他上报纸，我也跟着上了，他丑了，我也丑了。我跟你说，绝不能让公司任何人知道啊。"

燕子觉得冯之之太软弱，不高兴地说："社会上就是你这种弱女子太多，惯坏了这些坏男人。"

冯之之显然并未因此生恨："也不能全怪他，我自愿的。"

燕子一听，激动地端住冯之之的脸："哎，对这种邪恶的行为，你能忍，你心里有没有界限啊，你的女性自尊心哪里去了。"

冯之之低头哭了："你以为女孩子个个像你这么能干？把那么好的剑明给你逮着了。"

燕子看她那么难过，只好收声了。

王恒代表公司来探望，进了房间，正好看到之之眼泪直流。王恒有点痛心地说："我劝你不要跟他去酒店的。"

冯之之点头，这一点她明白。

王恒像领导又像兄长："你想这事怎么解决，怎样对你伤害小呢。"

之之小声说："我要他娶我。"

王恒反问她："你觉得这可能性大不大？"

之之想了想，又摇头。

王恒声音已经嘶哑，但仍然耐心地劝说："他这样对女人，你还对他有信心？"

之之胆怯地看了一眼王恒，摇头："没有。"

王恒真诚地劝说："之之，你还年轻，该找一个珍惜你的人结婚，哪怕这个人不是什么一夜情的款爷。"之之没有听王恒的话，眼睛里写着复杂，想说什么，又止住。

王恒看出她有心思，关切地问："有什么想法，跟我说，我去谈条件。"

冯之之眼睛望向别处，小声说："王总，要不这样，让他赔一套房子给我，我爸爸妈妈收入低，房子很挤，弟弟上大学回来后，还是一家人挤一居室。我来地产公司打工，目的也是想将来打拼出一套两居室。"

之之这个提议让王恒很心酸，好像戳到了他小时候的痛处，眼前这个貌似开放和放纵的小姑娘，竟然和他过去一样，有着想让父母和姐妹生活更好一点的责任。仅仅凭这一点，又可以看出小小弱女子有很坚强的内心。

王恒感觉自己如鲠在喉，声音更加嘶哑："这个赔偿是最起码的，他不赔，我也会赔。因为是公司叫你去唱K的，这个责任我负主要的。"

燕子慌忙说："王总，这可不能让你担这个责任，您当时劝之之不要去酒店的，之之，你说对吧。"

之之拼命点头，她也觉得自己虽然错了，王恒却愿意为自己的错误埋单，她那种发自内心的感激涕零，没有半点假意。

王恒做了一个好好休息的手势，他感觉自己失声了，他出了医院大门，步履极其沉重，上了车，他对司机做了一个"走"的手势。

燕子看到这一切，等王恒离开了，燕子有点妒忌地说："之之，你这个伤受得值啊。"

之之眼眶一热："刚才还在说我弱女子让坏人得逞，现在怎么说值了。"

燕子尴尬笑了笑，意识到自己前言后语的区别，不说话了。

冯之之继续说："昨晚我是帮你顶上的，你羡慕我？你不知道我还没有过第一次呢，这对女人多珍贵啊，却给这个瓶子盖破了。"

燕子抱着之之："我谢你了，话又说回来，换上是我，我起码要两套房子。"

燕子一只手伸出两根手指，她嘴巴上虽然这么说，内心知道这并不容易，即使她那么厌恶的叶总，在对自己狂追猛打追求的阶段，最多也是在工作上助她一臂之力，也从未许诺过给她买一套房子。她觉得自己说得容易，好像更显自己价值高于冯之之。

冯之之不高兴了："得了吧，你以为这事容易吗？如果王总不出面，我都不知道这事怎么办。"

燕子深有同感："是的，王总，是我们南风地产的所有男人想成为的人，所有女人喜欢的人。"

两个女人各怀心思不说话了，燕子是一个极其善妒的女孩子，即使自己的亲密好友冯之之凭这种可悲的事情赢得了一点小利，在之之这点近乎悲催又龌龊的高昂代价里得到的这点好处，她也会有少少眼红。当然，也有因这事对王恒产生了巨大好感，刚才那番话，简直是有担当的绅士典范。

大刘的住处设计得跟他的人一样夸张，邻家旁边别墅的门都是白色或棕色，他用了两扇镀得金晃晃的大门，门口放着两个张着大嘴的石狮子，活像两个狮子在开口说话。

一日后王恒和剑明开车来到大刘住处，把车刚停在大刘住处外，大刘养的恶狗就"嗷嗷嗷"直叫，王恒示意好多次让狗离开，狗叫得更凶了。王恒说："这条狗，好恶啊，怎么也这么大鼻子？"

王恒第一次看见长相和主人这么相像的狗。

剑明笑了："你这个说得没错，我看过很多宠物，和主人都有那么点像，主人可爱，狗的样子也可爱，狗的样子凶，主人的表情也好不到哪儿去。是不是时间久了，狗也学人的模样？"

王恒点点头："言之有理。"

王恒来到大刘的客厅，大刘嘴巴张着，像要把嘴里那剩余的酒气放走。

王恒站着，大刘示意他坐下，王恒不理。大刘双手摇摆着："我不想谈昨晚那事的任何细节。"

王恒眼睛红了："我也不想，那省略细节，直谈解决方案。"

大刘理也不直气也不壮地说："你说，赔多少？"

王恒眼神坚定，不由大刘有任何质疑地说："冯之之提出赔一套90平方米的房子，你答应了，她不告你。要我说，这女孩子老实，我觉得你该进局子里去关一月，你，太不尊重女人了，这跟恶霸有什么区分呢。"

　　大刘觉得王恒的话不顺耳："王总，赔一套房子我同意。但说我恶霸我就不同意，她是非常自愿跟我玩的，没有半点勉强的意思，这个你可以问她。"

　　王恒挥手不想听下去："这件事让我太恶心，我还能问她这些细节？"

　　大刘也脸色沉沉的："别给我太多批评了，这女孩子，我负责到底了，虽然我没打算娶她，但我愿意负责养她一辈子。"

　　王恒顶回他："这种你养她一辈子的事，你私下去向她表白，看她愿意不愿意，关于赔偿的事，我出一半。"

　　大刘马上双手抱拳："王总，不用你出，我做的事，自己承担，我欠你一个人情，伤害你的员工，所以——"

　　王恒追问："所以什么？"

　　大刘的声音像从喉咙里不情愿地吐出来："那个别墅设计方案的事，完全按你的意见，你是文化人，我相信你的品位。"

　　王恒内心知道大刘让步是谢他，解决了之之这件事，但他临走时还是忍不住说："你怎么做得出这种事？像你自己称道的哲学家吗？我真的后悔和你合作，太邪了。"

　　大刘追着王恒的背影说："你不用后悔，这么说，我负责邪，你负责正，如果没有我的邪，那些村民也不会那么快把地卖了。"

　　王恒没有回答，继续往外走。

　　大刘跟着他到了屋外，摆出了诚恳的态度："王总，今后你负责上层建筑，我负责下层，你负责做好人，坏人归我做。"

　　王恒头也不回，也不理他的话，气呼呼出了大刘的住所。

　　大刘盯着他的背影，眉头往上一翻，他在想一个事情，似乎想做决定，穿上衣服准备出门，又退回屋内。良久，他像想明白了，穿了衣服，开车出去了。

医院外，大刘开着那辆锃亮的大奔站在医院门口，冯之之拎一个大包出了医院大门，脸色有点苍白。

　　冯之之看见耀眼的车子，停住，大刘递给她一个饭盒。

　　冯之之惊诧地说："给我送营养汤的人是你？"

　　大刘伸出手，做了一个三次的手势："我找人送了三次，今天第四次自己送。俗话说久病无孝子，我对你也算够孝的了。"

　　两人不说话，良久，冯之之说了声："谢谢你。"

　　大刘承认罪过一样，声音小得差点听不清："你是一个好女孩。"

　　冯之之一愣，看着他："好到什么程度？"

　　大刘仍然低声说："好到了我想娶你的程度。"

　　冯之之冷冷地说："但是，你不会娶的，对吗？"

　　大刘诚恳地说："你知道，我已经有了结婚对象的。"

　　冯之之看着他有点诚意的样子，问："你要我做你的？"冯之之咿呀了半天，不敢吐出自己平时鄙视的"二奶"二字。

　　大刘点头："这个看你愿意不？"

　　冯之之望着远处，眼睛有点朦胧的："王总劝我找一个相爱的年轻人正式结婚，不做这种地下的，虽然现在很多年轻女孩这样做。"

　　大刘马上表达："这个我不会勉强你，你自己想好吧，跟随我，你一辈子不用愁吃饱穿暖，还可以帮助你的弟妹，如果你找一个经济条件和你差不多的男孩子，你可能永远是穷命。"

　　冯之之不言语了。

　　大刘从包里掏出一串钥匙和一把钞票："这是你的住所，地址我写了字条，夹在钞票里，随时可以去上房产证。房子你可以给你父母住，这些钱，你再租一个住处，我们一起住。每周我最多来两次，最少一次（言下之意不会让你空虚寂寞），每月我给你两万块家用，你可以在富金地产做一个文员，但上班时间自由。"

冯之之听了，本来冷若冰霜的脸色，突然眼眶一热，差点想扑在大刘怀里，哭着脸说："你坏也透了，好也这么透。"

大刘趁机搂住冯之之："唉，你这个没有被男人疼爱过的女孩子，让我来疼一次吧。"

冯之之一听，有点不高兴地说："你那种方式也叫疼爱？"

大刘温柔的脸色一刹那沉下来，抬起之之的下巴："如果你愿意跟我好，必须忘记那件事，好不好？"

冯之之点头。

冯之之再一次上了大刘的车，从此，大刘和冯之之一段剪不断理还乱的孽恋开始了。

六、坠入

　　第一期"明月海岸"别墅收楼时，南风地产沸腾了。王恒个人也有了好消息，小鱼怀孕了。

　　一天，王恒回到家，小鱼不在，王恒不用问也知道她去了父母住处，结了婚的小鱼仍然像少女一样的孩子心，有空就往家里跑。王恒坐在沙发上看了很多文件，夜深了，屋里平时玻璃窗户上对影成四人，已显寂寞，现在成了影子与自己，他突然觉得心慌，马上催她回家。

　　王恒直接拨回小鱼家的电话："你肚子已经大了，该早点回家休息了。"

　　小鱼好像坐电话旁边等候这个电话一样："我是回家了，只是今天开始不回我们的小家了。"

　　王恒突然想起小鱼肚子大了之后，夜里起床时很费力，他总是托她一把，心想这个贴心工作谁来做呢，担心地说："你夜起的时候谁帮你呢？"

　　小鱼回答："我自有办法。"

　　王恒问："你有什么不高兴？"王恒也感觉小鱼怀孕后脾气变坏，没有任何事情也会不高兴。

小鱼像难以启齿又不得不说："这些日子，我留意到你都不碰我了，一定是我很丑。"

王恒温柔地说："小鱼，这是爱护你，医生嘱咐的。"

王恒捂着电话，虽然屋子内空无一人，也担心怕人听见一样，带着成年男人却仍然要命的羞涩说："要我说真话吗？不是我不想，是不敢想。"

王恒感觉小鱼在电话那一端笑了，她说："这话我信，但是无论如何，我不想你看见我这个时候的丑样子，忘了我过去的美丽。"

王恒立即纠正："谁说的，怀孕的女人是最美的。"

小鱼笑得打趣他："嘿，别用报纸上说的那些文章安慰我，我自己看着自己都像一个吹起来的大气球了，手脚都肿得好大。如果说这叫美丽，除非叫心里美，我情愿在家里待着。等这个球出来了，我再回来住。"

王恒放下了电话，看着空荡荡的屋子有点怅然。

别墅开售，一天就售出25套，公司喝庆功酒，剑明忙得团团转，陪一些大客户交杯换盏，像赶集一样，从这个宴会奔跑到另一个宴会。

从一个酒酣食醉的间隙，燕子突然瞄上了王恒旁边的位置"虚位以待"，心上一动，巧妙地坐在王恒旁边那个一直属于剑明的位置上。

王恒被酒灌得有点头晕，"咕嘟"一下，忍不住将酒吐到燕子的公司制服上，燕子像根本没事一样，不慌不忙把西装脱下来，放在一边，表情淡定。席上的人都被各自的主儿扶回家了，剩下王恒仍然趴在桌子上，燕子轻轻推醒他，扶着他回到他的办公室。王恒直愣愣地躺卧在沙发上，眼神出现醉汉一样的呆滞，燕子帮他擦脸，他眼睛也没睁。

燕子到办公室外看了一眼，远处的保安也跟着凑热闹喝了点，大概没有任何酒量，一个劲打瞌睡，燕子放心地关上了门。

这时，已近半夜，燕子仍然未离开办公室，并轻轻锁上门，把灯调到最暗，然后坐在他身边。对这个男人，熟悉，又陌生，看他醉成这样，她莫名地有种温情。不知不觉，她也睡着了。

半夜时分，王恒有点清醒了，他无意中伸手往前一扬，触摸到了燕子，那种柔软的像宠物一样的身体，他吓了一跳，下意识地把手缩回了。手是缩回了，燕子身体飘出来的香味，鼻子却无法拒绝，他有时会特别奇怪自己的嗅觉，有时像动物一样灵敏，对女人的身体香味比对容貌更挑剔，信奉一本海外名著里写过的，"花的香味能说明花的颜色，女人的体味能说明女人的味道"。但这个味道又不是那种香水可以代替的，有了对这种香味的迷惑，他突然觉得身体里那种沉潜已久的荷尔蒙像空气一样飘荡过来，刹那间，忘记了自己最近一段时间里那种高度克制的欲望，他伸出手拥抱了燕子，燕子睁开眼，她看见这个呼风唤雨的大老板，靠了过去，紧紧地依靠了过去。

燕子只穿薄薄的衬衣，被酒水和潮湿弄湿，鲜明的轮廓弄出来，王恒感到自己内心冉冉升起一种强烈的不能控制的冲动。自从小鱼怀孕后，他一直很压抑，也很少去想这件事，这一刻，欲望却似乎排山倒海一样涌上来，他吓得从沙发上动了一下，又忍不住看着燕子。

燕子大胆地看着王恒的眼神，分辨出王恒的眼神就是很多异性看自己的眼神，那种欲望悄然燃烧的眼神，只是王恒平时从未有这样看自己，燕子又靠近王恒一步。

王恒突然从沙发上坐起来："燕子，快回去。"

燕子慢慢坐起来："王总，您是圣人？"

王恒摇摇头："圣人，我不是，不是，但你是——你是剑明的女友，我有妻子小鱼——"

燕子心里知道，这是一个机会，千载难逢的一刻，她把握住了，对自己，甚至包括对剑明，只会更好。

燕子把头发深深地放在王恒的大腿上，轻轻地将脸颊贴近，哀怨的眼神看着这个表情压抑但内心欲望的男人。

这种情绪，对于平时高度控制自己一言一行的王恒，也有了身体和心同样的悸动，他虽然有克制力，但他并不是机器。

这一刻，两个人，说熟悉（两人碰面并不多），说陌生（二人是上司和下属），是熟悉且陌生的男女，有了这个足够的时机，一切变得暧昧。

王恒想说点什么，燕子用嘴堵住他，意思是什么也不要说。

王恒被动同意了，不再说话。燕子这下伸出了舌头，舔了一下王恒的嘴唇，然后把她小小的舌头试着伸进王恒的嘴里，这一刻，王恒才发现，原来自己并不会接吻。接吻的感觉让他有点觉得这么神奇，甜甜的，软软的，让他的身体和心都变得柔软，这样的感觉是不能尝试的，一试之后，势不可挡。他直觉得燕子娇小的身体，像软绵绵的小动物，诱人又带着温暖的体温，让他身体和内心的温度都迅速升温，虽然他是已婚男人，依然为这种感觉带来的奇妙惊喜着。

这个短暂的时间里，王恒平时恪守的那个道德规范的真实世界消失了，他坠入了虚妄的有点色欲的世界，他并不喜欢那种让他身心迷惑的浮云，但此刻却在浮云中穿过。

只是，这一番激情的翻云覆雨之后，那种美妙绝伦的感觉一瞬间在身体里消失，类似一种晕车想呕的感觉涌上来。

他呆呆地坐着，竟没有愿意多看燕子一眼，眼睛直愣愣地望着墙上的那幅画，那幅画是小鱼画的"黄昏的花园"。王恒看着画，表情空空的，不知什么原因，脑子里又想起一本爱情小说里写的，如果情爱的高潮之后，还愿意久久凝望的女人，就是爱她的；若不愿意再多看她一眼的，就是不爱的。

他显然对燕子不是爱，只是一时情欲。

他隐约感觉到燕子在这事上太过主动，或者说引诱，和他初恋时与小鱼的那种感觉相比，那种味道多么青涩，青涩这种感情不是特别令人迷惑和激情荡漾，却是长久让人回味。这个时候，他想起了那种青涩的味道，连他自己也莫名其妙。

他对穿好衣服的燕子说："我想说一句话，对不起，对不起你。"

燕子有点颤颤地说："这，是什么话。"

王恒表情充满羞愧："这是我们的醉酒行为，仅此一次，而且，永远，让它成为秘密好吗？"

燕子知趣地说："知道，这事天知地知——"

燕子自己也奇怪自己为何可以这么多变，在别人面前那么高度，骄傲，而在这个人面前可以这么卑微，想着想着低下了头，有点委屈。

王恒望着燕子低头的样子，像有罪一样，感觉自己大男人说话伤人，语气缓和了："我知道，这个时刻，就马上这样说，对你很不尊重，但我是有妻子的人，你也有男友了。"

王恒都不愿意提剑明二字，索性用男友代替。

燕子轻轻穿好鞋子："你什么也不用担心！"

刚刚准备关上办公室的门时，燕子回头对王恒说："王总，公司全体都当你是王，我怎么感觉，你好像一个犯了错会后悔的大男孩呢？"

王恒没有回答她，低着头，他知道，他犯了不能饶恕的错，一种近似马上想忏悔罪恶的感觉涌上来。

燕子走了，轻轻的脚步，王恒确定她离开之后，也出了办公室。

命运有时是神秘又奇特的，有些秘密的事往往会同时发生，那种巧合，令人不安。王恒和燕子的第一次的一夜情，也是这一夜，小鱼失眠了，这个骄傲的女人总是嘴上说的与心里想的反着来的，嘴上说不要王恒看到自己怀孕后期的不好看，但内心她是那么弱弱的。其实女人怀孕时是最脆弱的，担心自己的情绪会影响孩子的性格，特别要让自己开心快乐，但身体重量和外形的巨变却总让人情绪并不容易好，甚至比任何时候更需要被关注和爱护。她突然产生了一种想法，让王恒来接她回家，她拨打王恒的手机，显示无人接听，她打家里的电话，也无人接听。

小鱼自言自语：“这么晚了，还没回家？”

她一个人又静静地躺下了，睡不着，起身，她打开自己的抽屉（小鱼的良好教养和整洁习惯让她从来把旧东西都放得井井有条，每一条都可以看得清清楚楚）。她翻出一件旧衣服，再次躺下，她眼前闪现了自己与王恒的第一次那个片段。

那个夏天好炎热，王恒约她一起去游泳，两人在近郊的小河边玩着水。王恒提议两人游到对岸去，小鱼目测了只有五十米远，于是，游泳技术并不高明的她硬撑着答应了。她是一个各方面都要强的女人，用她自己的话说，常做力所不能及的事。

小鱼跟着王恒游到中间，水越来越深，水压越来越大。压力来了，小鱼紧张了，平时在泳池里的节奏感乱了，突然，呛了一口水，手脚开始慌乱。她觉得自己危险了，大叫了一下“王恒”。王恒扭头一看不妙，赶紧游过来，把她驮在背上，奋力向对岸游过去。这中间，小鱼感觉王恒好像速度很慢，表情严肃得像生死之间。

两人在岸上坐下，半会儿，王恒脸色铁青，好久才说话："好险啊，刚才我一只腿抽筋，我是用一只腿的力，让两个人划过来的。"

小鱼抱怨地说："为什么你不告诉我？"

王恒抹了一把脸上的水珠："我只能镇定，若告诉你实情，担心你吓着，这个生死之间的问题，要讲策略。"

小鱼吓得也后悔自己的行为。

王恒严肃地说："原来你游泳技术不高，你却说自己行，这方面绝对不能逞能的，今天没有我，你怎么办？"

小鱼仍然强词夺理："没你我也不会逞能的。"

王恒劝说她："在我面前示一次弱不行吗？难道你是高干女孩子，就什么都比我强。"

小鱼不说话了，良久，她拖着王恒站起来："如果我俩今天死了，竟然还没做过那事……今天无论如何，要把它完成。"

王恒真有点迷惑："什么事？"

小鱼眼睛盯着他，火辣辣的："难道你真没想过和我那样？"

王恒明白了，四周看看："难道我们要在这荒野里完成？"

小鱼想了想："反正不能去我家。"

王恒从一开始与小鱼交往，或多或少想过好几次这事。每一次都告诫自己，不行，她是高干女儿，神圣不可侵犯，若自己开口要求，指不定被小鱼认为不正经。今天，小鱼自己提出来了，无论如何得想一地儿，他想了好久，终于想了一地儿，他几乎是胸有成竹的："要不去我爸爸的美工室？那儿好大，可以随便选一个角落。"

小鱼追问："确定没有人吗？"

王恒确定地说："不排戏时都空着的，现在他们三个月没排戏了。"

初夜的地方，就这么确定了，两人决定迅速过去。

两人来到戏剧团的美工室，在一堆彩色笔和戏剧搭台的木板中间穿行，王恒领着小鱼到了一个小角落："就这儿吧。"

小鱼很羞涩："那好，你先脱衣服。"

王恒笑了："当然是女孩子先脱，你的衣服复杂。"

两人都是第一次，小鱼好奇地问："你知道怎么做吗？"

王恒反问："难道这个还要请老师？"王恒随后补充说："我看过书。"

小鱼把自己的外衣脱了，铺开，放在自己的身体下面。

王恒也扯了一块戏剧布景的布放好："好吧，这是木板地，也算一张床了。"

两人算是就地取材弄了一张地床。

小鱼有点急了："别啰唆了，快点。"

王恒担心地说："你紧张了？"

小鱼看着他："你不紧张？"

王恒想了一下："照书上说的不错。"

小鱼又问："书上怎么说的？我不敢看那种书，担心爸爸发现。"

王恒羞涩地摸了一下她的头发："嗯，书上说，男的身上是钥匙，女人身体上有一个钥匙眼，这事就像开门锁差不多吧。"

两人试着找对方那地儿，非常稚嫩地……

王恒紧张，气喘吁吁："你确认你身体方面没问题？"

小鱼紧张得透不过气来："别说话，一定没问题。"

最后，两人终于成功了，王恒看着小鱼躺卧着的样子，久久，他问："你没事吧。"

小鱼不好意思地："挺痛的。"

王恒笑嘻嘻地："我也痛。"

小鱼突然想起了什么："我爸爸要知道，得打死我。"

王恒吓得捂住小鱼的嘴："难道你这个也向你爸爸汇报？"

小鱼踹了王恒一脚："这事我怎么会汇报呢？我是怕他判断出来，他在部队学的是侦察兵。"

王恒温柔地："别怕，我们是认真的，你放心，我会永远对你负责。"

小鱼点点头："我信，你今天为了救我，在水里沉浮那一刻，真的是把我远远看得比你自己的生命更重要。那一刻，我就决定了，今后无论怎样，我也跟你好一辈子。"

两人站起来，小鱼把衣服整理折叠好。

王恒疑惑地问："你不穿外衣回家吗？"

小鱼羞涩地说："上面有一点——血迹啊。"

王恒叮嘱她："那，回去快点洗干净，别让你爸爸看见。"

小鱼把衣服捧在胸前，自言自语："这个我不洗了，这我得留着，做一个纪念。"

想到这，小鱼进入了梦里。

南风地产的办公楼，员工都在打卡上班，当员工一个个带着早晨的状态回到公司时，王恒的办公室早已开着。他早早到了，他表情严肃地坐着，平时一贯严肃的表情，更增加了几分。

财务小陈进来送材料，王恒头也没抬就签了字。小陈正准备出办公室门，王恒叫住他。

王恒问："小陈，可以问你一个问题吗？"

小陈站住："什么问题，王总。"

王恒问："你们从财务角度看，我是一个能管理好自己的老板吗？"

小陈笑了："您不是能管理自己，是太能管理自己了，我们财务都议论，您是一个把公司和自己都管理得特别好的人。"

王恒感慨地说："我的座右铭是，一个管理者，必须管理好自己，只有管理好自己，才有可能管理好公司。所以，大到欲望、金钱、工作方法，小到一顿饭、一个健康细节，每个人都要特别能管理和约束自己。"

小陈认真地说："您就是这样的人啊。"

王恒否定地摇头："错了，其实，我就是没有做到，虽然我很想做。"

小陈摸不着北地看着王恒："您太谦虚，谦虚，谦虚。"

小陈一连说了几个"谦虚"后，找不着词了。

王恒深深知道，自己在人前是一个样子，多少人能看穿自己的内心呢？人性是一个复杂的动物，有些弱点，是无法改变的。

这时，剑明进来："小陈，你这一串串说'谦虚'，没其他词了？"

小陈不好意思地说："你知道，学财务，词少。"

剑明开着玩笑："回去背一下成语字典。"

王恒低头，眼睛余光看着剑明表情。剑明没有一点异常，一如往常，仍然是一贯的忠诚里面带着温厚的眼神。王恒的罪恶感涌上来，虽然两人是老板与副手的关系，但情如兄弟，自己却像恶霸一样与他的女人（虽然燕子与他暂时未婚）有了性关系，这种罪恶感，让他今天不敢看剑明的眼睛。

剑明问："王总，你今天好像精神不太好，这样，你在这儿休息一会，

126

有事我先挡挡。"剑明边说边关上办公室的门。

宽大的办公室，王恒独自待着，那一晚和燕子的事，每隔一会儿就自动蹦出脑海。他费劲地压下去，平静十分钟，又蹦出，这样重复着，这一个星期的时间里，很多次。厨师把饭端进来，又原封不动端回去，饼干他倒是吃了两包，就这样，过去了数日。

一周后，王恒从售楼部人员手里要了一套101连排别墅的钥匙，他把剑明叫到办公室，把别墅的钥匙递到剑明手中。

王恒眼睛尽量恢复平常的感觉："剑明，送你这个连排别墅，101的，钥匙接着。"

剑明伸手接住："借我住吗？太大了吧，我有地儿住的。"

王恒明确表示："产权给你，这是这次别墅里景观最差，面积最小的那一套。"

剑明看着沉甸甸的钥匙，不想收："王——总，这个分配太偏爱我了。"

剑明觉得自己有点类似被一块金砖砸中，一时间昏天黑地，他都不知所云。

王恒用特别正式的，家长似的口气说："你快点和燕子结婚，家庭稳定对事业有帮助。我知道你求婚缺一套房子。"

剑明想拒绝又怕拒绝："王总，我该怎么报答？"

王恒想了想："我真的有一个小要求。"

剑明问："什么？"

王恒认真地说："无论发生什么事，都一定把我当朋友。"

剑明接过钥匙，忐忑不安，又坠到云里雾里，但多的是惊喜。一栋别墅，这是很多管理层的一生奋斗目标，他一夜之间得到了。

王恒知道自己内心很龌龊，用"买"这个方式解决自己的良心不安，显然，他目前想不出比买更好的方法，来安抚自己的负疚、自责和内心的动荡。

小鱼大着肚子来到新别墅，看到望海的景色，笑了。

王恒得意扬扬："怎么样，男人的承诺，看海的房子，是你心想的。"

小鱼并没有像王恒想象中的那么高兴。王恒继续温馨，摸着小鱼的肚子："上帝创造了女人，生孩子，为自己，也为自己爱的人，生命不就是这样吗？"

小鱼听到这里，心情似乎好了点儿。

王恒把小鱼搂得更紧了。

小鱼话题一转："听说，你，哦，应该说是公司送了一个别墅，给剑明。"

王恒脑袋一缩："嘿，有什么奇怪的，我是盖房子的，送一套房子，跟炸油条的一样，炸了一天，累了，最后两根，一根最好的，自己吃了，还有一根送给朋友加下属。"

小鱼有点不解："为什么你对剑明那么好？好得有点像他爸了，你的岁数最多也只是一个大哥吧。"

王恒回复："嗯，我是对他特别好，我承认。"

小鱼突然袭击："与燕子有关系吗？"

王恒没有直接回答，反过来说："剑明是值得我对他那么好的，燕子，我暂时，不评论吧。"

小鱼不吱声了。

王恒知道小鱼是那种把所有心思都埋在心里的女人，他要做的，只是先令自己安心。

男人有时会这样，有了一次婚外情，如果只是偶然一次，他可能对于妻子的温柔会突然加倍。王恒知道自己不能表现得太过好了，小鱼的敏感有时令他觉得有点类似特异功能一样准。

在这个年轻美女在各种角落晃荡的城市中，很多老板都骄傲地称自己有"几条女"（广东话，几个女人），王恒却以"一条"也没有自傲，现在心里有了"半条"了，他的忐忑，让小鱼有点猜忌。

但聪明的小鱼，每次猜忌时又会聪明地在关键时刻停止浮想。说实话，她天性属于那种不是特把男人当回事的女人，尤其在王恒面前，她骨子里的优越感，她生性的孤傲，都让她没有过多去在乎。

大概是高墙内长大的高级干部的女儿，有着天生的自信，或者不想管男人的思想，她知道，管住他的思想，比管自己的思想还难。

海边的阳光很旺，剑明拉着燕子往里走，燕子不高兴地说："你有什么计划，说明白点，我这个人，不喜欢惊喜，不喜欢玩捉迷藏。"

剑明从衣袋里摸出一个戒指，动作毛手毛脚，好像没有准备好的样子，做得不顺溜："不好意思，因为今天时间紧，我去商店买了一个戒指，我声明这是一个替代品，用于今天求婚，正式的戒指，必须是有钻石的。"

憨厚的剑明先承认戒指没有钻，说话有点战战兢兢，与平时说话之流利，形成了对比，他突然结巴了。

燕子吓了一跳："你向我求婚？凭这个小戒指？"

燕子轻蔑地看了这颗芝麻粒大的小戒指，语气里充满了轻视。

剑明看着别墅在眼前了，一指："这个联排别墅101号。"

燕子仍然没有明白："什么？"

剑明不再东拉西扯了，直说："这是王总，不对，公司赠送我们的别墅，用于我们结婚的。"

燕子仍然不信:"我们结婚用的?"

剑明再次确认:"对,王总说,房产证上写我俩的名字。"

燕子终于明白了:"这太——太意外了——"

剑明补充道:"王总说的,结婚利于我的事业,我们在一起吧。"

燕子愣了愣,然后指了指剑明:"你这身体姓剑,这脑子姓王,你觉得结婚也该听上级指示。"

剑明一个劲儿喜上眉梢:"嘿,你怎么了?前一阵你总套用张爱玲小说什么的:男人对女人最高的赞美是向她求婚,今天我求婚了,你不喜欢这个赞美了?"

燕子仍然没有回过神来,在这件事上,燕了显然拒绝敞开心扉,她的情感系统一时也乱了套,不断猜想,难不成这是王恒对那一夜晚的偿还,他想很快了断这事?不想与她继续的暗示?眼前的别墅玻璃窗花,像朵朵迷雾的花乱成一堆,像极了她此刻那种乱的心情,她极力整理自己的思绪,意识到这是王恒想马上了断那个一夜情的某种暗示,只是这一招来得太快了,她都不知道如何接招,她的狂乱内心与剑明的阳光喜悦形成对比,最后,她假装笑逐颜开,给剑明吃了一颗定心丸。

但她的内心却一直在独自告白:"王恒,本姑娘可不是那种有了一夜情之后,就可以没有下文扬手而去的女人。"

虽然说燕子心里想着不要做没有下文的女人,实则暂无成熟的计划,受这种情绪困扰,她一连几夜失眠,白天上班也心事重重,忙碌的剑明没有注意,以为她在认真考虑婚姻大事,没有过多打扰她。反而是仍然在暗处关注燕子的叶总觉得燕子有心事。

叶总故意巧合碰上了下班很晚的燕子，仅仅在下电梯的几秒钟里，叶总问："在总裁室上班有压力吗？"

燕子挤出笑容："有点。"

燕子之所以对叶总态度和蔼，是觉得自从她和剑明公开恋爱关系之后，叶总很识趣地不再纠缠她，见面也相当礼貌，而且有次人事部的人问到文凭问题，叶总也帮她打掩护，所以，两人恢复了正常友谊。

叶总故意问："你的眼圈是黑的，有心事？"

燕子并不否认，眼睛翻了一下："我觉得大家手上都有项目做，我仍然是做服务性工作，不甘心这样，我想让王总觉得我是一个人才，而不是靠剑明，成为剑明的附属品，我想做一个好项目。"

这话很合叶总的心，心想剑明并不见得什么都可以罩住你，我这个老相好却可以帮到你，于是叶总神秘地说："有一个好项目，我前期跟进很久了，可以给你做。"

燕子停住了已经很慢悠悠的脚步，用怀疑的眼光看着叶总。

叶总知道她眼光里怀疑什么，燕子进公司那一天刚满18岁，他可以说看着她成熟，又曾那么迷恋她，当然知道她怀疑的是什么，叶总老实说："我之所以想帮你，是觉得你这姑娘不是贪小利的普通女孩，你眼光远，比现在很多俗气女人有理想，一心自己拼，所以，我自愿想帮你。"

燕子感动了，仍然追问叶总另外的目的："还有呢？"

叶总诚实地说："还有就是你现在进王恒办公室的时间比我多，我现在去推荐这个项目，依王恒现在跟我们每人谈话，看着表说只有五分钟的态度，估计这个项目还没介绍完，时间就到了，下一次再说这事，又要重新开头，你现在出入他的办公室方便，你逮住他有时间，就一口气介绍完。"

燕子点点头。

叶总严肃地说："明天我会把项目书和联系人都告诉你，这绝对是一个好项目。"

叶总说完急急离开了，走了几步又回头叮嘱一句："如果这事今后成了，业务提成算我一份。"

燕子看着叶总的背影，陷入了沉思，这个男人帮过自己，每一次都落实了，她直觉这是好事。

心头的乌云终于吹散，她快步出了公司大楼。

几天后，她踩着三寸高的高跟鞋噔噔进了八楼王恒办公室，过去每次她进王恒的办公室，都谨慎敲门，有了那次关系后，首先微妙的变化是，她敢不敲门就坐到王恒的办公室，这种行为表现得虚荣又夸张，王恒吓得一秒钟后就把办公室的门打开了。

这种表情，太容易让王恒误解为她要来说"那个事"，坐下后，燕子表情干净，眼神纯净，完全没有任何张牙舞爪的意思，完全是谈工作的态度，这让王恒放了心。

燕子认真地说："王总，我知道公司很想进军云山市的房地产市场，但云山市很少有地拍出来，叶总曾口头谈过一次收购药厂的项目，他没有信心往下谈，我却信心百倍，一直在跟进，这个药厂有一块好得很的地可以开发。"

燕子说的这些话，是他们"那次"以后的第一次正式谈话，王恒感觉这些话里，燕子已传达出一个信息，她不会纠缠那件酒后事情，她只关注工作，王恒心里踏实很多，他问燕子："你认为这是我们的商机？"

燕子说："这个倒闭的药厂开的条件很低，我们收购成本低。"

燕子边说边摊开一堆文件："这个药厂有一片很旧的厂房，是一个前面有水后面有山的地，这是一个好项目。职工们目的很简单，他们有工资发，有新房住，最重要的是他们新的生产线需要钱动工。但那块地是宝地，可以建望山的中高档住宅，也为我们公司进军云山市房地产市场摸底。"

王恒很惊讶地说："你已经自发地进行了这个项目的开发？"

燕子用很专业的口吻说："我已经研究透了，而且和厂长也谈过几次，在电话里的谈判已近尾声，可以见面了。"

王恒看了看眼前的美女，知道她的工作能力和床技一样，属于进攻型，这对于工作，的确是好的表现。

王恒继续问："你想今后来做这个项目？"

燕子态度肯定："是的，如果这事成了（我确定一定成功），我可以用这个成绩，从秘书升职做总裁助理吗？"

燕子那种骨子里的野心还是微微露出了，而且，她觉得自己的升职问题无须通过剑明了，这一种自信又或多或少与那件事的发生有点关联，却还在王恒的承受范围内。王恒看了她一眼（没有谴责她的有点儿要挟的意思），反而平静地说："你升职的事剑明提过，他说让你做总裁秘书委屈了，他也知道你的才能，我明天开会跟其他副总商量一下。"

燕子说："王总，这个事情，您，可以定的。"

燕子故意说出"您"这个字，而且把您字拖得有点长，言下之意是我知道我们的距离。

王恒仍然淡淡地看着她："会很快决定的，但不是今天。"

燕子点点头，起身，习惯地扯了一下西装的衣角，扭身准备出王恒办公室。

王恒对着她的背影问："你看了公司半买半送给剑明和你的房子吗？你们只需付很少的按揭。"

燕子回过头，做了一个知恩图报似的意味深长的一笑："谢谢王总。"

王恒在公司说话基本上是一堂言，不是他独裁，只是他每一个决定都比较磊落，叶总知道燕子获得提升与偷偷帮燕子的事情有了推进，多少有点窃喜，只有任总开了一个玩笑："如果剑明和燕子这两口子今后要联手造反，会不会是一对双剑合璧，无敌地产界。"

王恒知道任伟总是在玩笑中把想说的给说了，他听到话里有话，他与其在说服任总，更像在说服自己："剑明的忠诚，我有信心。"

叶总留意到王恒没有提到燕子忠诚，推测王恒对这个女孩应该是有某种质疑，只是，叶总死也不会往那方面想，燕子与王恒会有秘密。一是他认为王恒绝对正派，二是燕子绝不是轻易跟人上床的女人，人性之所以是复杂的，是因为人们都无法看透对方。

燕子的总经理助理文件下达后，剑明为这两个事情惊喜高兴得笑了好久，他内心纯净，行事看事都简单直白，这个某些方面有着天赋的聪明男孩，某些方面的迟钝也是天生的。

燕子做了公司总裁助理之后，王恒的日程表都在她手上，因为云山市药厂收购后的厂房开发用地项目燕子研究透了，顺便也成了项目负责人。王恒发现，燕子跟他一样有商人的嗅觉，她的商业眼光精准，谈判能力超强。

云山市药厂的付厂长，天生急性子，他说今天干的事，绝对不明天干。

燕子和王恒第一次走进药厂，闻到了一股刺鼻的味道，让人晕乎乎的，王恒和燕子都忍住不去捂嘴巴，因为付厂长没捂，想必他与这个味道已和平共处多年，早已忽略了刺鼻的味道。他推出十几页纸，直接说我的条件，你们的条件。

燕子做了一个优雅的手势："先说你们的条件。"

付厂长把手指一掰："1.把欠职工和退休工人的钱先补发了，他们已经是苦海无边，必须上岸了。2.你们要保证药厂上新药的生产钱，这个药绝对是神药，是药厂的生命线。3.每一个职工有房子住，这些条件可以了，厂区3万平方米的地就是你们的了。"

燕子平静地递过一叠文件："这个我先做好了预算，这个数你看够不够？"

付厂长仔细看了看，伸出手指："你这个女同胞真神，而且比我还快。"

燕子又从包里拿出几张草图："这些效果图，是你们职工自用的4栋房子，然后是我们对外销售的12栋，你先过目一下。"

付厂长看了，眼睛睁大，然后递给他的副手，两人同时伸出拇指："这个方案，几乎没有瑕疵。"

燕子很淡定地："那我说说我们的条件，你们必须在三个月内把全部旧厂地腾空，把生产线引进，然后，让我们可以奠基典礼。"

付厂长送王恒和燕子出门时，眼睛几乎是热泪盈眶。

王恒尽管嘴巴不说，内心还是佩服的，出了门后问燕子："这是你这一个月做的事？"

燕子轻松一笑，笑靥中又透出那种妩媚，简单答："是。"

王恒巧妙地问："剑明帮你了？"

燕子点点头："嗯，几乎不分昼夜。"

王恒很认可："你这个工作态度真值得表扬。"

燕子脸上红红的，王恒马上感觉不对，转了话题问："喂，今天剑明是哪一班飞机？"

燕子语气平静得可怕："他，今天不来了。"

王恒吓一跳，他知道这意味着什么，紧紧逼问："为什么？"

燕子仍然不紧不慢地说："好像他说，今天张行长突然要来。"

城市的这一边，剑明与张行长一行喝得兴高采烈，剑明这人有一个特点，无酒不欢，越喝越欢，他最喜欢的诗句是一首不知名的英文诗：drinking the wine follow your heart。（喝着美酒，追随你的内心）

一杯又一杯，银行老总顶不住喊停了，剑明仍然独自畅饮，最后，张行长一行都不接茬了，他还在高兴，最后终于酒喝得太过，狂吐。司机送他回家，扶着他靠着，剑明扬手，意思是你的任务完成了。

剑明这一夜喝得烂醉，首先是把一串钥匙挨个开个遍，竟然不认得自家是哪一片了，最后认定的那一片对着门的钥匙开了几次，门没有打开，突然一下，酒劲上来，他依着门前的放着擦鞋子的地毯躺下去，显然，他把门口踩鞋的地毯当成自己的床一样睡了，他一夜没有醒来，他想也没想燕子出差会有任何不妥。

这一夜，他深醉了，独自一人。

在云山市，王恒与燕子从药厂回到酒店，两人又有了机会在一起，两人一起吃饭，从头到尾，两人对话不多，除了说这个或那个菜好吃，两个极其健谈的人没有其他话题。结账完毕，燕子说自己先回房间休息了，王恒心里高兴，如同一块石头落了地。

王恒也回了自己房间，洗完澡，发现自己没带睡衣，从酒店衣柜里拿出浴袍披上。他听到门铃响，开门，燕子顶着一把湿漉漉的头发站在门口，王恒拦在门口，行为像捍卫自己的地盘，不让燕子入侵。

燕子很无奈地说："我房间的吹风机坏了，借用一下。"

王恒脸色惊讶："你叫服务员啊。"

燕子指了一下手表："您看，都子夜了，麻烦人家干啥。"

王恒将身体往门上靠着，眼睛示意燕子没有机会进门，但燕子娇小的身体还是从他腋下一小块空间"吱"一下溜进来了。

王恒几乎是追着她喊了一句："快，回你房间去。"

燕子回头看着他，湿漉漉的头发搭在脸上，眼神楚楚可怜地："我就那么令你讨厌吗？"

王恒一愣，觉得这是一句电影里的台词，想不出是哪一出电影，只是，这句话多多少少让他心软了。

也可能是，两人在办公室里那一次，虽然事后自己忏悔了罪过，但多少留下了那么一点点余温，又可能与药厂谈判留下的强烈好感仍然在，王恒终于没有把燕子赶出门，他又做了一次类似青春躁动的魔鬼。

苦闷的是事情过后，马上出现的不良反应，身体和脑子里两种对立，压抑又疯狂，渴望又厌恶，前十分钟身体里那种美好的东西一样上升的情欲，事情过了就直线开始下降变成了厌恶。他狠狠责备自己，男人在妻子怀孕期间，最容易犯却最不应该犯的错误，他犯了；对公司下属和得力助手的女友（虽然他们没有结婚，有自由选择两性关系的权利），但他也把这个兔子窝边草吃了。内心的重创让他呼吸突然加快，罪恶感让他心跳加速，他告诉自己，自古英雄毁于女人手中，绝不能再有下一次了。

第二天，两人与药厂草签合同意向，他决定不回酒店，而是拉着燕子来到云山市的江边散步，他铁了心，决意和燕子断了这个并非来自心动或者说被诱惑的成分占多的关系。

燕子的眼光里有茫然，她从王恒紧绷的表情知道，他拉自己到这儿绝对不是谈风花雪月的事，反而闻到了一股硝烟味道的火药味。

王恒定了定神，开始正式谈话："燕子，你知道，我不可能再爱别的女人了，从精神到肉体，还有我自己给自己定的做男人的原则，我都不能爱别的女人。"

燕子嘴巴咕嘟了一下："我没指望你爱我啊。"

王恒吸口气："好，除了没有爱，其他也不行，你是我信任的下属，剑明是我的最好助手，你们是左右手，我想我们应该回到这个最好的关系上，正常关系。"

燕子听了很平静，似乎已猜想过王恒的这些词，但又很不死心，仍然想问一个她内心困扰的问题："我也只问一句，抛开剑明，抛开你已有了家庭，抛开你很在意的道德，你，爱过我吗？哪怕一瞬间？（燕子做了一个小指伸出来的动作）"

王恒没有马上回答，燕子的问题并不难答，他看过很多爱情小说，这大概是很多女人探索爱情时发问的路数，王恒认为没有比诚实说话更好的解释，他甚至是看着燕子的眼睛回答的："如果你想我说实话，我从来就没有多余的情感，我的爱情在结婚时已经付出了，所以……"王恒做了一个"没有"的手势。

燕子讨不到自己想要的答案，继续绕着话题追问："其实，我认为，剑明不是我们之间的障碍，我跟他没有结婚，我有选择跟任何人交往的权利。"

王恒一听，感觉燕子还在绕弯子，觉得必须更直白了："你说得对，即使没有剑明，没有任何人的阻碍，我也不可能爱上你，因为我的内心对'爱'

这个东西有自己的尺寸。"

燕子感觉到王恒极不愿意在自己和他之间用"爱"这个形容词，好像这个词用半次也亵渎了什么，她也开始讲道理："好吧，我收回这个字，我知道爱是两情相悦，那么，我只想告诉你，我和剑明，是他一情相悦，他爱我，追求我，是他单方面爱。而我对他，更多是去回馈他的情感，这也不是爱情，我这样说清楚，是想让你不要为他谴责自己。"

王恒语气更明朗了："好，按你的理论，如果是两情相悦才叫爱，那么我和你，如果只有你一方面有情，我没有，你怎么办呢？"

燕子轻声说："也许，终有一天——你会。"

王恒果断打断她的想法："燕子，没有，没有这一天了，我们之间不叫爱，叫情欲，这种东西，是身体里的化学反应，是人的那么一点最本能的东西，我很惭愧，这方面。"

燕子仍然执着地说："即使这种本能，我也认同，这是我们之间的秘密，你不说，我不说，谁知道。"

王恒语重心长了："这种秘密，非常龌龊啊。"

燕子显然被这个词吓坏了："龌龊？你忘了你说的一些话？"

王恒一愣："我说了什么？"

燕子清晰地记得，在两人缠绵的时候，王恒也很温柔地看着她，并附在她耳朵旁边轻轻细语："你是水做的女孩子吗？怎么有那么多的水呢？"

也许王恒当时说过，也许是燕子的幻觉，总之有些话放在某种情景下是美好的，放在某种情绪是淫荡的，现在这种近似谈判的分手情绪下，燕子居然提起，只让人觉得别扭和羞愧。王恒一刹那横眉立目，汗毛倒卷，是的，也可能，那个时候，他可能说过一些迷迷糊糊的话，犹如人在出现幻觉时说了一句喃喃自语的话，是类似于兴奋剂的东西，但燕子显然把那种东西当成了爱，让他感觉非常后怕。

王恒很冷地回敬了一句："燕子，我承认，我是中年男人，却像一个无知的青少年那样躁动和疯狂了几次，这是由于你的美好让我情不自禁，这中间也有你很多的投入（当然我不想把这个全部推卸在你身上），但这是一种罪过，我们都应该怀有羞愧之心。有些话，我也许说过，说过也是为了赞美你，这个话本身并无罪恶，但你把这些摆在台面上，特别是我提出我们这样做很伤害双方亲人的时候，你来说这些，这个令人很难堪，也是无聊的，这些话，永远，绝——不要拿到台上说。"

王恒说这话的时候，把摇头的表情做得很明确，他用表情语言和形体告诉燕子，这是一个多么令人难堪的情节。

燕子眼见自己以为很美好很打动人的话，竟然让王恒情绪陷入尴尬和难堪的境地，她渐渐地低下了头，她的心被刺痛了，很痛，她明白了，自己是一个美丽的女人，但一个长相美丽的女人要把一个优秀的男人诱惑到什么程度，诱惑到上床，是有一些办法的，但让一个男人爱上自己，却是一个美丽女人无力做到的，"爱一个人"需要的不仅仅是美丽，爱，的确是两个人的事。

两人开始进入可怕的平静，在江边坐了很久，王恒开始讲起了自己对爱情的感觉。

说这些的时候，燕子留意王恒开始语气温柔了："我与小鱼，恋爱了八年，感情很深，而且，我马上要做父亲了，这些情感，不是两三次的情欲就可以取代的。"

燕子语气也平和了："我没有，马上要取代小鱼的意思。"

王恒很敏感"马上"两字，立即纠正："没有人可以代替，永远不可能。"

王恒继续说他的爱情观："爱情，有时，像酒，需要时间去酝酿，我对小鱼的爱从高中时候就朦胧开始了，有时候，我连看她一眼，也觉得幸福。"

燕子听了很伤感，毕竟，看着自己崇拜和爱的男人谈对妻子的感情，多少令她尴尬。

燕子不吱声了。

王恒感叹地说："而且，如果某一天，我可能因为某种原因，不再是老板，没有了这个光环……"

燕子听了差点跳起："怎么可能呢？公司现在这么火？"

王恒换了态度，认真地劝慰她："听我的，回到剑明身边，你面前两个男人，一个是爱你有一百分的，一个是不够一分的已婚男人，你是聪明的女孩子，不要在这个问题上纠缠了，回去之后，我们还是最好的员工和老板的关系，我会在工作上给你发展空间。"

燕子难过地哭了，她是个骄傲的美女，一直有着美女的心态，很多优秀的男人（只因为没对上她的眼），也被她狠狠推开，从来没有男人想要推开过她的。面前这个她倾慕又倾心的男人，也对她的美和聪慧动过心，也有过短暂的欢快，只是时间太短，她仍渴望，仍有欲望，也许不叫爱，也许叫引诱，或者叫征服，总之是复杂的。但是，她不得不承认，她失手了，这让她沮丧，挫败，羞辱，却还有苦苦的不舍，让她肝肠寸断。

她一个人哭了很久，王恒站着，不知如何劝，他是一个很怕女人流泪的男人，他不敢再往前一步了。

燕子终于不哭了，独自一个人走在前面，王恒走在后面。

看着燕子的背影，从后面也似乎看到她的心在抖动，风掀起她的裙子，两条雪白纤细的腿，踩着坚硬的石头颤动地向前飘浮，那种以软抗硬的犟劲，让王恒又产生了些许怜悯。他想，既然她如此伤心，也许迟缓一天再谈，他想快步上前去安抚一下。

这时候，燕子突然回头，眼光变得不再楚楚可怜和柔弱无力，而是一种突然而来的坚硬，甚至带着一点决绝，那眼光着实让人吓了一跳。

燕子突然说："王恒（她突然直呼其名），我需要一些补偿。"

王恒愣了一下，十分耐心地说："我以公司名义实则自己付八成首期的方式赠予了你和剑明连排的新别墅，又按照你的愿意，提升了总裁助理，这些你觉得？"

王恒礼貌地把"这样还不够多吗"省略了没说出口。

燕子轻蔑地一笑："那些远远不够，我不是冯之之。"

说到这个，王恒突然觉得之前他高看了燕子，原来她也这么一身俗骨，他反而轻松了很多，心想，提这个，我好说话："那你提，怎么补？"

燕子一字一句说："我要做南风地产的股东，拥有百分之十的股份。"

王恒想了想："这个，有点多。"

燕子讨价还价："百分之八，这是底价。"

王恒觉得燕子这下像商人又像小姑娘胡搅，耐心地说："股份暂时是虚的，你知道，公司没有上市，这些股份不能变钱。"

燕子声音小了点："但可以参加年底分红，还有，这可以提升我在公司的地位。"

王恒笑了："地位？这个好玩吗？如果公司每年赚钱，你可以分红，但万一某天经营不好，你是股东就要承担债务。"

燕子想了一下，严肃地说："王总，你知道，我从来不玩牌，但我要赌这一把，赌公司会赢。"

王恒劝不过，转了话题："别人怎么看？我突然分这么多股份给你？"

燕子回到他面前，像乞求又像威胁："你只需在你的股份里分给我，与其他股东的利益无关，他们不会在意。"

王恒冷冷地说："你这是威胁我？"

燕子开始有点害怕王恒的冷冷表情，转口说："不是威胁，是将我的命运与你连在一起，既然我们不能有爱情，那么我们就一起干事业。"

王恒倒抽一口气，觉得自己低估了这个美女的智力，她，不是一般的聪明，他也知道燕子不是一般的黑，黑的程度如同一个人才。其实，王恒内心想过，在谈完收购药厂项目之后，以他们项目盈利百分之三十五的高额利润为理由，吸纳燕子和剑明成为小股东，只是自己想通过股东会议提出，但由燕子在这个时候说出来，他感觉到胁迫，这对于男人的心理，很不爽。

王恒长长地叹了一口气："这相当于，你不能拥有我，就要让你占有是吗？"

燕子没有否认。

王恒突然用了一种铁石心肠的神情盯着燕子："你知道我的性格有多硬吗？"

燕子这一下有点真怕了，都不敢抬眼看他了，小声说："知道。"

王恒坚定地，几乎一字一句说："所以，我从来不接受威胁。"

燕子终于软了，她知道面前这个男人有多硬，她认输了，也真有点害怕了，她真的软下来了，声音都颤抖着："王总，我错了，就当我没说，好吗？"

王恒看着燕子，话锋一转："但是，我今天决定破例，接受一次威胁，而且我的条件是：你和剑明各百分之五。"

燕子点头又点头，没再说一个字了，内心飘来浮去，理清了，这是威胁换取到的，她再纠缠，担心自己会以疯狂形象留在这个倾慕的男人心中。而且，两人的"秘密事情"无法也摆不到台面上谈，在时下这个性和爱相对开放的时代，地产界的大亨们，很多根本不把这种男女几夜情当回事。心好的某亨可能送个小公寓，隔三差五温存一下，然后逐渐淡出，最后找一理由不再理了，送上一笔抚恤金了断情缘。心坏的某亨可能只限于酒店里几个昼夜的悲欢，之后几次甩一点钱，从此在人群中不看你一眼，不是他失忆或老眼昏花，是真的不记得不认识了。

王恒是地产界的另类，情爱方面几乎是一个楷模，绅士加君子，从不染指任何情色场上的女人，对公司众多青春美女都保持三尺距离，当然这让众多传统思想女员工有了敬畏，也让有意焚心如火去换事业的女孩子觉得无趣。燕子明白，自己就是那个焚心如火想要得手的女孩子，她自己精心策划了这场婚外情，她与他之间的床戏，每次是她导演，甚至是单独主演，他近乎不得已而接受，对事情的发生后的补偿，是百分之百的真诚和诚意，把对她的伤害减到了最低，而他自己为此付出的代价，是相当大的，她应该知足了。

燕子回到酒店，给剑明打电话，一直没有接，她想了一下，不打了，即使两人说上话，她的情绪也不适合谈情说爱，而且，她口好干，不想再说话了，她觉得自己今天说了太多话，好像把一生一世的话都说了，她该休息了。

古人云，红颜如祸水，不过放在燕子身上，有点不公，她是有心计的女子，但心计，很多时候会有意促成公司的业务扩展，云山制药收购一事就是，所以，燕子对于王恒：一半祸水，一半却给他幸运。

剑明从没有参加过公司股东会，燕子也没有，但他俩突然被公司总裁部通知出席股东才有资格参加的会议，而且是突然召开的。

燕子心里明白了一半，剑明如堕雾中。

去开会的楼道有长长的通道，要走两分钟，剑明与燕子并行，剑明问燕子："今天这是哪出戏？"

燕子平静地说："好戏开始吧。"

就这样，剑明在他烂醉的那个晚上，燕子的谈话让他们二人成了公司小股东。

其实，在这之前，王恒已召开了股东会，又找了任总、叶总和老陈，赵总找人代替，王恒声明，将自己股份里的百分之十拿出来，赠予为公司建立了功勋的剑明和燕子。

叶总听闻之后也吃惊不小，没有料到自己对燕子的怜惜和同情心会让燕子获得如此高额回报，高到将与他并肩坐在股东会上。他内心有些震撼，也不得不佩服燕子这个女孩子自己没看错，绝不是等闲之辈，当然，他绝对想不到这中间燕子的酸痛。

股东们集体同意，王恒拿出自己的股份送人，不损他们私毫半分，相反，吸纳新股东，某种程度抑制王恒常常表现出的那个一堂言的权利，大家偷着乐。

王恒虽然是被动接受了燕子的要挟，也是他的向善，但他内心也清楚剑明与燕子的命运是连在一起的，剑明拥有了百分之五，等于王恒把剑明这个人才牢牢绑在公司利益上。

会议结束，任总扯了一下叶总的衣角，显出了他嬉皮性格中少有出现的酸味："这一对儿加一起的10%，股份跟我们创建人一样多了。"

叶总笑了一下："这都是纸上的东西，上市之后才可以变钱，而且就算上市，也分分钟被资本稀释，没什么好稀罕的，暂时唯一的荣誉，是可以跟我们一起平起平坐开会了。"

任总仍然在酸："剑明的地位，早已超过平起平坐了。"

叶总又打了他一下："公司好，股东分钱，公司亏损，股东要负责债务，多找两个能干的，一起担责。"

任总仍然不明白。

叶总又意味深长地说："地产这一行，政策说变就变，谁也无法预测今后的输赢，多找人一起赌不好吗？限你一天内想通。"

叶总雄赳赳出了公司大楼，他庆幸当初没有逼着燕子上床，保留了男人最后那点绅士的尊严，现在和燕子也是一个team了，如果今后燕子对他友好，可以合作，如果敢对他有不好，她的假学历的事，只有他知道，也随时够她呛的。

任总找叶总倾诉没有得到安慰，他想到了小弦，虽然自己想与她发展成恋爱关系遭拒，但他知道她既是一个完美的聆听者，也是一个最佳思想开导者。

谢天谢地，小弦没有拒绝他约吃饭，任总安排了一个陈设古典精心设计的都灵餐厅，学设计的他，对环境和设计的要求比菜式更重要，况且他今天没有心情吃。

餐厅来的都是衣着讲究的老板，也有情侣，这正合他的心意，他既想谈正事，也想谈私事。

"王恒突然宣布给燕子和剑明百分之十的股份，"任总一坐定，上来就是这么一句，在还没有点菜之前。

小弦也很吃惊："啊，凭什么？"

任总心事重重："凭他们俩对南风地产付出的功劳和贡献。"

小弦看他一眼："你损失了什么。"

任总眼睛掠过菜单，语气极不平静："没损失什么，损失了一点点权利而已，过去开股东会没他俩的，今后有了。"

小弦笑了："我看你这表情，像是有人抢了你的饭菜，或者说把你的百分之十强迫给了他们。"

任总被她逗笑了："你觉得我在表演？"

小弦感叹地说："房地产市场风云变幻，吸纳顶尖人才是每一个地产公司在做的。"

任总眼睛一眨："或许是我只管设计，对市场不敏感，你的意思是王恒又做对了？"

小弦点点头："至少没错，你想想，剑明懂财务懂法律会外交，燕子是市场高手，这二人加入，百利无一害。"

任总听小弦三言两语一点拨，又跟叶总的看法一致，他思想咯噔一下立即开窍，好心情来了，马上大声呼唤服务员点菜："我要大吃一顿了。"

任总显然是这里的常客，上菜很快，他夹了一块鱼给小弦，非常有风度。

小弦喜欢吃的清蒸鱼，吃得带劲，任总说："女人多吃鱼好，聪明，特别是对皮肤好。"

小弦不答他的话，继续吃。

任总又问："上次我问你我们之间有没有可能的那事，你今天有答案吗？"

小弦也不吱声。

任总四周望望，悄悄地说："我已经单身了。"

小弦笑哈哈地说："全国有五亿单身的人，包括我俩，单身，没什么荣耀的。"

任总不高兴了："我的意思是告诉你，我们没有阻碍了。"

小弦用眼睛瞪他："你今天是来倾诉股东分配的事情？还是来求爱的？"

任总幽默地说："都有，现在什么都讲速度，我觉得谈恋爱也得提速。否则怕不赶趟。"

小弦眨下眼睛："这事也急不来的。"

任总听了更急了："你都多大了，还不急。"

小弦一听这个，那个火呀："是啊，我是大了，你将来也可以说我老了。"

任总马上摆摆手："我没有一丁点儿那意思，如果我有那意思，怎么会向一个老姑娘求爱呢？"

小弦"扑哧"一下把嘴里的东西都笑出来："你还说不是那意思，你都直接说我老姑娘了，我跟你说，本姑娘再老也是姑娘。"

任总点头同意。

突然，小弦收拾好东西，准备告辞："我吃饱了，我走先了，还有稿子要交。"

任总惊讶得张大嘴巴："啊，菜还没上完呢。"

小弦说："你一个人吃吧。"

小弦说完看看四周："这里大把比我年轻的女孩找有钱人抛媚眼，你可以快速寻找一个。"

任总拉住小弦："你确定你不是内心有什么人，或许因崇拜产生的暗恋？"

任总的暗示已经很明显，小弦知道他说的是自己崇拜王恒过头。

她没有回答是或不是，没等任总再说话，她就急步出了餐厅，任总看着她的背影消失，莫名其妙地摸头："今天是什么日子？什么都怪怪的。"

任总叫了服务员把剩菜打包，节俭是任总最好的习惯，这是他的优点，他不会因情绪不好忽略这个优点的。

一场南风地产与富金地产的业余足球赛，大家打得火热，王恒和剑明都在比赛中，两人配合默契，常常眼神和动作互动，相比之前，两人友谊更进一步。

从两人一起参加了公司的足球赛可见一斑，两人在与另一队拼抢冲杀黑汗血脉贲张的过程中，配合得天衣无缝，如同战场上的兄弟，这种友情加自己的愧疚掺在一起的东西，让王恒百感交集，更对自己看似接受了燕子的威胁，实则回馈剑明对公司智慧加策略上的巨大付出，内心更加坦然。

中场休息，剑明问王恒："大人，怎么回事？这个决定令我措手不及。"

王恒表情沉稳："你除了接受，其他一切不问，可以吗？"

剑明语气是真感恩："您这恩赐，也太大，太突然了。"

王恒诚实地说："别尽往好处想，想想你的命运与公司命运绑在一起，包括债权和债务，这是一种责任。"

王恒说完站起来："马上上场了，记得黑队那个姓袁的，腿力好，带球快。"

两人再次回到球场。

次日，回到办公室，王恒刚刚坐下，燕子跟随进来，她将一把钥匙交给王恒："王总，这是您办公室的钥匙，我把它给您，这也是给我自己一个约束，我今后随时会注意自己的分寸。"

王恒不看她，只说了："谢谢。"

燕子最后说了一句："作为股东，我会为公司更加卖力。"

王恒继续说："谢谢。"

燕子出门前，扭头，补充了一句心里话："你是一个，亘古未有的好男人，好老板，除了不是一个好丈夫。"

　　王恒听到门关的那一刻，知道可以把自己这段婚外情永远地关在门外了，他也有了一种解脱小小罪过之后的放松，因为这段似云像雾让他享受极少、压抑很多的情缘，可以正式从心灵上有了斩断，所有的，他都从心灵上给她弥补了。

　　浮云散去，坠入的情感边缘已回到岸边，对事业和家庭都有某种使命感的人，回到一个工作的纯粹状态，这是他喜欢的事情。

　　随着南风地产的出名，王恒名声也越来越大，他也成了半个电影明星一样的人，常常面对闪烁的镁光灯，以各式各样的方式约他采访的记者很多，因为有秘书替他筛选，会选择有名气的媒体上新闻，他几乎不愿意接受不认识的记者采访了（公开活动除外）。突然，小弦要采访他，这个皮肤白净的女记者，头脑敏锐、品性优良的好女孩是他成名前的关系良好的记者之一。因为小弦出道早，现在仍然算年轻记者，也许王恒有了阴影，内心规免与任何年轻异性打交道了（旧社会是社会很乱，小女子怎么办？现在社会是小女子有点乱，社会怎么办？因为，你无法知道平静如水的小女人内心的野心），所以，即使是熟悉的小弦采访，王恒安排小弦在家中采访，令小弦意外又荣幸。

　　碰巧赶上南风地产的星星花园项目开工，小弦在王恒的别墅的楼上住了两天，也没有见到王恒本人，因为时间突然增多，小弦从快速工作节奏变成昏吃傻睡，非常不适应。

　　小弦留意小鱼下班后总是在画画，每天都像在完成一幅即将要完成的大作品，神色紧张，她走路悄悄的，轻如微风吹过，很少与楼上的小弦聊天，小弦凭直觉觉得她是一个拒绝与生人打交道的慢热型女人。

　　小弦突然从小鱼身上感觉到孤独的女人有点可怕，感叹自己碰到了一个比我自己更加孤独的女人，觉得这样生活不好，久了会得抑郁症。

小弦下了楼，主动敲小鱼的画室的门，小弦知识面广，有采访经验，她几句话打开了一扇小鱼的精神世界。小弦从小鱼的话语里，得到一个信息，有一个地产精英的丈夫，有一个可爱的男孩子，无论从什么方面讲应该是貌似幸福生活的女人，她却在内心总有一种飘忽不定的感觉，使自己陷入一种高傲和冷漠中。

两个孤独的女人有不同的世界，小鱼是结婚之后对爱人的猜疑和不满让自己陷入孤独，小弦是从未进入婚姻世界却对那个世界充满恐惧而孤独。

敞开了某种心扉，两人开始惺惺相惜，小弦对两天来好茶好饭的招待真心道谢，小鱼则不断表示，喜欢与她聊天，希望今后做个朋友，持续友谊。

终于等到王恒回家，小弦按照财经栏目的要求让王恒回答了南风地产对于楼市新市场的预测，最后以记者天生喜欢提问的职业习惯问王恒："为什么你把我安排在家里接受采访呢？"

王恒回答小弦问题的时候，好像一只眼睛在想问题，一只眼睛望着小弦："因为你是年轻记者，还是女性记者。"

返家路上，小鱼与王恒的话同时令小弦不安，作为财经记者，每一天都采访不同的成功商人，如果把这些人的话都往心里去，那得累死，她会选择全部忽略。但小弦因为特别在意王恒，所以永远不会忽略他的每一句话，包括一个眼神，她在担心，难道自己给了王恒什么错误信息，让他误解了自己对他有什么企图？

云雾中胡思乱想的小弦，怎么知道，王恒对周围女人的防范姿态，是燕子那个事件让他吃了一堑长了一智呢？

小弦慌乱中，觉得该有人解读自己，这个人只能是任总，她把任总约到了咖啡厅，这个两年来对自己追求很久，电话不断，而自己仅仅赏面只和他有了几次饭聚的男人。小弦记得最后一次是听了任总说自己离婚已恢复单身了，想正式交往，目标朝婚姻奔驰的话，把她吓得跑了，今天她主动电话约他，是自己从小鱼身上发现，女人"孤傲"并不是好事。

任总远远过来，这个喜欢幽默嬉笑的人其实内心是一个心细的男人，他特意吹了头发，虽然头发渐少，但他仍然将少少的头发吹得很有型，喷了发胶。这个是有人告诉他，男子头，女子腰，男人头发好看如同女人腰好看，他追求小弦很久了，他也搞不清自己为何总追着喜欢王恒的女人转，从大学同学小鱼到记者小弦，他知道小弦对王恒内心并不只是崇拜。

任总坐下，马上关心地问："对王恒的采访满意吗？"

小弦顾不得回答任总问的这个问题，反过来表达另一个问题："其实，我对王恒，只是那种粉丝对偶像的仰慕感情。"

这个回答令任总如堕雾里。

小弦对任总的疑惑"扑哧"一笑，然后解释道："我知道，你，包括很多人，都认为我崇拜王总，或者说有崇拜之外的一些情感。我想告诫你，我没有，也不敢有，人们可以暗暗崇拜自己的偶像，但不是崇拜到爱上的程度。我知道今后该怎么做，崇拜要悄然的，要做到不打扰对方，所以，我愿意跟你正式确定恋爱关系。"

任总受宠若惊又心存疑虑："你确定你想通了？"

小弦对着任总的眼睛，语气直率又直白地说："我那天不同意你的表白，并不是我崇拜某人而拒绝你，崇拜和爱是完全不同的两个词，爱里面可以有崇拜，但崇拜里面不见得有爱。我对王总，跟小女生喜欢好莱坞明星没有区别，我做财经人物，崇拜自己采访过的成功人士比崇拜明星强。"

任总更加坦率地说："我可以理解为你同意我的求爱了吗？"

小弦点点头："同意，顺便说一句，那天我跑了，是我听了你还没恋爱就谈结婚这事，我觉得得让自己消化一下，不是我真的像什么人家说的老姑娘，一听离婚男人就怕做毒后母，一听 sex 就觉得好恐怖。其实，我只是喜欢孤独而已，今天我决定不再孤独下去。"

任总立即站起来，从对面坐到小弦一边，大胆地拉着她的手亲了一下："谢谢你的决定，虽然对我来说晚了一些日子，也算是水到渠成吧。"

小弦娇羞地笑了，她故意用眼睛望了一眼窗外，绿树红灯中很多美丽的东西隐隐闪烁，她知道那些美好的东西有属于自己的，有不属于的，有些男人，是用来崇拜和仰望的，有些男人是用来真实体验生活的，如果想明白了，爱情才不会乱套。

这一边，燕子是相当有眼色和极度自尊的女孩子，和王恒谈定分手之后的很长很长时间，长到有几年的时间，燕子也学习了与老板等距离的相处，她再也没有单独在王恒办公室多坐一分钟时间了，常常是三言两语就结束工作汇报，她内心彻底认清了形式，自己那段诱惑显然是人生中的败笔，聪慧的她不会再坚持把败笔画下去。王恒既然爱着自己的妻子小鱼，让他持续这个美丽的童话好了，自己作为他的人生旅程中的一个小过客，她内心，终于放下了这个事，而且是永远地放下。她曾经想过使劲，但力不从心，这个故事里没有她的位置，她聪明地出局了，所以，从开始分手那一阵自己见到王恒的一点儿别扭和心虚，到逐渐平静坦然，到现在见到仅仅是谈工作的和谐和自然，甚至是出现小争论也是就事论事，成为普通得不能再普通的工作关系。这虽算不上时髦的叫法"华丽转身",也是聪明地过起了自己的小日子,她对剑明开始态度好转,成了一对幸福夫妻,那个事儿,成了一个尘封的秘密。

命运就是这么传奇,假如你的命运注定充满传奇,你就无法平凡。就在平静的日子过了好久,静得让所有人忘记了一切时,另一个女性在王恒命运里的出现,相比之下,燕子只算是感情上和事业方面的一阵微风吹过。一个令自己人生发生惊涛骇浪巨变的女孩子,正向王恒已经平静的生活暗涌而来,她也成了他生命中至爱的红颜,她的出现,让他体验到了人到中年后带点狂野的叛逆、近乎炽热的爱,只是,生命没有给他任何提示,一切来得突然。

恰巧,这一段时间,小鱼的身体出了一个状况。

小鱼生了孩子之后,与王恒有那种亲密事情的时候,总感觉自己女人附件那些部位有疼痛感,小鱼一直不敢说,怕影响王恒的兴致,因为王恒特别忙,有时候好不容易有这个情调,突然之间说自己性爱时会疼痛多么扫兴呢,所以她选择忍住不说。很长一段时间里,她常常扮演得很享受夫妻生活,她把这个看成是自己对婚姻的贡献(书上说过有很多女人为取悦爱人也常常这么假装的),只是,这种疼痛感觉越来越让她不能承受了。她私下告诉好姐妹梁姐,梁姐的理论是女人没有兴奋感就会有疼痛感,虽然理论近荒谬,又有点道理,她的确是少了少女时代的那种兴奋感了,有时,甚至觉得,"夫妻之间性关系是陌生的"这个话,很适合现在她与丈夫之间的关系。

小鱼是尊重医学的女人,理性地去医院做了检查,B超检测显示左侧卵巢有一个鸡蛋大的囊肿。医生当即建议她切除左侧卵巢,她听了发晕和害怕。坊间有传说这种病一般是性生活少引起的雌激素不平衡所致,也有人说这是情绪引起月经不调所致。不管怎么样,她认为这两者,都与她现在的情形有那么一点靠近，她理清了思路之后，决定理性考虑医生的建议。

为了慎重，之后她又问了无数专家，有不同答案，切不切掉一侧的卵巢，各有好坏。切了保险，结果是会让她女性功能减少一半，导致女人的雌激素减少。不切怕病变，而且会永远有胀痛感。

小鱼终于决定把这个医生的建议告诉王恒，王恒像半个医生耐心地帮她分析，最后果断表明：人的生命比什么都重要，少点女人味怕什么呢？何况你还有一半，即使你没有那一半卵巢，你也是我生命中最重要的一半。

是王恒的真情感言让她下了决心，或者是医生的恐吓让她下了决心，总之，小鱼那一半卵巢最后是切了。没有人确定这个决定一定是对的，总之从医学上说非常对和正确的事，往往等到最后判断正确与否时，这个东西早已经切了。所以，小鱼事后很多年看到一些文章如："中国女人，你们有多少卵巢和子宫可以切？"文章的目的是劝说女人切女性附件时，必须谨慎，不能为了预见性的癌症隐患切了，癌症可以防，女人味也要保，千万不要切后有点遗憾，因为癌症并不是每个囊肿就会有的结果。

这篇文章让小鱼的情绪困扰了好长时间。

特别是手术之后，她服用了一些雌激素平衡的药，但这些药让她修长漂亮的身形开始变胖，她更懊恼了。

她开始以各种理由不让王恒在她洗澡时进浴室，最后发展到换衣服时也要让王恒背过脸去。

王恒担心了："嘿，小鱼同志（他开玩笑时就会用同志），别这样嘛。"

小鱼不高兴地说："别逗了，我没心情。"

王恒仍然幽默地说："好吧（他做了一个抱歉的动作），不逗了。"

小鱼把衣服往上拉了一下："今后咱们约定，看到我换衣服时，你就背过脸去。"

王恒服从，背过脸去，说："好吧，但是，我脑子里，不会忘记你原来那个长腿瘦美女的。"

小鱼也学着幽默地说："那是历史了，怎么忽然间，我感觉自己成了历史人物了。"

王恒靠近小鱼，想以温柔舒缓她的焦虑："其实，每个年龄的女人都有不同年龄的美态。"

小鱼狡黠地瞄他一眼："那是书上说的。"

王恒做了一个动作为自己背书道歉，然后说："书上说的也是人们总结出来的。"

小鱼沉默良久，仍然走不出伤感情绪："哎，我已经是人到中年，又有这个病，从此，'美丽'这个词不再与我有什么关系了。"

王恒最怕小鱼的不良情绪在内心扎根，心想必须纠正她，他捧住小鱼的脸，无比亲切地说："喂，你是一个母亲，我的孩子的母亲，我们三个人的血液是连在一起的，这个东西，比'美丽'超了一万倍的价值，这个，你还是懂的。"

小鱼不再争论了，这个，她当然知道，这就是她和王恒之间那根强韧的线，是亲人，这种"亲"与那种亲密的"亲"是一个字两种爱，是那种清淡的没有相互吸引的爱。作为女人，无论外表多孤傲，内心仍然是渴望被宠爱的。回想起来，自己对宠爱的要求并不多，王恒过去给得太多太多，大概是过去把那种宠爱奢侈地花光了，现在越来越少。也许，某一天，会没有一点儿了，这是很多女人的无奈，不会因为自己是高干女儿就可以避免，这叫无可奈何花落去，即使古代的王后，不也有失宠的时候吗？因为她冒险嫁了一个姓"王"

的男人。

小鱼为自己的胡思乱想害怕，因为医生说的，这个病会带来情绪变化，她本来就是一个情绪女人，有了这种病，情绪可想而知。

一天，大刘把一堆宅基地用地的资料递给他，王恒知道，又是要求小鱼爸爸的时候了，其实，小鱼爸爸的健康已不仅仅是红灯，癌症前期已被确定。王恒并不想打扰爸爸，但正如大刘说的，大刘只能搞定"村委"，王恒才能搞定"建委"，这两个委搞定了才是双雄合璧。

王恒和小鱼一起回到省委大院的家，小鱼爸爸热情地迎上来，虽然老人拼了最大努力，努力给王恒一个他认为有力的握手，王恒也感觉到小鱼爸爸的无力和冰凉，他说："爸爸，你的手有点凉。"

小鱼爸爸安慰他："爸爸死不了，你别担心。"

是革命军人的风骨？或许也是对权力的一些眷恋，更多的是想多些时间扶持一下王恒，他仍然在工作岗位。这次王恒与小鱼一起来的，还有他们的孩子王小虎，老人摸了一下小虎的头："小虎像我，结实。"

小鱼爸爸看到这三个亲人的幸福，内心很是得意，却不知道这个幸福是有暗涌，静水流深。

小鱼爸爸更不知道，他疼爱的小女儿，有了心思，曾被燕子的传闻折磨了好一阵，现在又被卵巢病痛折磨，这两个东西，之于女人，脆弱得像玻璃杯。在父亲面前，她还想继续扮演那个童话里的公主——那个让他永远宠爱的"一世小女儿"，其实内心知道这个童话早已经不存在了。

小鱼担心爸爸知道自己的不幸福，他已有病痛在身，原本就很痛，小鱼害怕爸爸这会儿身上掉下一颗尘埃也会让他痛。

王恒很快谈到了自己想把宅基地做成别墅用地的想法，小鱼爸爸担心地说："你怎么眼睛总盯着别墅呢？很多人现在都住不起普通房子！"

王恒解释："我做了勘探，海边这个地基只能建一层，而且别墅的容积量大，利润相对高很多，现在赚点钱，今后再去拍地时，考虑建普通高层，而且公司把普通住宅作为今后的目标方向。"

小鱼爸爸点头，然后又提醒王恒："你的合作伙伴大刘，口碑不好，听说他眼里只有钱钱钱，地地地，买买买，卖卖卖。"

老人的眼光是精锐的，他看人极准。

王恒明白，只是利益所驱，他感叹："大刘有两个优势，一个是与很多村委关系好，能收到比政府那里更便宜更好的地，更好的项目；一个是他资金雄厚，有些项目几乎不靠银行就能操作。"

小鱼爸爸严肃地说："他的缺点呢？"

王恒苦笑一下："可能缺点这个词还不能完全概括他，那叫一种帮派文化，潮汕帮的老板式的家族式观念，什么事都是家族抱团。"

小鱼爸爸眉毛闪了一下："这样？"

王恒继续告诉岳父："大刘公司董事长和总经理就是他哥俩，大刘、小刘，剩下的各副总是堂兄堂弟，再往下就是表弟、弟妹，公司上上下下管理层只有四个姓氏，这个家族式的老板文化，我不喜欢。"

小鱼爸爸笑了："我叫这是封建思想，我也不喜欢，要命的是，他们也有很多成功例子。"

王恒感觉老人重病但仍然睿智："您说得太对了，我与大刘，世界观、价值观都不同。"

小鱼爸爸伸出一个食指："你注意，志不同，道上能合，这个，你懂的。"

王恒见爸爸非常疲惫,不想多说了:"爸爸,相信我会处理好与他的关系。"

小鱼爸爸突然提出:"我有一种直觉,这个大刘,今后可能会是你的敌人。"

王恒一愣:"嗯?"

他从来觉得老人眼光准得可怕,他不想往下想了。

握手道别,这是这个老干部永远不会忘记的动作,即使是对自己的女婿,他也永远有首长风度,而且,尽管已经重病缠身,那种坚强和豁达,总是令王恒心存敬畏。

出了省委大院,他突然直奔工地,尽管这常常是大刘负责的工作。

靠近工地一看,杂草丛生,乱糟糟湿润的黄泥巴上插着几块不干不净的牌子,上面歪歪扭扭写了几个字:"南风地产——建设社会主义国际大都市空中城市花园",王恒心想:"这叫国际?这么脏乱差?"

一些声音在远处大叫,王恒循声望去,一群工人在打架,看上去年纪都是十七八岁左右。

王恒走过去,严厉地说:"不准打架。"

一个十五岁模样的男子走近:"你哪来的?我们兄弟打架是找乐子,锻炼身体,你谁啊,说打住就打住。"

王恒没有打算报上姓名:"打架会有误伤,误伤就有法律纠纷,这个你们懂吗?"

一个小伙子笑道:"法律我们不懂,我们初中毕业就干这活了,但从未犯过法。"

王恒警告:"今天你不犯,明天,或后天可能犯。"

那个十五岁模样的男子说:"如果想要我们收手,也可以,你打过我们。"

这时,那一群小子开始起哄,其中一个非常专业地站在中间:"我当裁判。"

王恒看着这一架得打了，他脱了衣服，做了一个架势。

上来一个，被王恒撂倒，又来一个，同样命运。

裁判还算公平，输，脸皮上挂着不情愿。

这时，领头的把手中烟头一甩，上场了。

这个比前几个有实力，算是弄了几个回合，最后还是输了。

小伙子问："身手这么好？你到底是谁啊？"

王恒从地上捡起衣服："你先介绍。"

小伙子得意扬扬地："我是这个项目的经理，姓袁，兄弟们称我袁大头。"

王恒吓得心惊胆战："你是项目经理，你学工程监理的？"

袁大头骄傲地："我什么也没学过，但我干过，我十三岁就出来做工程了，现在干了五年，什么样大工程我都做过，是熟练工了。"

王恒感叹："你们这个年纪该在学校的。"

袁大头不以为然："读什么书？我儿子读吧，我们那地儿的风俗是养家，我十五岁开始养家了。"

袁大头很得意扬扬，这时，他觉得自己的脖子被扭紧，抬头一看，是大刘，吓得脸色变了："大叔，您来了。"

大刘看着王恒："王总，你过来也不知会一声？"

王恒看着大刘："如果我知会一声，怎么知道你在用童工。"

大刘眼睛眨动："童工？不是，他们身份证都证明他们现在已是十八岁了，这个，我有数，在乡下，他们做工随便点，在大城市，他们年龄够了才让他们进城的。"

大刘抽出一堆钞票："小子们，我知道你们今天又打架了，今晚去唱K，别打了啊。"

王恒刚准备离开，又听见袁大头开始张罗拔河比赛。

大刘竖起手指："这个好，团结就是力量。"

王恒跟着大刘出了工地，远处听见他们在讨论拔河比赛，整齐的潮汕口音一浪一浪的。

大刘对王恒认真地说："我说，得尽快开工，让他们累死，没闲工夫打，否则他们每天闹腾。"

王恒仍然忧虑："这群青春期的男孩子，出了事，麻烦了。"

大刘骄傲地说："他们像一支部队，平时他们闲时唱K、泡吧时，不同的姓氏的兄弟可能会为一点小事大打出手，但即使打断骨头也不会把对方送局子里，那个团结，完全是一支精悍的部队。"

王恒说："你觉得这支精悍的部队都是你的七亲八戚，公司发展就安全了？"

大刘突然用很强硬的语气说："这是我们潮汕人的传统，你不用管这个细节了。"

面对这个局面，想到爸爸刚才说的话，王恒真的觉得疑虑重重。

七、心外幽情

南风地产八周年庆典，那个时候特区的地产企业特别时兴"庆典"，此起彼伏的周年庆典，从一周年到九周年、十周年，因为是一拨一起搞地产公司的，又同时都有追求宏大目标的野心，一个月内庆典活动搞得满满当当，如果南风地产不搞庆典跟上这阵风，那架势是要大部队退下了阵地，王恒只好在八周年时弄了一个"庆典"。

大刘请了省歌舞团的舞蹈队来凑兴，省歌舞团过去是一个高尚的文艺团体，因为市场经济，让这些歌舞团没有正式的大演出了，歌舞团常常沦落为各大企业、各大公司、各种协会的各类活动凑兴表演。

当歌舞团的女舞蹈演员迈着好看的八字脚，昂着长脖子和骄傲的小小的头，走进南风地产公司时，走在最后的林林与前来迎接的燕子两个女孩子擦肩而过，燕子瞬间感到一个亮瞎眼的极品美人飘过眼前。

等林林过去，她做了一件从未做过的事，回头看着别的美女的背影，这中间有点八卦心理，林林的背影的步态都像是训练过一样有味道。燕子回想刚才瞅到她的正脸，那种美到极致的眼神，雪一样白皙的肌肤，她自己那种骄傲的美人心态，瞬间脆弱无比。

她背过脸的时候，心想女人好攀比呀，眼前这个美人，男人可能明着望，女人也会偷偷看。一种女人的第六感上来：这个地产公司的男人，今晚会有很多人心跳加速了。

演出时间有点长，开始有些人都提不起精神了，这时，林林的独舞出现，她的舞蹈和相貌有点像李商隐的那首诗："伤心桥下春波绿，曾是惊鸿照影来"，诗意绝美，不像是企业凑兴的舞蹈，非常有意境。

靠前看表演的人，可以看见她赤脚上场，包括那一排像含苞的玉米粒一样整齐的脚趾。

大概用大刘在观看歌舞团演出时的评价更诡异，面对在跳独舞的林林，大刘对身边的剑明形容道："这个女孩子，看第一眼，倾国倾城，看第二眼，妻离子散，看第三眼，倾家荡产。"

剑明哈哈大笑，追问看第四眼会怎么样？大刘的回答是："黄泉路上。"

剑明做了一个手势："放心了。"

大刘奇怪侧眼："你放心什么？"

剑明坦白地说："放心我的合同可以完美了，因为演出合同上面写明：不得约演员陪酒。"

大刘阴阳怪气地说："你以为，我是随便碰美女的。"

剑明嘴巴歪了一下："这个我信，我知道你有少少迷信，您上次娶丽丽时，就开了一个类似常委会一样的阵势来决定娶妻事情的。"

大刘翻白眼："最后我没娶丽丽，你不知道？"

剑明恍惚一下："啊？那是为什么。"

大刘神经质地表示："她属兔子，我属蛇，不合，但我没告诉她，我们这个不合的问题，只说结婚不行，她现在只限于是我的小四。"

剑明突然提问："刘总，你到底有没有过爱情？"

大刘哈哈大笑，笑声让旁边人都直探头，然后语气近乎自豪："当然有，但爱情不能太认真，认真了，要不心苦，要不命苦，两样我都不喜欢，我是拿捏有度。我认为，我的爱情像大河一样宽广，可以分很多支流，也可以叫大爱吧。虽然大家都说我是用钱买到爱，称不上爱情，这是人们过分把爱情诗意了，试问，没有钱，哪会有爱呢？好比没有天，哪有地。"

大刘一个劲说着，突然发现自己对着空气说话，剑明早已离开了座位。

大刘哼了一下，自言自语："这小子，真没礼貌。"

剑明站到外面，发现王恒也在，两人相视一笑。

剑明耸耸肩："你不喜欢那些舞蹈？"

王恒特别严肃地评论着："这种为企业凑兴的舞蹈，也就是图个热闹，想起我小时候看的第一次舞蹈是'红色娘子军'，我那个震撼啊。"

王恒见说了之后没反应，知道剑明的年纪可能不熟悉那个舞蹈，于是问他："你也不喜欢？"

剑明说："我烦那个大刘说的话。"

王恒好奇地问："他今天又说了什么新鲜词？"

剑明往厅内瞅了一眼："有一个跳独舞的女孩子，大刘这样描绘的，看第一眼，倾国倾城，第二眼，妻离子散，第三眼，倾家荡产，第四眼，黄泉路上。你说，他这话损的。"

王恒脸色一沉："太不尊重人了，人家还是女孩子呢。"

剑明看了一眼手表："结束了。"

王恒提示他："我一会儿讲完话就回家了。"

剑明双手一拍："我去准备宴会。"

宽广的宴会大厅，坐在前一排位置上的是领导级的，包括歌舞团的演员。

换下舞蹈服的女孩子都聚集不同餐桌上，她们的美丽在这个宴会上炸了，所有南风地产的男性职工都在兴奋自己身边有一两个漂亮女孩子，包括任总和叶总，他们旁边也有两位美丽的舞蹈演员。

虽然任总与小弦确定了恋爱关系，但这两小时显然把小弦忘得精光，他愿意享受一下这种短暂的艳遇（当然不见得是要有什么实质内容）。

任总问舞蹈演员甲（她扎一个好看的马尾）："姑娘今年多大？"

马尾姑娘答："十九。"

任总吓一跳，自己显然是她的大叔了，于是不好意思地说："拍拖了吗？"

马尾姑娘并不做作，大大方方地说："拍散拖。"

任总奇怪地问："为什么拍散拖，不喜欢认真交一个？"

马尾姑娘笑了："我今后有很多艺术梦要去追，把自己绑定一个，妨碍我今后的打算。"

任总继续打探："那你为什么不追梦之后再谈恋爱呢？"

马尾姑娘笑哈哈地说："不谈恋爱寂寞啊。"

任总一听，觉得这是代沟，不行，想追这样的追梦女孩那得跟着梦跑，那得累死，任总现实地提早走了。

叶总旁边的，是一个眉清目秀的短发女孩，样子好看，很温和，叶总觉得她对自己总是甜甜地笑着，也趁机将手假装无意在她的大腿上放了一下，短发姑娘不慌不忙看着叶总，温和地说："可以把您的手移开一尺吗？"

这温和的话吓得叶总不得不提前告辞。

虽然最后证明这中间并无成功配对的，因为跳舞的女孩子心里多少都装着一些艺术梦，不是那么容易追得上的，即使这样，也无碍当时那种此时此刻的喜悦。林林是队长，被安排在王恒与大刘一桌，她几乎不与人说话，只顾一个人吃，好几次，大刘都开着玩笑问她："姑娘，你多久没吃过饭了？"

林林眼睛不抬，回答："没有几天，只有一天没吃。"

大刘笑眯眯地说："你这姑娘，实在，从吃相上看，你这个美女有男子气。"

林林笑着露出一小粒虎牙："我妈妈喜欢男孩子，把我当男孩子养，所以我十岁前没留过头发。"

大刘笑得没眼睛了，大刘是典型的享乐主义者，只要有美女美酒，也不在乎是否拥有，也很高兴。王恒从头至尾没说一句话。

宴会结束，大刘高兴地拉着王恒说："今儿大家都高兴，留下来玩扑克，补充一句，这是庆典节目的最后部分。"

剑明看着王恒，示意王恒该离开了，未料林林举手："我可以参加吗？"

大刘很高兴："姑娘你喜欢打牌？"

林林长睫毛眨巴一下："我爸爸是魔术师，从小教我玩。"

大刘惊讶地说："那你的牌技好高。"

林林又笑了："反正我没输过。"

剑明马上同意一起打牌，他内心嘀咕，嘴巴上说这位美女相貌不吉祥，还扯着人家，我得看住他，绝对让这女孩完璧归赵。

四个人正式上了牌桌，对玩牌如同爱喝酒一样的大刘，全神贯注地玩起来，牌桌上马上把林林当成了男人，完全不记得刚才对她那一套诡异的评价。反而是王恒发现眼前的这个小女孩，像极了一个著名油画中的少女，对她偷偷多看了两眼。

牌局高潮来了，大刘突然觉得这不是一个美女，而是一条汉子，牌技高得令他大开眼界。

收工时，林林对她赢的小钱并不热衷，热烈讨论王恒和大刘出错牌的地方，大刘听得入迷，于是，他像拍小伙子的肩膀那样拍着林林的肩膀，用同性之间的交往语气说："嘿，今天你赢得很漂亮，下次再约怎么样？"

林林背起包包："绝对不行，玩牌的最高艺术是：赢了就跑。"

林林没有商量地拒绝了。

剑明暗暗赞叹："聪明女孩。"

拒绝了，一般说来，如果没有第二次、第三次，王恒应该不会记得这个美得像油画一样的女孩子。

第二次，也算是一次奇遇。

在地产界已经很有名气的王恒，也常常被大小展览拉出来当高级托儿出席，装饰门面，有钱的生活圈子需要艺术，而艺术需要很多很多的钱，这两者有时是相敬如宾、相辅相成的关系。

是在收藏家朱先生组织的华美拍卖会的预展会上，这个会议属于小型范围，类似于拍卖之前的预展讲座和预展拍卖精品。那位定居加国却常常在国内艺术圈子活跃的收藏家，侃侃谈论着清代钱维城的《花卉》，邵弥《探泉图》，陈继儒的《清溪放舟》和扬州八家的李方膺的《兰花图》等，并强调着古代的书画古董有传承，不断刷新的天价就证明被市场接受，这些高深的收藏文化，连真正有兴趣收藏的人也会听得打瞌睡。王恒是学西洋画的，他知道西画与国画中间隔的距离好比西方人的脸与中国人的脸，但不妨碍相互欣赏，他就是这种感觉。

这天，与会来准备拍卖的人，大部分是有钱的企业家、收藏家，这个队伍里，居然出现了一个妙龄美女，她一直认真侧耳聆听。王恒远远看见她的时候，觉得这个女孩子有点像舞蹈队长林林，他不确定，走近，认真看了她一眼，吃了一惊，这就是那天来跳舞的林林。

这时，大家被引到一个小型会议室，林林也跟着进来，她好像没有请柬，有点怯生生的，但主持人看着如此绝色美人，善意放过她，她也进了小会议室。

在讲座的小客厅，王恒留意到林林把一个小录音机放在桌子上，离收藏家最近的位置，他奇怪："这个小姑娘，会对这个有兴趣？"

最令王恒吃惊的是，两人在展厅那幅邵弥的《探泉图》画前，同时驻足（尽管后来很多记者将此描述为林林故意做局，故意接近他，但王恒不相信，因为林林看画的眼神，比他更专心）。

两人出了展厅。

王恒主动打招呼："嘿，是你。"

林林眼睛一亮："是你，王总。"

王恒问："谁邀请你的？"

话一出口，王恒后悔，他知道自己口直，总伤人，这句问话的潜台词是："你怎么有资格来？"

林林毫不介意，朝他挤挤眼："谁也没邀，我自己混进来的。"

王恒见林林不介意，高兴了："那是，买不起，还不兴看看。"

王恒说了又后悔了，这相当于说："你没钱，来这看看没错。"

林林很哲学地说："美好的东西，看过等于拥有。"笑了笑，补充一句："这话是我爸爸说的。"

王恒表扬了一句："你爸爸讲话有深度。"

林林得到表扬，继续话题延伸："的确，为什么一定要占有呢，而且，这种东西怎么可以占有尽呢？世界首富难道会把各大博物馆买下吗？"

好家伙，这女孩子太懂事了，说出来的话句句是金句。

王恒问："你这个年纪怎么会喜欢国画呢？"

林林的回答是："高中时就喜欢，爸爸逼我学的，巧的是我入境了，喜欢上了画画，也想当一个画家，但老师觉得我身材条件太好，舞蹈学校又挑上了我，被命运选择了跳舞。现在后悔了，因为跳舞生命很短，所以，想趁年轻多学点东西，什么都学，再确定自己的除跳舞之外的第二目标，画画算是一个。"

两人握手告别，林林握手的动作很利索，王恒觉得这个女孩子的手跟她的脸孔一样，柔弱中带着一种干脆。

王恒出了车库，司机开得速度较慢，他看见林林一个人背着大袋子在公共汽车站等车，王恒诧异："这么漂亮的女孩子在特区没有车？"王恒叫司机靠近她，打开车门让林林进车里，这是个他从未向任何女孩子做过的动作，除了小鱼。

林林大方上了车，没有说话，眼睛盯着手上展览会上拿的宣传画图片。

王恒有意地从包里掏出自己在日本美秀博物馆看的一些展品。

林林凑近看了一眼，举起大拇指做了一个好棒的手势。

王恒得意地说："这是我上个月在日本拍卖会上看到的，日本的拍卖品比国内展品更丰富，有更多收藏作品。"

林林羡慕的眼神："是吗？"

王恒语气近乎诱惑（其实他当时只是有点得意而已）："如果你去日本看展览，就知道他们在展览方面，简直是美学的天堂，那种全玻璃的设计，每一个厅，只有一件或两件作品，很极致。国内的展览，有点拥挤，要命的是风格不同的挤一堆，让美的东西太拥挤了，不够美学。"

林林又"啊"了一声。

王恒态度更暧昧了:"我下月还准备去日本看展,这是我今年第三次了。"

王恒说的话,其实是自言自语,却被人产生了误解,以为这个是邀请的暗示,当然,更多的是林林真的极度天真:"王总,有没有可能带上我呀?"

王恒很惊讶:"什么?"

林林又补充一句:"我是说,去日本,有没有可能带上我?"

这一提议把王恒吓了一跳,怎么可能呢?我们并无交情啊,他下意识地马上用一句话顶回,直接把林林堵回千里之外:"这可不是送你一趟顺风车这么简单。"

话一出口王恒自己就意识到,这话近乎刻薄。

林林不再说话了,面对这个难顶的话忍住需要勇气,她没有再看王恒的严肃表情,把目光看向窗外,到了一个住宅区。

林林马上说:"我到了。"

王恒打开车门,有点尴尬:"走好。"

林林不看他,仍然礼貌地说:"谢谢您的顺风车。"

王恒看着林林下车后不知方向的样子,断定她不住这儿,他开始骂自己了,刚才的话太伤人了。

林林一个人在路上走着,她甩了一下头发,就把刚才王恒的那句尖刻话放下了。学舞蹈的女孩子,常常忍受着练功带来的长期的身体的痛,什么都是咬牙坚持再坚持,所以,她也跟着把自己的心练坚强了。其实,她不知道王恒的先天也如她一样天真,复杂是后天的,王恒经过了燕子的要挟和手腕,对年轻的美人有了一种复杂的心理。

但,王恒骨子里的天性是怜香惜玉的男人,他叫司机停一下。

下车的目的，是想折回去喊林林坐回车，道个歉，可是等他急促快跑几步，几乎要接近她时，发现林林迅速招了一辆出租车上去了。

王恒又沮丧又懊恼地摸了一下自己的头。

晚上，王恒坐在书桌前看书，脑海里不断闪现林林看画的神情，还有她下车时自尊心被突然袭击后咬一下嘴角的表情，他的心微微颤抖了一下，煞是后悔，而这种情绪，是他少有的，他差一点被自己这种情绪吓坏了，很久以来，他不再对女孩子心软的怅惘，突然产生。

第三次。

王恒与大刘一起陪银行的经理打高尔夫球。

他一边挥着不常挥的杆，做着不协调的动作，对大刘说真心话："大刘，我真的不喜欢这个时髦的运动，总觉得是绿色鸦片，另外，我也认为对高尔夫球真没天赋，我的身体太硬了。"

大刘用更不协调的动作把球打出："我也不喜欢，我的身体比你还硬。"

王恒反问："但你每次都这么兴奋？"

大刘说话总喜欢做动作，他伸出两根手指："我兴奋两点，第一，我今天在球场上又讨好了某某，又新交了某某，第二，我每次在朋友圈子必赌，我告诉你，高尔夫球如果没有赌博绝不会风靡全球，相信我，这个比赌足球更厉害。"

看着大刘雄赳赳的样子准备下场，王恒感叹，与这人是如此不同又如此深度合作，这就是人生，有些合作伙伴就是你不喜欢又必须选择的。

四人开下场，与他们四人共一个球童的还有另一组，王恒眼睛的余光扫到一个人，她就是林林，她在另一个球车上。大刘摇了一下王恒的胳膊："你看，那人是舞蹈队的林林吗？"

王恒装了一把："嗯，看见了。"

大刘二笑了一下："来打高尔夫球的女孩子，十有九个都是来泡款爷的。"

王恒问："你这么确定？"

大刘眼睛翻了一下："我的朋友们都告诉我，对会打高尔夫球的女孩子，当然，职业运动员和教练除外，一律敬而远之，碰不得。"

王恒听了很不舒服，内心顿时开始不平静，他只打到第10个洞就不想打了，回去换了衣服，坐在休息厅里喝咖啡。一个小时后，王恒看见林林和球友一起回来了，为了表示那天的无礼，王恒特意过去："怎么样，林林，一起喝杯咖啡。"

林林抬眼看见王恒，并无芥蒂一样，大方自然地说："喝两杯行，喝一杯有罪了。"（在香港，请喝一杯咖啡是被警察叫去问话。）

王恒点头："好，请两杯。"

王恒叫了服务员点了四杯咖啡，意思是我也喝两杯，虽然他知道代价是今晚睡不着觉。

咖啡没上前，他急着问林林："你喜欢高尔夫？"

林林很坦白地说："今天是我第一次下场，这也不是我消费得起的运动，如果打一场，我得跳三场舞才赚到，我可不敢喜欢这运动，我教了一个朋友瑜伽，她回报我邀请我来打的。"

王恒马上附和她："我也不常来。"

林林不说话了。

王恒故意找话说："下次还会来打吗？"

林林回答："可能会吧，我今天在练习场看了很久，觉得这个运动还是蛮有美感的，用我们舞者的话说就是：每一个 endpose 都是为了呈现完美。"

王恒听了这个观点差点要拍手："你这个说法很有美学观点。"

林林调皮地说："不止是美学，我还有哲学。"

王恒有了兴趣："快，说说看。"

林林表情也变得有点哲学一样深奥："我觉得，打高尔夫球像人生，永远不知道下一杆是否能打好，唯一可以做的就是——打好目前这一杆。"

王恒哈哈大笑。

林林奇怪地问："您笑什么？"

王恒高兴了，拍手："你能这么深度地从哲学方面思考高尔夫球，怎么可能来这泡……"

王恒把"款爷"二字咽下没出口，但仍然引起林林的反感。

林林有点生气了："您总出口伤人，这令您很快乐吗？"

王恒知道错了（马上认错也是少有），他想道个歉，话到嘴边又打了一个恭维过度的比方："我认为，像你这样的好女孩子，应该是让人千万里来寻的，而不是冒着晒到这儿来找什么人的。"

林林情绪缓和了点，问："您这是恭维我？还是挖苦我？"

王恒想了想："都不是。"

林林反问："那是什么？"

王恒像想了很久，有了一个合适的答案："是赞美，我认为，是赞美。"

林林低声说："王总，别笑我敏感，可能现在社会上泡富豪的女孩子太多，也真的会有女孩子无论是运动或者去学什么也是有目的的，我真的没有什么目的，我觉得泡富商意味着——风和虚无。"

王恒觉得林林什么话出口都有那么点诗意，很惊讶，他有意识地问："你喜欢什么样的人生？如果你反感傍富。"

林林笑了一下："我，也可以轰轰烈烈，也可以风轻云淡——"

在这个一流的虚荣和繁华城市创业成功的王恒，对女孩子的看法类似内科医生看感冒，是什么样的程度，他有感觉。很多女孩子，美是美的，只是美而已，有时觉得她们可以沉鱼也可以落雁，就是不能谈话，一谈就白，要不聪明过了头，很商业，真不知道她是不是马上算计到自己。林林不是这两种类型，林林身上有股仙味，又很踏实，她有古书里的复古味道，又很现代地时时从古书里走出来。

总之，她什么都好，就是不知道怎么形容好。

从那之后，王恒不再那么反感高尔夫球，发现这也是一种减压方式，至少这个时间内可以专注打球，不再谈哪块地好哪个盘好哪个销售好，而且与林林成了球友。

一次，王恒和大刘又来到外国教练詹姆斯那里。

詹姆斯指着王恒说："你，身子太硬，这样下去，永远在 100 杆徘徊，要想进步，必须让身体增加柔软度。"

大刘急切咨询："教练，我呢？"

詹姆期用外教的直率说："更差，在 110 杆左右，你们都需要去练瑜伽。"

王恒意会了："练瑜伽，真能让僵硬的身体软下来？"

王恒一刹那想到了林林，也可能一直在想。

他第一次打电话给林林："你可以教我们瑜伽吗？知道你这个很擅长。"

林林停了一秒："当然可以。"

王恒故意公事公办："你可以收比别人贵一倍的学费。"

林林不高兴地说："为什么要多一倍呢？你钱多？"

王恒不好意思地说："不是钱多，是我和刘总，身体太硬了，外教的比喻是比石头还硬。"

林林在电话里也听得笑翻了："你的身体硬，我有办法，性格硬，我就没招了。"

王恒是一个体育迷，却在瑜伽这个上面不开窍，加上他的韧带真的如外教比喻的一样，像石头一样硬，如果一紧张，更硬。林林常常教他压腿教得满头大汗，有一次林林的手在他大腿上做了一个示范动作，不小心触到了他的腿部，他竟然像触电一样全身麻了一下，明显地感觉到了自己的一小点生理反应，他慌忙到洗手间洗了一个冷水脸，打住了。

这时，不跟林林继续上瑜伽课的念头在内心一闪一闪，但自己球艺上的空前进步，显然是瑜伽在帮助，那个一闪一闪的念头又渐渐消失了。

等到一次小型比赛，王恒和大刘平均成绩，飙到了平均80杆和85杆，兴奋之余，大刘提出了赌球，不是赌钱，是赌运气，王恒和林林一队，大刘和某行长一队，大刘表示输了就把18楼写字楼让给王恒坐，那是王恒最喜欢的朝向。

结果是林林替王恒赢了18层写字楼朝南那半边。

王恒坐到了自己喜欢的朝向，大刘愿赌服输坐下去了，王恒想奖赏林林，林林一律说"no"。王恒察觉到，这个女子，对金钱的态度，是若即若离的，甚至是超凡脱俗的。她很在意生活的情调，每一条裙子或衣服会搭配好同色系的包包和相近的小配饰，那些东西并不贵重却显品位。她没有车，搭公交满城飞，朴素又节俭，王恒提议送一辆车给她，她摇头拒绝。

林林是双鱼座的女孩子，这个星座的性格被星相学家评为拥有水果一样天然单纯和流水一般柔软的温和的完美性格。王恒从不相信星座，甚至取笑这些自以为是的星相学家的各种言论，他称为谬论。与林林交往后，他多少注意了这个年轻人非常在意的分析性格的妙术，慢慢觉得性格与星座是有那么一点靠谱。只是，关于两人的故事，却没有任何星相学家提供暗示。

八、制造绯闻

南风地产一如既往的周一例会，王恒无意中发现燕子没来开会，也没有出差或请假，预示有事发生，会后他刚想进自己的办公室，燕子已候在门外等他。刚进办公室，燕子急忙告诉王恒，收购"美加纯净水"厂房的事，对方想在合同上玩伎俩。因为市场上另一牌子的"丽同矿泉水"有问题，让他们的"美加"突然销售猛涨，他们水厂脱贫了，有了钱腰围开始圆了，口气也变了，原来答应给南风地产收购的厂房，要提高一半收购价，并且厂房用地要退还一半，他们要建新厂房。

剑明、燕子、王恒三人来到"美加纯净水"，只见工人们表情姿态各异，有愤懑的、有疑惑的、有无奈的、有做秀的、有心虚的，但都统一拉起横幅："南风地产无良，还我厂房。"

燕子望了一队工人，眼睛眨了眨，想起了什么。

王恒纳闷，还没谈判，怎么亮出这种极端行动？

几个人上了工厂的老式电梯，电梯显然长年失修，"咯吱"直响，目标像要通向阴暗的某一角落，这样的厂房生产的水敢到市场上以优质水叫卖，这才叫良心何在!

王恒淡定地进了黄厂长办公室,处变不惊,是王恒的特点,他留意到原来收购合同签字时憨厚的黄厂长一下子变了脸,表情冷冷的,唯一没有变化的是他的腰围仍然鼓鼓的。

燕子固守她的强硬谈判,虽然不敢命令和鼓励王恒如何做,但她甩了一下厂方提出的补充合同:"这不叫补充合同,我第一次见补充协议比原合同长十几页,这太没有合约精神了。"

黄厂长翻着白眼:"我不和你谈合约精神,总之,收购价要提高一半,厂房归我们。"

"美加"显然吃准了王恒爱护名誉,黄厂长的表情没有商量的。

燕子立即摆手:"没有可能。"

黄厂长瞅了一眼窗外:"你看到了,那些工人,个个摩拳擦掌。"

燕子看着黄厂长:"你确定外面那些工人都是水厂的?"

黄厂长迟钝了一下,回答:"当然,都是。"

燕子笑眯眯地说:"我最大的本事是对人过目不忘,我与你们所有的工人都面对面签过合同,握过每一位工人的手,我确定,这些人百分之九十不是工厂的。"

黄厂长表情有点变化:"可能一部分是工人请亲戚朋友来代替。"

燕子提醒他:"做假,是要犯罪的。"

黄厂长这一下脸色全白了。

剑明曾经提醒,现在很多厂长在收购中欺诈工人,也欺骗收购方,所以燕子留了心眼,在签收购协议时,亲自与每一位工人签了个人协议,这一份文件黄厂长手上却没有,他仅仅揣着全厂员工统一签的文件。燕子突然把这些过去与每一个工人签的协议都拿给他看，而且个个按了手印，黄厂长瞬间傻眼了。

黄厂长意识到闯祸了，立即诚实交代："外面的工人，大部分是我请来的，我并不是要他们搞暴动，我的目的也是想为工厂多争取一些利益，现在美加纯净水销量极好，有一家日资厂同意合资建厂房，我看到了工厂的希望，工人们人心不齐，于是，我雇人演了这出戏。"

燕子挖苦地说："可惜演技不高，有几个人甚至穿着西装来的。"

燕子这么一说，黄厂长除了傻眼之外更担心产生法律诉讼，他做了一个双手投降的动作，不断重复自己的好意："我仅仅是想为工厂做点事，目的很纯，真的，跟我们生产的水一样纯，好吧，一切照原合同办事，不补充了。"

眼看着厂长的态度转变，燕子脸上露出了她最常外挂的扬扬得意。

从看见拉横幅到进办公室谈判，王恒从头至尾没有说一句话，只是一个人在旁边看着十几页合同，然后递给剑明。两人目光默契对视一眼，王恒突然开腔说话，众人刹那间安静，王恒说："我同意签这份补充协议。"

王恒的回答令除了剑明之外的所有人吃惊，连黄厂长的助手也扶了扶眼镜，黄厂长惊魂未定："为什么？"

愿意主动放弃赢的机会？黄厂长不相信自己的耳朵。

王恒眼神敏锐，态度大度："我告诉你我的人生信仰。"

黄厂长洗耳恭听："是什么呢？"

王恒一字一句地说："宁可天下人负我，我不负天下人。"

黄厂长脸色很难看，知道自己做法不妥，未有任何沟通就做假做到这一步。

王恒继续表示："我愿意做，是把这个举动看成，第一，自己做一个慈善事业，我觉得美加纯净水保住了品牌和所有工人的工作，他们有了尊严和保障，这让我心安。第二，我们准备开发的这块厂房用地，有你们的职工今后与我们南风地产的业主一起共住，而售后服务是我们最看重的，如果你们的职工业主因为这件事产生仇恨，将来与我们的业主敌对起来，这样会愧对买我们房子的众多小业主。因为这两点，我愿意让这个利。"

黄厂长的表情惭愧又激动，貌似要服点镇静剂才能镇住自己的尴尬表情，一个大男人，眼泪大滴大滴地流下来，并表示今后他会跟自己的工人说："王总是我们的大恩人。"

王恒当然想不到，他这个善举，让这个起死回生后腾空而起的美加纯净水，建了新厂房，后来上了市，赠送了12000原始股给南风地产，这个意外，是王恒没有想到的。还有一个意外，因为南风地产的房子在设计上特别适合南方人的通风习惯，房子在预售阶段就售罄，项目利润非常可观。

王恒在公司大会上表扬了燕子，号召公司的年轻人都向她学习，有智慧有胆略，他省略了自己的那一部分重要智慧，而燕子被这个胜利的果实整得像吃了兴奋剂，到处宣传自己的功劳。

她约了好姐妹冯之之，也就是那个因情色事件被大刘引进的做二奶的冯之之，在酒吧喝红酒。

燕子大方伸手要了一杯上了年份的红酒，开始闻了又闻，然后晃动几下，一小口下去，把腮帮子鼓起，就不下肚里。冯之之摇摇她："快喝下去，你要说什么？"

燕子白了她一眼，终于吞下了，然后说："你知道吗，这一口吞下去，1000元没有了。"

冯之之吓一跳："为什么买这么贵的酒喝？"

燕子外衣内的胸罩都激动得叉开："知道嘛，我立大功了，这一杯我犒劳自己。"

冯之之饶有兴趣地说："立了什么功？"

燕子把自己收购美加纯净水厂的前世今生与谈判的风起云涌说了一通，这个项目让公司赚了多少，海吹了一番，把冯之之听得五体投地。当然，她从来对燕子佩服不已，觉得她是励志姐，这次更上了一层楼。

燕子话题一转："之之，女人仅仅找男人要钱花，没有尊严的，要自己找项目赚钱，学习我，你这样下去继续做二奶，等他有了三奶、四奶，你大概比古代老宫女还惨。"

冯之之黯然了："今天你谈这个，怪不得前面一堆废话。首先，我没有你聪明，也没有你的胆子，就算一些机会到了自己身边，我也不敢动。"

燕子凑近她："我提醒你，女人一生中只有一个或者两个机会，而且仅仅是一闪，你要抓住机会。"

冯之之眼睛眨巴："如果没有呢？"

燕子继续吹："那就创造机会上。"

冯之之心思动了："我想想，我想想。"

冯之之还没想好，燕子又把话题转向另一个方面："你知道大刘和王总的瑜伽老师吗？"

冯之之点点头："那个舞蹈演员林林？知道。"

燕子问："你觉得刘总喜欢她吗？"

冯之之老实坦白："我肯定，他绝对不喜欢。"

燕子眼睛闪电一样："这么肯定？"

冯之之扭了一下脑袋："大刘这个人，如果喜欢谁，那每天得念好几遍这女人的名字，还得隔一阵买一个名牌包送她，看他对林林那样，不是那意思。"

燕子似乎明白了："那就是王恒对她有那意思。"

冯之之睁大眼睛："你说那个圣人？"

燕子嘀咕一句："他其实也不是什么圣人。"

冯之之回答："大概是发乎情止乎礼吧。"

燕子不说话了，她觉得冯之之都揣摩出来了，应该靠近那意思。

冯之之这下不理燕子的心思了，她在想自己该创造什么机会。

燕子的话之所以打动她，是因为她也觉得生活无聊，长期做大刘的富金公司的出纳，每天就是数钞票，除了替大刘管住公司现金，基本没什么事做。因为没生小孩，闲来每天除了涂指甲油做spa逛街吃饭，找不到任何精神寄托，听到燕子说得云山雾里的收购方案很是羡慕。她觉得自己也能为大刘建功立业，她每天工作就是跑银行，所以认识的人只有银行朋友，当银行朋友听到之之这个大户想要赚钱的时候，有人怂恿她在金鹏证券开一个账户炒股。

冯之之同意了，把公司的施工工程款放了1000万，并按照金鹏的客户经理要求买了指定的股票，刚进去一星期，冯之之就被一片绿色吓得颤颤抖抖，客户经理告诉她，尽快补仓，有消息马上反弹，冯之之求胜心切，照办。

冯之之又往里边加了1000万，再搏，又败，再搏，再败，证券公司的朋友也跟着急得脸变成了白纸。股票账面少了一半钱，冯之之清空了股票，把剩余的钱撤回，她认输了。股票这玩意，是绝对不能用公款去玩的，因为这个玩的是心态，而她，心态有问题。

大刘气得跳脚，问之之："股票这东西是你去玩的，而且是工程款？"

冯之之老实交代：自己的目的是想撞大运，给他一个荣耀。

大刘一贯豪富风范，按理说亏了不过区区 1000 万，但让他咽不下气的是冯之之被人骗了："你这么愚蠢？我当初怎么会喜欢你？"

冯之之一下变聪明了："你骂也没用，我的命运不好。"

一说到命运，大刘不敢吭声了，她生活得的确苦闷，除了燕子，她没有朋友，而燕子那么出色。自己原来承诺她去学唱歌的口头语从她 26 岁说到 39 岁也没实现，她的苦也成了蠢，大刘只好作罢。

又信命运又信鬼神的大刘突然想起这是他搬出了 18 楼办公室才闹的坏运气，王恒的收购美加纯净水项目的事让王恒得到了好处，自己竟然霉运接连不断。大刘属于从不反思自己行为有什么不妥的人，他开始在工程上偷工减料，并心安理得地认为，这是把自己损失的钱补偿回来。大刘总是阻止王恒去工地视察，王恒虽有怀疑过，但也没有去探究。

因为一些资金被冯之之亏了股票，他指令袁小弟在施工时偷工减料，造成小事故不断，心情不好的他周末成了澳门常客，虽然他刚刚骂过之之不要赌命运，自己的行为却更甚，而且是去真的赌场赌。他不知那个地方绝对解除不了心灵之苦，也绝不能抱着复仇心理往里扔钱，那只会让你越陷越深；大刘开始下注还有点节制，慢慢赌红了眼，下注越来越大，几个月里输了两个亿，吓得他眉毛都白了几根。恰好这中间有部分是工程款，大刘的项目资金开始吃紧，他开始拖欠工程款和工人工资，施工单位收不到工程款，工人也收不到工资，他们不认为是大刘所为，认为这是南风地产的项目，于是，他们开始在南风地产大楼门前拉了几条横幅："南风地产，还我血汗钱。"

王恒回来公司办公，赫然发现了一排拉标语的人，猜出八成是大刘近日鬼祟表现的结果，他果断紧急拨了一笔款项稳定施工工人的情绪，然后让剑明查实。剑明是学财务的，知道怎么入手查，查出南风地产的工程款很多回流进了富金地产的账户，第一笔就是大刘用于补1000万这笔账的缺口，剩下两个亿就是贡献给赌场了。

王恒几乎是按压着怒火把大刘和袁小弟一起叫到办公室，大刘自知理亏，王恒未曾开口他就举手："我一定会维护公司的荣誉，一定把欠账缺口补上，我在房地产行业奋斗了近二十年，两个亿的资金还是湿湿碎的（广东话，小意思）。"

大刘出门时还不忘在王恒面前嘀咕一句："说句真心话，关于赌博的那点加减乘除，通过这次练习，我已经明白了其中的窍门，如果我再进一个亿，准能回本。"

看着这个仿佛被赌博魔法召唤和洗了大脑的大刘，王恒终于忍不住拎起桌子上的茶杯扔了过去，并狠狠说了一句："再赌一次，就给我滚。"

袁小弟吓得慌忙用身体护主，大刘马上后退几步，出了王恒办公室，他仍然虚汗直出，两眼发直。

袁小弟见状，心痛加不平，加上过去是在工地和王恒干了一仗的，一直有恨在心，趁机挑拨主子："大哥，今天那茶杯扔过来，如果没有我挡一把，你怎么也得缝两针吧。"

大刘瞪他一眼："小子，这时候，你学学消防员，熄点火吧。"

袁小弟不熄火，继续点燃："你在地产界比姓王的发迹早，比他有实力，好歹是前辈，为何他敢像上级领导一样来教育你？"

大刘更气了："你还多一句嘴？"大刘做了一个要打人的动作。

这是他的表面动作，大刘内心跟袁小弟一样正在想这个问题，所以，静了静，说："你说得对，老子的人生哲学比王恒强百倍，他敢反过来教育我？"

袁小弟马上说："大哥，你怎么也得找一机会，教训一下这个人。"

大刘认同，同时，内心估摸着怎么教训王恒呢。

这个近乎完美、对自己要求苛刻的男人，要找点负面新闻还真不容易，何况有点分量的绯闻。回到冯之之的住处，冯之之看他那么愁云满面，开始不敢问，看他叹气，更吓得不敢惹他，见越叹越频繁，忍不住问："大刘，你到底发愁什么？"

大刘眼睛一闭："凭你这智商，告诉你也没用，我省点力气吧。"

冯之之讨好地说："说来听听嘛。"

大刘眼睛睁开了："其实，也没什么，想找点王恒的负面新闻。"

冯之之笑道："这难吗？随便找个人拍几张负面点的照片给记者，就是了。"

大刘仔细想了想："这人不赌不嫖不洗脚不按摩不进夜店，连唱 K 也只选女下属一起，同时还和女同志保持距离，他像管理科学一样管理自己的一言一行，你说，这绯闻，我怎么找？"

冯之之眼睛挑逗地说："他和那个林林是怎么回事？"

大刘摇摇头："那女孩子和他没什么，我从头到尾都知道。"

冯之之开始出谋献策："这还不兴做点手脚嘛，又不是栽他偷东西，绯闻这东西最有水分了，说有像有，说无像无，反正真的假不了，假的也真不了，真真假假就是绯闻。"

大刘听了从沙发上马上坐起来："哎，你经过那件事，也变得开窍了。"

大刘听了冯之之的话，想着制造点绯闻的事，他自言自语："哼，我来制造点绯闻你看看，难道你以为你真的是神？"

这个事让袁小弟干比较合适，次日上瑜伽课时，趁林林帮王恒压腿的时候，遵照指示，袁小弟在远处拍了几张照片。

然后，袁小弟招呼几个熟悉的记者，海吃海喝一顿，然后每人800元车马费，女记者送香水，男记者送香烟。

很快，林林与王恒的照片上了新闻，标题很醒目："地产界完美男人——撞上了黄昏恋。"

绯闻远远比预计的还轰动，新闻炸了，因为一个与绯闻绝缘的人突然有了绯闻，新闻像加了速度一样，瞬间传送，整个海滨城市沸腾了。

小弦第一个打电话给他："王总，你的新恋情是真的？"

王恒吓一跳，难道这些记者会挖掘自己的潜意识，他只不过是内心有点悸动，远远地，准确地说还在看山看水的阶段，怎么如此内心的事，居然给记者报出来了。

王恒回答小弦："这样，到目前为止，我与林林关系纯洁。"

小弦追问："今后呢，保证也纯洁下去？"

王恒想了很久："如果我能预知未来，那我不成神了？"

小弦对着电话安慰王恒："王总，我知道怎么下笔了，放心，我把尺度把握在'发乎情，止乎礼'这个层面上，对吧？"

王恒打断她："这个相当于说我有那意思了？"

小弦追问一句："那到底是有那意思还是没有那意思呢？"

王恒沉默了几秒（电话里显得好长）："我觉得——"

小弦猜测："沉默？"

王恒点点头："沉默，对，沉默这个方法适合任何事，那就，什么也不表达，让这个事情先 silence。"

王恒放下电话，林林的电话打来："王总，看到新闻了？"

王恒很平静："嗯，看了，对不起，这事把你扯进来了。"

林林笑哈哈地说："扯上我，是我的荣幸呢，将自己的名字与您放在一起，我这么无名小辈，突然跟一个名声显赫的人放在一起。"

王恒有点像提示林林："今后，你可能没有平静生活了。"

林林更笑得咯咯的："这个我不怕，只是，我觉得对您不公平，好像你连手也没碰过我，就被写成了恋情，过了点啊。"

王恒安慰她："别担心，我习惯了被争议和新闻包围，这点子事，人们茶余饭后说过一阵就忘了，我会处理好的。"

林林放下电话，心里暗暗地飘过一丝不经意的喜悦，因为王恒从头至尾也没有否定这个恋情的事，也许，没有否认等于承认，想到这，她竟然有点儿心跳了一下，觉得自己脸红了。

电话的这一边，王恒也陷入了沉思，如果媒体不揭秘他和林林这件事，也许，等他真正地面对自己的内心，他可能会谨慎又谨慎，既然这一切已经见光了，他内心有一种遭遇了压力反而释放的坦然，但坦然只有几秒钟，又开始戚戚然，怎么对小鱼解释呢？一般说来，她会认为无风不起浪，小鱼的反应也许是悲伤地一笑。还有小鱼的爸爸，好在老人从不看娱乐新闻，加上身体不好，也不怎么操心这些事，但小鱼爸爸的如生父一样的爱，令王恒有"恩泽"和"父爱"的窒息感，那也是他最在乎的人。

王恒把叶总和任总叫到办公室，毕竟是老同学，他必须将自己的真实感情对这两人有点交代。

叶总表现得比较宽容："绯闻也许是一阵风的事，这阵风闪过了，就没了。"

任总已经被小弦洗了脑，很认同王恒的行为，毕竟自己也离了婚，凭什么让王恒感情比自己更从一而终呢，虽然他娶了梦中女人小鱼，但梦有时也是脆弱的，所以他学着记者的口气说："我觉得媒体对你这个绯闻总的说来比较适度，只有部分保守主义骂你老不正经，与小女生搞'黄昏恋'，有很多年轻的粉丝和精英，赞成你的人生态度，爱情无罪。"

叶总也附和："对，我们虽然年纪大了，也有权利谈恋爱的。"

叶总的口气有一个信息，他将马上要给自己这样一个机会。

任总接着继续嬉闹："我听说有很多崇拜你是一个神一样的人，反而说，你从一个崇高的位置走下来了，这才是一个真实的地产商人，而不只是全正面的像圣人一样戴着面具的神人。"

叶总拍手笑哈哈地说："如果连美丽的女人也不会动心的怪物，那叫男人吗？"

其实，人类大都喜欢有共性的动物，包括眼前两位老总，他们也喜欢王恒是跟自己一样有七情六欲的人，如果用完美道德去绑架一个地产商人，让他永远留在圣坛，那近乎笑话。

九、情定西藏行

　　南风地产的管理层和优秀员工的西藏之行，策划已久，终于成行，临行之际，王恒向林林请假；意识到有一段时间不见，王恒语气突然温柔："我带头，公司中层以上管理层去西藏，暂停瑜伽课了。"

　　林林有点意外："嗯？"

　　王恒补充道："行程大概一个月时间。"

　　林林再次"嗯"了一下。

　　王恒问："你这个'嗯嗯'，我不懂意思。"

　　林林突然胆子大了，声音却很小："可以带上我吗？"

　　王恒没听到她说什么："嘿，你大声说好吗？"

　　林林声音放大了："西藏，是我想了好久要去的。"

　　王恒听见了，面有难色，停了几秒："这次是公司的活动，而且平均日程要450公里，艰苦，而且……"

　　王恒没敢说那个绯闻风波刚刚过。

　　林林有点坚持："你知道我能吃苦的，还有，既然绯闻都传了，还怕什么呢？"

王恒停了足足几秒钟："那就这么着吧。"

林林高兴地说："谢谢，我马上准备。"

王恒追问："你来得及吗？"

林林干脆地说："打包行李，两小时够了。"

王恒强调了一下："我们都准备了好久的体能训练啊。"

林林马上回了一句："不用担心，我什么年纪啊，您什么年纪？"

王恒听了一愣，马上意识到自己可能对林林估计不够，她一直把他当长辈的，一不小心提醒他，他是老人了，是不是她介意两人的关系往那上面靠近？他停了一下，又补充一句："这样，我们一个车队，但是，我们分开坐，你坐剑明的车。"

这回轮到林林失望了："分开？也行吧。"

西藏之行的开车路线很多，剑明选择的是：青海湖—格尔木—唐古拉山—藏北高原—拉萨。

王恒拍了一下剑明："我们选择了同样的路线，这也是我的设计。"

剑明得意地说："和您的意见总是高度一致。"

王恒偷偷告诉他："这次林林会去，我把她安排在你的车上。"

剑明点点头："没问题。"

这个时候带林林出行西藏，无疑是"顶风作案"，或许是王恒坦然两人并无关系，或许是对未来有什么期待。王恒唯一可以做的，就是把林林安排在剑明车上，沿途，他很少去找林林多说话，眼睛却常常会追着林林坐的那台车走。每次在停车休息时，他会故意走到剑明的车旁边，望林林一眼，这时候，她也会回过眼神给他，平静中暗藏着含苞欲放的喜悦。这样的相望，有时是几秒，有时会多一些，那种心的荡漾，令王恒坐回到自己车里时仍然内心回味无穷。

燕子看在眼里，对剑明嘀咕："你觉得，王恒带林林一起这不是给自己下套吗？明知道那条绯闻炸锅了，头版头条都是他和林林的黄昏恋，他居然还不回避？"

剑明四周一望："这个队伍里没有记者吧？"

燕子嘴角呈八字形一样撇着："沿途多的是旅行者，现在是全民狗仔队时代。"

剑明撞了她一下，示意不要再说了："你知道王总的性格，越多人说，他越勇敢，他就这性格，真硬汉。"

燕子很不屑地说："愚蠢的人，才是惊涛骇浪也不怕。"

剑明拍拍燕子："嘿，如果你聪明一点的话，今后要对林林好一点，万一，我是说万一，她是你未来的老板娘呢。"

燕子知道剑明的暗示，叫她不要吃醋了，燕子突然脸憋得通红，不敢再说了，虽然她知道多年前那一小段与王恒的情感秘密早已随风而逝，没留任何痕迹了，平静得像没发生过一样。但，她的内心，仍然有那么一点介意他喜欢别的女孩子，何况王恒对林林与对她是天壤之别，更让她心酸，那种撕裂人格的妒忌，是女生内心永远见不得阳光的东西。但她也是聪明人，她试图对林林友好点，来抚平自己内心的躁动。

到了拉萨，清晨，王恒就出来散步，天还未亮，很少下雨的拉萨下了一场小雨，让十分干净的空气中带了一点湿湿的甜味，周围十分宁静，静得好像能听见自己的心跳声。王恒慢慢地走着，竟然觉得自己步子如飞，难道，这也是高原反应？

191

　　这时，王恒看见了一个女孩子的背影，那种天鹅一样的长脖子和走路的八字脚，让王恒惊讶女人的背影是如此风情，他知道这人是林林，他追上她问："你这么早？"

　　林林浅笑："醒了，奇怪，我平时闹钟叫不醒，今天不想睡。"

　　王恒关切地问："高原反应？"

　　林林摇头："不是，可能总想着，人一生中有几次机会来到拉萨，错过了这里的黎明，就错过了美好。"

　　王恒有感触地说："你说话，总是这么诗意吗？"

　　林林没有回答。

　　两人不再说话，怕打破这份清静。

　　王恒说："明天到哲蚌寺看佛光，会更有意思。"

　　王恒劝林林快回去休息。

　　次日，去哲蚌寺看日出，为了早点看到这个神秘寺院的日出，大家都在深夜出发，一车队人接近山口时，天刚刚露出一缕晨雾，这时，路上走路过来的人开始多了，都是虔诚的拜佛信徒。

　　公司所有喜欢不喜欢拍摄的人都扛着大小相机去照日出，这不是装，是这个虔诚气氛感染了每个人。

　　山路，狭窄，崎岖不平，他看见了林林。

　　王恒担心地问："这路，吃力吗？"

　　林林不再逞能了："说真的，有点吃力了。"

　　王恒鼓励她："学学这些人。"眼睛瞅着那些虔诚的信徒。

　　林林这一下讲真话了："啊，我还是不学了，我的生活不够苦，做不了信徒。"

王恒笑了："你觉得一定要生活很苦才做？"

林林扫一眼那些人，感慨地说："我刚才听一个当地人说，这些信徒每年都来拜的，大部分是生活清苦的。"

王恒点头表示认可："可能佛在考验他们的意志，在崎岖中艰难向上。"

林林有点气喘，仍然有谈话兴趣："但是，这些人，他们这么虔诚，却没有为这里的环境带来改变，也好像不能改变他们自己的命运，也许，信仰搭的是纸房子，但又令人向往。"

王恒非常认同："所以，我选择搭真房子，但对纸房子信仰也尊重。"

林林笑了："我喜欢一本著名诗人的散文，他说得对，佛教的最大好处是不强迫你信——信不信由你。"

王恒没有回她话了，感觉林林很有思想，是像他这个年龄的人的思想（这个后来被很多记者描写成故意向他靠近学习的，他不觉得）。

王恒换了一个话题："为什么没拿照相机？"

林林坦白地说："拍照还是留给职业摄影师吧，如果光顾着拍照，会影响我欣赏美景，而且，会影响我冥思，遐想。"

王恒恍然："哦，你到这里来是冥想的？"

林林做了一个冥想的动作，点点头。

王恒和林林选好一个位置，等候，黎明的日出，大家都争着想看到最新的阳光照耀的唐卡佛。

这也是王恒觉得从未有过的屏住呼吸的虔诚，但，无论多么虔诚，仍然不能阻止这个思维喜欢天马行空到处跑的脑子，一种思绪掠过脑海，这里虽然如此令人神往（信徒第一，游客次之），都是不远千里，或者万里，目的只有一个，看到佛光，享受这片刻的佛光照耀。也许，你能隐约感到圣洁的佛光照耀，心灵带来了些许慰藉，但内心深处，正如刚才林林说的，无论怎样虔诚朝拜，这个地方仍然是如此贫瘠，信仰显然没有办法改变任何人生原有的苦难，也没让他们获得更多的温饱。也许有无数来这看到佛光的人们，回家之后改变不了半点自己依然贫穷受难的命运，但是，他们仍然会再来。

这个神奇的哲蚌寺，也许只是一个弘扬佛教的地方，但绝对不是超凡脱俗的，除去刹那间的心灵安静，回到人生的本质，人依然会有欲有求。而这些寺院的聚财方式，跟他这个地产商盖房子没有本质的区别，都是一种盈利模式。相反，他觉得自己盖房子至少可以让人遮风挡雨，择优地而居，而佛教只可能让你精神上净化，但不能令你有任何现实的所需所求，两者各行其职，想到这，他觉得自己突然有一种大彻大悟。

日出终于到来，大家都在祈祷看见那一缕最美的佛光，觉得这种时刻无比圣洁，仿佛这一刻，人间所有皆美好，没有恶，也没有坏，一切让人入仙入境，眼里只有幸福和幸运。爱好摄影的，或有摄影任务的，"啪啪啪啪"拍个不停。王恒并没有太在意自己是否真的看到这一缕佛光，只是享受一下日出带来的美景。在这个神奇的地方，还有身边这个心灵那么透明的女孩子，这是他此行最快意的东西，林林，是他心中另一缕美丽的日出。

下山的时候，王恒看见林林坐在山坳的坡地上，头埋得深深的，好像突然不舒服，他关心地问："真的高原反应了，还说我什么身体，你什么年纪。"

王恒是一个特别介意说他年纪的人，这个时候也不忘记把话顶回去，意思是下次别说了。

林林不好意思地说："今天出门急了点，我忘了背水壶了，好渴。"

王恒马上向四周望了一下："我帮你买一碗酥油茶。"

林林把头摇得跟鼓一样的节奏："我——不喜欢那个味道，昨天只喝了一口，吐了。"

林林说完，马上双手合十："佛啊，原谅我直说了不喜欢酥油茶。"

王恒笑了："佛怎么会那么小气？我也不喜欢酥油茶，所以我带了矿泉水，但好像只剩几口了，你喝吧。"

林林很懂事："不行，还有一段山路，我把你的救命水喝了你怎么办？"

王恒急眼了："嘿，孩子，这是救你命的水，你不喝？我命令你，因为我带你出来的。"

林林真的感动了，她接过水瓶。

两人一起下了山，林林看了一眼王恒干裂的嘴唇，显然他也是口渴了，但自己把他的水喝光了，没剩一口，万一他缺水晕倒呢。她内心嘣嘣直跳，她好想给这个人一个拥抱，说声谢谢，但四周全是人，她没敢做。

林林不是一个轻易动感情的女孩子，亦是一个近乎苛刻的完美主义者。对于异性，她常常会因为对方一个动作，一句话，一个不好的神态，让她感觉不对，她会立刻放弃与对方接触。这个怪癖让她至今没有正式地谈过像样的恋爱，面对这个年长自己这么多的男人，她内心有了一种青春的荷尔蒙似的冲动，这种感觉，似乎早就有了，只是这一下，她非常清晰了。

虽然两人没有再说什么，两人却用肢体语言交流着，如有时他会伸出手轻轻扶她一把，她闻到他身上的气息，也会自然地用自己的胳膊偶尔与他碰一碰，就像说话的辅助动作。

从西藏回来，两人开始定期约见面了。

两人在一个朋友开的酒吧见面了，林林在喝了一杯红酒后，突然告诉王恒："我今天生日，虽然并不爱酒，也想今天试着喝醉是什么味儿。"

王恒意外地说："生日？我没有礼物给你，不过，下次有机会一定补上。"

林林四周看了一下："有一个礼物就在眼前，不知你肯不肯送？"

王恒知道酒店外面名店林立，于是坦然问："礼物贵吗？"

林林卖着关子："也许不贵，也许无价。"

王恒不喜欢猜测："到底是什么？"

林林笑哈哈地说："今天把你自己当成一个礼物送给我吧，我从小觉得自己有崇拜高人的情节，你就是我心目中的高人，你肯不肯？"

王恒没有说什么，其实，他也越来越感觉，自己对林林，如同当年对妻子小鱼一样，有那么相似的美好、相似的感觉和相似的爱。

但，因为燕子的前因，他不愿越雷池一步，他想与林林一直保持那种尺度，听了林林今天这么直白，他站起来，给了林林一个紧紧的拥抱。

王恒搂着林林，感慨地说："不是我不肯，是我没有资格送你了，我这个人，一半是给了家庭，一半给了事业。"

林林解释道："我不是说那种占有，只是想要你喜欢我就够了。"林林伸出胳膊："能再抱我一下吗？紧紧的。"

王恒温柔地把林林搂在怀里，搂着林林柔软的身体，那种身体里自然发出的香味，一种电一样的热流同时穿过心和身体，比那次在练瑜伽时那个轻轻的一电要炽热好几倍，好像瞬间可以把他点燃。但他马上用意志抑制自己燃烧的身体降温，林林不同于燕子，她不是诱惑自己，是倾心于自己，这让他倍感珍惜，也更加慎重，他不愿意贸然前行。

他拍拍她倾斜的肩膀："好了，让我待一下，我——我想抽支烟。"他记得，他好久都没想起自己会抽烟这件事了，他到酒吧前台要了一根，回来后，点燃了，并对林林说："不好意思，让你吸了二手烟。"

林林仍然浅浅地笑："烟味是男人味。"

两人点到为止了。

回去之后，他仍然在想自己刚才的那种状态，他如何像管理公司一样管住男人有时猛然悸动的那种身体里的情欲。

莫非真的有心理阴影？

他也知道，命运就是这样，当真爱来到，你会忘记很多，包括人们普遍讨论的常规道德。

两人相约去了一个度假酒店，对林林而言，这是他们正式的单独的第一次外出，这是那个她认为的王恒已经决定和她在一起的暗示。

这是一个海边最热闹的度假地，一个僻静的新隆度假酒店，两人住到了一间房，进门一阵了，两人你看着我，我看着你，好长时间不敢动。王恒有点羞涩地摸摸脑袋，其实他头发并不多，只是有点硬。林林也很不知所措，过去周围人多时，总在想要是没有人多好，这下房间只有两个人，却不知道谁主动好。林林的阻碍是，我是女孩子，经验也不多，怎么主动呢。王恒的阻碍是，我这么成熟的一大男人，太热烈怕吓到女孩了。

最后，林林说了一句，房间好热，我想开一下窗，林林边说边做了，她开了窗后，酒店都是平房，离地很近，她坐在窗台上，眼睛有点含情地告诉王恒："这间房真是四周都没有人呢。"

王恒靠近她，在她脸上亲了一下，动作好快，王恒是一个性格强硬但情爱方面羞涩无比的人。林林温柔地伸出她的手，像一个舞蹈中的角色一样把一只手伸给他，王恒把手接过来，绕在自己的脖子上，然后轻轻靠在她柔软的胸前。

林林跳下窗户，脱下自己的外衣，只穿一件小背心的林林像一尊雕刻好的女人身体，给人一种虚幻的感觉。他对她说："你很美，甚至美得有点不真实了，真的。"

林林有点不好意思地指着自己穿着内衣但依然暴露较多的身体，羞答答地说："你觉得美就行了，我有点怕在你面前脱衣服，我情愿进了被子再脱。"

林林调皮地用手指了指床上的被子。

王恒笑了："原来你也这么害羞。"

王恒觉得自己和林林都是特别羞涩的人，也可能在越在乎的人面前，更担心有什么地方不完美，越是羞涩，这种惊人相似的性格，时时在二人身上出现。

林林鬼鬼地笑着，"嗖"的一声跳上床，钻到了被子里，然后用大眼睛看了他一眼，意思是："I am ready（我准备好了）。"

王恒看了觉得好笑，对林林说："我去洗个澡。"

也可能为了第一次完美，也是王恒的洁癖，王恒拧开水龙头，碰到了这个知名度假酒店豪华房天大的错误，水龙头里不出水，冷的热的都没有。

王恒在浴室打电话问酒店前台，回答是："两小时后修好热水系统。"王恒问："为何冷的也没有？"服务回答是："我们冷热都关停两小时。"

放下电话，他竟然没有沮丧，反而深深呼吸了一下，松了一口气，也许，上天给他一个暗示，不让他犯这个错误呢，他突然觉得自己该接受这个暗示。

他回到房间，在被子旁边拉着林林的手："快，穿好衣服，我们出去玩玩，这里没有水，停水两小时，不能洗澡。"

这时，林林那个双鱼座的女孩子特有的柔软的流水一样的好性格又出来了，她做了一个怪脸，笑了："这酒店，跟我们，真是开了一个国际玩笑。"

与其说酒店热水系统开玩笑，不如说王恒的理性又上来了，他是画画出身的，知道女性身体的完美比例，也许林林的身体太美了，像瓷人一样，让他有了一种怕去碰坏的感觉。另外，毕竟自己仍在婚姻之内，那种约束力还是时时冒上来。

他真的用理性克制了自己，之后，他常常在想，如果两人不再爱恋下去，就在那个阶段止步，命运里就不会有这个美丽的红颜相伴，那样是不是更合乎人们对他的道德评价？他不得而知。

人的一生，有道德上的完美，也有生命和生活本身的完美，当然这种东西会触动道德。到后来，他还是选择了第二种。

回到家，看到小鱼一如既往的温婉的样子，他推说今天有事，要一个人睡书房，实际上他睡书房已有一段时间了。

他把门关上，房间里只有他自己，任凭他放松自己的情绪。他看着周围的一切，书架上他和小鱼、儿子小虎，三人的合影，生活已趋完美，他仍然在追求什么呢？

他觉得自己对情爱对事业都有一个永不满足的追求，与一个格言很贴合："自山下而仰山颠——过去穷学生时，对高高在上的小鱼像山下的穷孩子仰望山巅，事业也如此，成功之后，山已在眼前，他又开始——"自山前而窥山后"，有了小鱼，他想更神秘的女人，如现在对林林，总在猜想她的美妙的身体，对事业如是。他仍未满足自己已到山前，仍想探究山后是否有更奇妙的事情在等自己，到了山上，他知道这一步远远没有完，他仍然会有追求——"自近山更望远山"，他永远不会停止自己对一切未知东西的追求，爱情，事业，都如此。

好长时间过去了，王恒让自己不再想这个女孩子，他的克制力也异常有效，真的是不想了。

这个时候，林林生病了，给他发了短信，就三字："我病了。"

王恒没有按捺住自己的思念，来到林林的住处。林林的住处令他印象极其深刻，一个是房子不大，但简约得让人吃惊，好像连一张纸也不会多，第二是房间的干净。

王恒感叹："你这，真干净。"

林林不好意思地说："我这个近乎洁癖的干净，被舞蹈队的朋友都挖苦成强迫症。"

王恒赞赏地说："你这样，对很多人是缺点，对我，这是极大的优点，因为，我本身也有洁癖。"

林林忘了自己刚刚病好点，握着王恒的手："咱俩志同道合。"

王恒进了林林的卧室，好小，窄小到只限于放一张床，但却有一面是一张巨大的画，王恒一看就知道是毕加索的名画《自我陶醉的女人》，王恒自己大学时代也疯狂临摹过这张画，总是有不如意的地方，没有一次有真迹的一半水平，这一下，竟然觉得眼前这张画有很多地方临摹得比自己那个时候更接近真品。他问林林，这个花了多少钱买来的。

林林的回答令王恒吓一跳："我自己画的。"

王恒这一下不只是诧异，这个时时刻刻都令他有惊喜的女孩子总是让他内心波浪翻滚，无法平静，之前林林说对男人有高人情结，不如说王恒内心有才女情结。

爱情这种东西，最吸引你的有时是外貌，长久说来是内心，要震撼内心可能是人的才艺，这一刻，王恒真的对这个女孩子有些震撼，上天为何要制造一个完美的人呢？好像虚幻和真实都在眼下。

他不能自拔地爱上了这个才华和容颜都超凡的女子，这显然无可救药，这是命运，也是冒险，他愿意冒险去承受随之而来的种种撕裂。

谁可以相信，这个地产大亨，拥有别墅和豪华公寓的大人物，会和自己心仪的女孩子，二人在那个只有一米二的小床上有了第一次，这是令王恒后来想起来也觉得久久回味的，温柔无边的滋味。现实证明，爱的快意，与床的大小和豪华没有太大关系，那么小的床，他却睡出了人生最甜蜜的一觉。

小小的空间，有无边的娇柔，林林的柔软，如他仰躺在最细腻的沙上，风在起伏，浪在远处，随风飘上又随浪跌下。他第一次，感受到了自己作为男人空前的征服，无敌，含着踏平一切的激情。

还有，但他也没有料到，林林竟然是第一次。

他不是一个封建的男人，并不喜欢这种封建又迷信的禁忌，他只是觉得，一个美丽的女孩子，把最好的珍藏的红颜岁月无条件地送给了自己，兴奋过后，取代的，反而是一种心灵上巨大的深重，好像从此以后他必须坚毅不拔地负载这份深重。

当然，随着这份沉重感的是这个年轻的生命是属于他的，他想要下半生去拥有她，想到这一点，他又觉得自己很自私。

林林依靠在他身边，他想说点什么，来打破很长时间的两个人的无语："问你呢，过去——没有过男朋友？"

林林"噗噗"吹了一下眼前的头发："我这么大了，没交过男朋友，那不是傻吗？"

王恒奇怪地说："可是你——唉！我的意思是……"王恒没有说出来的

话是你还守身如玉，没有跟男生有过性关系，你怎么把握的？

林林的眼睛眨巴："其实，有过男朋友，就是没有那个火花，没有那个chemistry（化学）反应，我想，不行，我得再等等。"

林林的意思是她并不是刻意，但起码要感觉对，她才愿意做。

王恒有点惭愧地说："我值得等吗？"

林林没有说一个字，只是静静地仰望着他，眼睛像星星一样透明，非常肯定地点点头。

窗外，远处的灯光透过窗纱闪烁，像树影摇曳，让这个喧闹的城市显出少有的宁静。

王恒摸了一下林林的秀发，林林的头发并不是很多，但柔软的手指放上去，都会化软了。他说："林林，你知道我的性格挺硬的，嘴巴说话也不多情，不是那种会谈情说爱的男人，但是，今后对你，我愿意学习。"

王恒琢磨过眼前这个双鱼座的女孩子的内心性格，发现她内心有诗意，又有一点复古，对于人性深透和敏感，她又特别成熟，刚才她说的火花，化学反应，表示她对爱情的态度近乎苛刻又完美，他必须小心翼翼维护这种感情，他说的学习，有这层意思。

林林点了一下王恒的额头："我们一起学习，我有很多毛病，但我愿意为你改变。"

王恒温情地说："你知道，生命有时不全是诗意，也不完全是艺术，无论你怎么脆弱，像古典诗词中的人物，你可以感慨季节变化，人性弱点，生与死，爱与情，这些都对，但生活有残酷的一面，我们今后的恋情，可能会被人写得很丑陋、很难听，也会这样的，懂吗？"

林林又点了一下头。

王恒眼前又闪过中外电影中那些关于婚姻的承诺，虽然与林林暂时不是那么回事，但想要担当的责任，似乎比那个承诺还重。他内心在想，却没有说出，你的一切，包括你的将来，你的生死与疾病，总之，就是西方电影里结婚时念的那些誓言，男人对女人该做的一切，都与我有关了，除了我不能给你婚姻。

　　时间在催促王恒，电话响个不停，两人明白，该从甜言蜜语中回到现实。

　　林林下了床，把毛巾往王恒身体上一扔："快去洗个澡吧，这一次不会停水了（鬼马得像看穿了王恒的内心），我不要你的任何承诺，我只要跟你在一起，其他别无所求。"

　　临别时，王恒对林林说："我们下次，不能在你这里了，不是说简陋的问题，集体宿舍还是人多了，而我还在婚姻内。"

　　林林点点头。

　　王恒又摸了一下林林的脸："我会尽快给你安排一个住所。"

　　王恒离开的时候，内心依然温暖，似乎林林的体温仍在，他奇怪他没有上一次与燕子的婚外情时的负疚感，除了他与小鱼已经分房睡（有一种近似分居的意思），他认为这两段情有质的区别，这次是爱，那次只是情欲。王恒不是好莱坞文艺电影大师伍迪·艾伦的影迷，仅看过他年轻时导演的一部旧片子《大都会传奇》，一个三段式电影，其中一个是现代派画家莱昂内尔迷恋年轻助手波利特，波利特却只是耍弄他，让他近乎疯狂，也让他产生了飞翔一样的灵感，最后，他在疯狂状态下创作出多件优秀作品，在画展上大举成功。当时王恒看这部电影时，他暗暗取笑这位年纪不轻的老画家为何痴迷一个年龄悬殊如此之大的小女孩，那个爱是否有心态问题，甚至是否变态。直到今天，他突然明白了，爱情与年龄没有一点关系，都是为对方心动，心跳，

然后是两人的火花，化学反应，然后是希望今生相守，每一天，今天，明天，
明天的明天，都能在一起。

是的，他认为自己是正式恋爱了，如果说前一阵的和林林的恋爱，还介
于精神层面的东西多，仍然在内心想象两人这方面的事，今天，他已把想象
变成了事实，最重要的是，那么完美，令他心醉。

十、冰与火

　　王恒觉得自己的新恋情，让自己感受到了无比的快乐，就像坐上一列飞快的火车，不管沿途有多少风景，他看也不看，专顾林林这一站。虽然也对与小鱼之间即使消失的情感有挂念和歉疚，他也只愿一直往前，不想回头，虽然对未来将要发生的一切心知肚明。

　　王恒回办公室，任总第一个进来，他想透露给王恒听，他和小弦挑明了恋爱关系，朋友圈减少了一个老姑娘。他神秘加紧张的表情让王恒误以为他来打听与林林的事，王恒干脆直问："你找我来谈私事，还是公事？"

　　任总一看王恒春风正浓的表情就知道对方沉浸在自己的爱河里，自己这时候与他谈自己和小弦那事好像要和他一起抢晒幸福，立即决定不谈了，于是，任总将错就错，答："是，是你的私事，有很多版本在更新。"

　　王恒第一次很慷慨大方地说："让大家业余时间八卦一下，不影响工作就行。"

　　任总笑容满面："对，你说过八卦有益健康，这当你的分红福利吧。"

　　任总一边双手擦了一下手掌："这一次，您是来真格的了。"

王恒警觉地回他一句："难道我有很多次吗？"

任总笑眯眯地说："当然你仅此一次，我的意思是你难得动真情，一动就是真的。"

王恒笑了："你到底是赞成，还是反对？"

任总不停地点头："是祝福，祝福。"

王恒眼睛一瞪："现在就说祝福，早了点。"

任总马上纠正："预祝，预祝。"任总一边说一边往外走。

任总刚出门撞上叶总，他立马拉住叶总："你进去不要谈那个事了，我刚才谈过了，再谈，他以为我们只关心下班的事不关心上班的事了。"

叶总一头雾水："谈什么？我找他谈我的新项目进展。"

任总看着叶总的表情就明白自己误解了："哦，没事，我猜错了。"

叶总从王恒办公室出来，也和任总感觉一样，王恒的快乐写在脸上，他甚至羡慕他变年轻了，不是样子，是心态。他一边想着这事一边进了电梯，燕子正好在电梯里，也恰好一起到十楼财务室，两人在过道里，叶总瞅着这个十几年来仍然令自己百看不厌的女人，又关心地问："燕子，结婚这么久，不打算要小孩？"

燕子坦诚地说："不知道为什么，总没动静，医生说我们都太紧张了，而且年龄……"燕子不想往下说了，她的意思是她的年龄也是过了怀孕的最佳年龄，进入怀孕难的高龄。

叶总有点色色的："这个我可帮不上忙。"说完又小声说："即使我愿意帮忙也怕剑明恨我。"

燕子眼睛扫了叶总一眼，惊讶地说："难道你还没放下那个想法？"

叶总把手在心上做了一个手势："心仍然悬在那儿。"

燕子做了一个拜托的动作。

叶总似乎准备打住，又补充一句："可能我关心过头了，总觉得在你脸上没有看到幸福的表情。"

叶总说着进了财务室，燕子一个人呆呆站在楼道里。

是的，燕子的确不是百分之百地有幸福感，特别最近听到王恒的传闻，她内心有着可以等同王恒的妻子小鱼那样失落的感觉，有羡慕有妒忌有失意有酸有苦，什么味都有，虽然自己已经和剑明结婚了，婚姻也很平静，两人收获丰富。但是，一个自认是国色与智慧双重拥有的女人，却有过一次被王恒轻视（她自己定义为抛弃）的经历，如果说王恒从此不再有任何女人，不再有婚外情，那么她相信王恒一生只有一次真爱，那就是对小鱼，如果是那样，她的内心也许会平静很多。一个男人爱着自己的结发妻子，自然令人敬畏，问题是他爱上了林林。

她琢磨透了，不是自己不够好，是自己不能令王恒达到爱情的高度，现在王恒有了林林，所有事情都与他过去说的不一样，这种冰火两重天的感觉，让自尊心接近病态一样的不舒服，碍于自己已经结婚，而且与他那段事儿实在有点再提不出口。她不能再坐回办公室里面去直面与王恒理论，但暗中妒火焚心，她想，一定要拆散这一对，这既可以抚平自己的过去，也为了公司老板不要因为遭遇家庭变故，破坏和谐社会，破坏这份她习惯的宁静，这个理由多么充分。

有一着让她为难，怎么做才不显山露水呢，她开始琢磨方法，思考了一阵，最简单的，也是仅有的，就是把这个事透露给小鱼。

告诉小鱼现在王恒有了"恋人"，是过去式情人告发现情人，有点不怎么地道。但她仍然愿意这么做，她自觉现在与小鱼是同盟，当然不确定小鱼愿意不愿意结这个盟。

燕子开车到了美院，在油画系教室外等候小鱼下课，她在教室外看到小鱼表情平静地指导学生，一丝不苟，丝毫不露忧伤和不快，内心真有点佩服。

小鱼眼神很好，抬眼看到燕子，眼睛眨了眨，瞬间闪现自己婚礼上她那个美得让人噎住的样子，现在，她美丽依旧，但不知为什么，或是岁月，或是表情改变人，燕子的笑容里竟然出现八字形。

燕子走近小鱼："美人鱼（燕子讨好地破天荒地叫了一次小鱼的昵称），你终于下课了。"

小鱼微微笑了："燕子？你怎么到这来了？"

燕子过来搂住小鱼，这动作让小鱼有点不适应，她印象中两人并不亲密，她下意识地闪了一下。

燕子不介意，亲切地说："今天，我想求你一幅画，现在流行油画装饰房子。"

小鱼有礼貌地回答："求我的画？我不卖的啊。"

燕子狡黠地笑笑："我知道你不卖，但是，画家画画总是希望有人看吧，虽然你主要是给学生欣赏，影响力多有限。公司准备搞一个派对，主题是家庭装饰艺术，想把你的画挂上，用现在很流行的说法，一幅画提升一个房子的品位。"

小鱼这一下信了，问她："你要什么风格？什么基调的？"

燕子像考虑成熟一样："欧洲味道和中国味道都掺一点。"

小鱼想了想，答复："最近我还真创作了两幅。"

燕子假装很高兴地说："太好了！"高兴完了很快又说："当然，挂画的风格，得跟剑明商量一下，他这次主导这个派对，哎，他的美学观念常常和我起冲突的。"

小鱼笑了："难道你们只是美学上有冲突？"小鱼言下之意是全天下都知道你夫妻俩经常干仗。

燕子私毫不回避两人吵架："啊，美人鱼，你也知道我们常常吵架哈，对，吵架几乎是我们的家常便饭，我们是幸福夫妻，每天吵一架正常，心灵鸡汤上说的，吵架证明双方在乎对方。"

小鱼听到这个反而不是滋味了，她和王恒，从不吵架，甚至不会去嗑半句嘴，那种双方高度克制的相处方式，让人窒息，总觉得有那么点外交关系的意思。特别是自己得了病之后，业余时间沉迷于英国文学，把自己弄得像英国老贵族一样，夫妻过来过去成了双方礼貌加客气。

小鱼突然向燕子掏心窝一样："我得向你学习，学会吵架，我发现我没这个功能。"

燕子哈哈大笑："这个还用学习吗？女人天生是吵架能手。"

小鱼笑哈哈地说："下次你有时间来专门赐教一下，啊，还有，你说的画，什么时候要？"

燕子很急地说："越快越好，而且，你给一个友情价给公司，知道你是董事长妻子，不差钱，但艺术品是有价值的，公司有预算，一定要付的。"

小鱼点点头："好吧，如果没有其他事，那我先走了。"

燕子像突然想起了什么，在她背后说："你上次怎么没有去西藏？"

小鱼站住，转过身子："我有点怕高原反应。"

小鱼省去了自己身体出了状况这事，她那个妇女病是不能告诉燕子的，告诉她等于告诉全天下人。

燕子开始进入主题："你知道有一个姓林的女孩子跟着一起吗？她不是我们公司的。"

小鱼点点头："嗯，听说了，王恒的瑜伽老师。"

燕子特别强调："哦，你怎么一点也不妒忌。"

小鱼淡淡地说："妒忌会让我个人加分吗？还有，有些事不是你妒忌就不会发生的，所以，我选择什么事都不妒忌算了，你不妒忌吗？你是过去进行时式美人，人家是现在进行时。"

燕子把食指贴在嘴唇上："这方面我跟你一样，知道妒忌无用，男人怎么分得出石头和玉的区别呢？"

小鱼挖掘她的意思："那你觉得自己是玉？还是石头？"

燕子马上讨好小鱼："我的意思是，你是玉，林林是石头，但王总分不清楚这个。"

小鱼对燕子的挑拨很明白了，笑哈哈地说："燕子，你的意思我明白了，只是，我不打算在这个石头和玉的问题上搞清楚了，我要去美国了，我第一个告诉你我要出国这事，这个连王总都不知道。"

燕子眼睛睁得大大的："啊？"

燕子听到这个，立刻不说话了，她意识到了，想让小鱼这种女人，想让她做点什么出格或失礼的事，难于上青天。

燕子做了一个拜拜的动作，走了。小鱼看着燕子的娇小的背影，想着过去她和王恒之间那点传闻，她猜测燕子可能是有点妒忌了，想想也可怕，女人的妒忌心这么长，难道还会和寿命一样长吗？

其实，燕子今天不说，小鱼也看出来了，王恒最近经常像春风沉醉的样子，过去常常跑到郊外看地和视察工地，头发洗了也不吹，自嘲半个民工，现在反着来了，特别喜欢照镜子，很在意自己是否有型，把胖瘦问题看得跟女人一样，那种餐桌上女人才有的语言现象："我不多吃了，怕胖。"这句话，现在成了他的常规口语。除此之外，对服装配什么鞋子的问题，近乎苛求，至于工作，常常放手交给剑明。但打球、游水、旅行加商业演讲，总之，上新闻或有镜头的，统统包揽踊跃参加，而且特注意粉丝的反应，好像生活为了公众而活。除了这些，眼睛时不时闪亮得好像那本名著《少年维特之烦恼》书中描写的初恋表情，沉潜爱河，不能自拔，她作为妻子，怎么能没有感觉呢？何况她是敏感的，现在却在敏感上加了一点忧郁，她早就知道，对林林这个女孩子，如燕子所言，他觉得是一块宝玉了，有人对玉的痴迷，是情难自禁的。

从小鱼的角度想，王恒与林林的甜，对她来说是苦，是痛，加上自己的身体开始好转，心高而且永远气傲的小鱼，准备自己来治愈另一半给心灵带来的伤口，她不想给朋友们和媒体任何机会写到自己，她想离开这个城市，她与王恒做了一次推心置腹的长谈。

小鱼回到家，王恒打扮入时准备出门，小鱼在门口把他拉住："我想今天跟你谈一件事，几分钟就行。"

王恒亲切地说："你想谈话，我永远有时间。"

小鱼坐下，表情平静："王恒，我想陪小虎去美国，让他在那里上初中，你同意吗？"

王恒想了一下："这个关键看孩子，他自己愿意吗？"

小鱼说："这是我认真思考后的想法（表示这并不是轻率下的决定），而且他们学校有同学去，他也心动了，再说，这是我的主意。"

小鱼言下之意，这个主意是我出的，你应该知道为啥我会这样决定。

王恒关切地问："你呢？只是陪读？"

小鱼点头："一边陪伴，一边想自己去开一个艺术画廊。"

王恒显然很懂市场："画廊？你知道美国的画廊林林总总的有多少，可能比中国的饭店还多，你认为有市场吗？"

小鱼语气平实，没有任何破绽："我不指望这个赚钱，难道有你这么大一个地产商做后盾，你会指望我赚钱？不会，对吧，相反说，我想你给我投这个资，我准备经营的这个画廊，一定有我的想法和特色的。"

王恒眼神直视："这个事，你想了好久了？"

小鱼照实说："考虑了一阵了，现在才敢告诉你细节，我自己是画画的，经营有潜力的画家的同时，也经营自己，也就是做别人的经纪，也经纪自己。"

王恒没有惊讶，他明显地觉得这一招，等于表示了小鱼的潜台词"这件事我知道了"，他知道小鱼脑子聪明且敏感，她从不揭穿夫妻间的任何谎言，那种类似普通女性对丈夫的警察与小偷式的故事，绝不会发生在她身上，她有她自己的处事办法。

王恒想了一下，认可："你都做决定了，那就尽快着手办吧。"

王恒脱下西装，坐在沙发上，小鱼问："你不出门了？"

王恒摇摇头，他在想，你今天跟我说这样大的事情，我还有心情出门，天大的事儿也放一放，包括与林林约会。

虽然王恒在家呆坐了一晚，竟然不再敢碰一下刚才的话题了，这个决定，他太意外了。

小鱼很快找了虎子读书的私校，半年时间不到，她已经全部办好了手续，转眼间，就到了离别的日期。

王恒看到妻子与孩子的离开，这时候突然有一些离别的思念，他特意安排让林林去学习外语，让两人有一段时间不见面，争取全部时间陪小鱼。只是，两人并没有太多话题，似乎除了谈孩子的学习，他未来的一些设想，主题永远是孩子，夫妻之间的话，他们竟然不知道说什么好。

很快，小鱼与虎子搭上了去美国的班机，离开了这个她熟悉的城市，去大洋彼岸开始她自己的新生活，她觉得，飞机起飞那一刻，看到这片熟悉的很多颜色切割不同形状的土地，那种发自内心的自由自在，让她真的觉得跟着飞机一样飞了起来，居然没有什么可以叹息的。这可能与她从小就是一个骄傲的女孩子有关，她只在乎视自己如生命和爱自己的人。有人说，这个来源于父亲的感觉，传说父亲是自己的前世情人，爸爸对自己的关爱直接影响了她后来对爱人的要求。所以，小鱼自觉自己需要王恒像爸爸那样对自己倾尽所有热情，显然，王恒不但做不到了（或许曾经做过），而且他心里有了别的女人，所以，她对王恒，也早已经没有了爱的感觉。她与他，是形式与道义上的夫妻，还有孩子的血缘。其他的，已经随着岁月，随着王恒的一步一步登上成功大亨的位置，那种感觉已从原来拥有到慢慢减少到最后消失了。

奇怪，多少女子期望嫁给大亨，却不知，很少有人能与大亨相伴一生到最后，成功男人要淌过多少血汗与眼泪（那个时候他会忽视自己的妻子），等到一切都有了，对妻子的爱随之可能会被一些年轻美女所代替。他们从此可能会漂流在另一条河流里，到达的是另一彼岸，那个陪他初始出发的（这并不像心灵鸡汤上写的，不忘初心，方得始终，并不适应很多人），最初给予他勇气和动力的女人，早已相望于河岸两边。

而且，美女也是常常有新的，鲜的，不断随岁月出现，多少自信满满的美人，最后不过是成功男人身上的过客。

小鱼飞到了美国波士顿，这里私校林立，虎子在一所私立名校住宿，她每周三周六日三天跟孩子一起晚餐，其他时间学校接管。虎子像爸爸，独立的能力是天生的，他有同学一起来这读书，闲时看美国电影，有伴。突然，小鱼觉得自己那种空闲时间比在国内还多，她没觉得寂寞，她没有任何犹豫，甚至像准备了半个世纪，拨通了熊健的电话，这个是熊健退了位的父亲给她的（有天在省委院里见到熊爸爸，她特别有目的地主动要的）。熊健电话接进了语音信箱，英语留言一长串，小鱼听懂了，意思是本人电话繁忙，请留言，小鱼用中文报了自己的姓名，并留了自己的电话。

小鱼放下电话，没有超过一分钟，熊健的电话就来了。

熊健惊中带喜："真的——意外，你怎么说来就来呢？"

小鱼笑着说："你知道，我从来是一个干脆的人。"

熊健马上问："你住哪儿？"

小鱼报了住址。

熊健急急地表示："我开车过来。"

小鱼听他说得像很近可以串门的口气："啊，多远？"

熊健答："高速开四小时就可以了。"

小鱼吓一跳："太远了。"

熊健解释道："不远，我住郊外，每天上班开车两小时。"

小鱼稳住他："你还是周日晚上过来吧，我们一起晚餐。"

两人相约在中国人最喜欢的见面地点餐厅，而且是中餐厅。

小鱼特意早到了，想坐下化个妆，小鱼不擅长这个，擦点口红什么的总是要，久别重逢，怎么也得给对方一点好印象，没想到小鱼屁股刚挨上椅子，就看到熊健背着一个像中国驴友喜欢背的双肩包走了过来，他已经成了标准的美国大胖子，本来就不英俊的他基本上就一邻家大叔样。如果说他在中国的高干出身（他爸爸过去是副省长级别干部），怎么地也得有点官二代的感觉，但他没有一点那味道，平实的样子让人想起了中国电影里的"老知青"。

但是，两人一个眼神相对，很亲，跨越多年未见的任何陌生感，一下子像失散多年重逢的哥哥和妹妹，两人没有一句寒暄，直接进入最深话题。

小鱼问："熊健，你好像很憔悴，是开车累吗？"

熊健犹豫了一下，还是直说了："小鱼，本来我想坐下半小时后，才谈这个悲伤的话题，你觉得我憔悴了，原因就是我妻子敏敏刚刚癌症去世三个月，所以，我……还有点没缓过劲来。"

小鱼听到这个悲剧，吓得屏住呼吸，半天，才挤出话来："啊？这样子。"

熊健感觉乌云笼罩，马上想开个玩笑："你在学校升了油画系副教授，我该叫你鱼教授？"

小鱼问："你怎么知道我是教授？"

熊健说："我在网上搜索你们学校的官网，知道你是教授了。"

小鱼听了有点感动，追问："嘿，你真的跟我称呼这个吗？"

熊健："joke（笑话），你先生现在是名人，我常常注意国内的新闻，他常常是财经版头条人物。"

小鱼语调中有不想沾光王恒的意思："这，其实与我没什么关系。他这么有名，但是你看见过我半张照片吗？"

熊健想了想："你这么一说，我还真没见过。"

小鱼看了一眼菜单，一边说："我们学校也很少人知道他是我的家属。"

小鱼本想说"爱人"两字，但久不提这个词了，忽觉生疏，拗口，索性用学校教师喜欢称的"家属"这个词。

熊健小心翼翼地说："我可以理解为，你不喜欢他太成功吗？"

小鱼笑了笑："我喜不喜欢他都会成名的，国内的企业家都有成名幻想，真的得手的不多，他是其中一个，他有天生的名人基因，新闻上流传他靠的是我爸爸的背景，我敢肯定，没有我爸，他一样会在商场或某个领域干得出色。"

小鱼不想那么快说王恒的坏话，撇开王恒对自己的爱情有变化这一点，他是一个顶级的优秀男人，小鱼从不否认。

熊健点点头："你为什么舍得离开国内那么优越的生活，来这陪孩子？"

小鱼嘴巴一撇："国内优越，我也知道美帝国主义比中国还是发达很多吧，怎么说这里也是咱们中国十几亿人向往的超级大国啊。"

熊健拍了一下小鱼的手，像是说抱歉，他接着说："这里是很好，阳光、空气、制度，但机会很少，像我这样的人，在大学里做教授，基本上是可以看到自己到棺材前是什么样子了。"

小鱼听了捂住胸口："啊，这么悲观？"

两人开始点菜，小鱼指了好几个价格很高的，熊健瞅了一眼，神奇地一笑。

熊健认真地说："你变了。"

小鱼诧异："什么变了。"

她特别怕熊健说她变老了，没女人味了，她知道自己有多脆弱，有多忌讳，自己那个病。

熊健笑哈哈地说："变得有名媛的派头了。"

小鱼看着熊健："你没变。"

熊健小声地说："是的，我一切都是旧的，包括我的那颗心。"

小鱼有点脸红，只好用幽默化解："嘿，这句话不要这么快说好吗？怎么地也得搞一个蜡烛点燃红酒一杯的情形啊。"

熊健双手向上一摊（这动作是美剧里的演员喜欢做的，小鱼估计此人常趴电视机旁边，连动作也学会了）："你知道，我过去就是一个直肠子，成为美国人后简直就直得不知道什么叫拐弯了，我这话装在心里这么久了，捂住了没人说，见了你还不说，那太假了。"

之后两人又聊了好多，包括大院里所有人的故事，有时会笑得前仰后翻的，有时两人又相互拉手安慰，最后餐厅要关门了。

熊健临走时说："我下星期来接你去我家，我烧菜给你吃。"

小鱼想也没想就点头同意，熊健的那种热情，是她久违又生疏的，她怎么会拒绝呢？

她几乎是期待快乐节日一样等待周日到来，在国内，她的婚姻生活一直很寂寞，接触的男性友人很少，男学生除外，所以这让她对男人外形的审美并不老辣，现在已经成了美国胖子的熊健，没有一点儿让她对他外形上产生反感，相反让她感觉这个胖子非常舒服。她也喜欢他的美国化，如三句话来一句 anyway，还有说话的手势，还有男人的绅士，与美国化相反的，是情感方面，正宗传统的中国文化，比方说，他关心的人永远是小时候大院里那些人，包括老了的叔叔阿姨。

小鱼来到熊健的家，很宽敞，房间异常的干净。

小鱼四周一望："你打扫过了？"

熊健大方承认："不是特意的，每天都这样子，我现在有了干净强迫症。跟你讲个笑话，有次跟朋友们一起吃饭，看到对方没有把餐巾纸摆整齐，我竟然冲过去帮他们摆好。"

小鱼吃惊不小："你小时候可不这样啊，我记得你一件衣服穿一礼拜的。"

熊健眉毛扬了一下："那是十八岁之前的事，来美国我变化了，而且我知道因为你是洁癖，你小时候常常数落我不爱干净，你忘了？"

小鱼想了想："这个我记得。"

熊健带她来到书房，他翻开一些旧照片集，里面有和小鱼小时候一起照的一些照片。

小鱼指了几张照片，很意外地说："啊，这张照片，你还有？我早丢了。"

熊健小心揣着相片本，说："这些照片，对我都是护身符一样，我在美国搬了无数次家，从这个州到另一个州，西部到东部，很多东西都丢了，这个相片本我从未丢过。"

小鱼觉得熊健对自己如此长情，眼睛有点湿润："你这样，对你过世了的妻子太不公平了，她知道你的内心吗？"

熊健："my wife？她知道的，但她知道我对她的付出有多大，她有病，不能生孩子，我丝毫不介意，她生病了，我照顾她好多年，她临终之前的话是：一定要找一个女人一起走后半生，那样我在天上才会安心。"

小鱼眼泪也出来了："别这样说了，我们都是人到中年，听不了这种关于爱情上面伤感的话。"

熊健不说话了，良久，他突然问："小鱼，你告诉我，你觉得自己幸福吗？如果你说幸福，我会很开心，如果你说不幸福，我会难过。"

小鱼想了想，好久才说："幸福——was 曾经。"

熊健直白地说："因为王恒有了别的恋情？"

小鱼坦然地，并不回避这个话题："这个不完全是，我希望自己的另一半，永远要珍视我，这个，王恒做不到。即使他有了别的女人，如果我感觉自己仍然被珍爱着，可能我并不会那么在乎男女之间那些事，因为我自己有卵巢囊肿这个病，对那个方面，我是抗拒的，这对自己的另一半是有不公平，因为他男人方面很 strong，所以那个方面我是歉疚他的。"

熊健好久没有说话，最后挤出一句："如果你不舍得他，可能不会离开，既然你放下他到美国来全陪孩子读书，这或许表明了，你准备放下他了。"

小鱼不好意思地说："但我现在还在婚姻内。"

熊健意识到不能往下说了，大叫："我要开始做菜了。"

熊健在厨房忙绿，瞬间传出小鱼熟悉的烟熏火燎味道，熊健一转身利索端出了梅菜扣肉，糖醋排骨，还有鱼汤，全部是小鱼爱吃的。

小鱼大惊小叫："天啦，你记得我爱吃的全部菜式？"

熊健赶紧把食指贴在她的嘴边，制止她惊喜大叫："别这么叫，邻居听见以为我搞家暴了，想吃，今后我每周都接你来吃这些，还有一些菜式，今天没做的。"

熊健觉得小鱼坐的椅子不够靠桌子，他连人带椅子把小鱼一起抬起，像抱着她一样，往前挪了一步，那种对她像公主一样的宠爱，让小鱼幸福又伤感，她觉得自己喜欢的那句话是："女人再大都是孩子，希望有人宠。"

小鱼那一晚在熊健的家里睡的，不过是与熊健分开了两间房子，她记得那一夜好长，因为整整一夜，她无法入睡，房间的门缝里射进一缕淡淡的光，是对面书房那一边的灯光照进来的。小鱼几次有点儿冲动，想开门出去，问一声："你为何仍然未睡？"但她克制住没有打开那扇房门，她确定在那一刻，她仍然未准备好，至少在心情上。

次日，熊健告诉她，自己在做一个新论文课题。

后来，两人像亲人一样来往，两人之间自然的亲加亲痛加痛的交流，自然流动着，终于有一个晚上，小鱼留在了熊健的房间。意识到与王恒的婚姻里，她自己总是像一只安静的猫一样，一声不吭地舔着爱情的伤口，以至于从未能治愈，和熊健相见的这段时间，让她猛然感觉自己并无伤口要治，和熊健的融洽差点让小鱼忘记自己处在想分手却仍然在婚姻内。在美国那样一个自由开放的国度，小时候又像兄妹，而且上了这种年纪，双方又是成熟的中年男女，并不是年轻人的性冲动，两人之间，有点儿像好莱坞的顶级文艺片导演伍迪·艾伦流传很广的那句名言："爱是深刻的，而性只有几英寸而已。"

从此，两人常常往返于波士顿城市中心和小鱼的住所两地，有一次，小鱼与熊健开车去玩，平时特别注意系安全带的严谨女人，也许因为出现了偶尔的疏忽，破天荒的一次没有系上安全带，于是，发生了一个小车祸。她下身出了一些血，进院检查，医生发现她曾经切去的左侧卵巢保留下来的右侧卵巢上又长了一个囊肿，因突然受到挤压引起出血。医生建议她再次摘除右边这个卵巢囊肿，如果不做，也许，医生强调只是也许，将来会有病变。美国医生说话有点像美国的电影风格，恐怖加惊吓，诱惑加逗趣，结论是手术的最大好处是预计性地防止癌症。小鱼赞成了医生的建议，想做手术这个决定，她没有和王恒商量，一是觉得天高地远，他帮不上忙，二是年底到了，王恒要开次年的房地产生产调度会，她不想打扰他。

两边都摘除了卵巢，意味着女人从此没有月经，而且今后要靠服雌激素维持女性的激素水平，预约好手术日期，华裔医生建议她叫爱人过来签字。小鱼不想叫王恒飞来美国，但医生要求手术必须要丈夫或者亲人签字，小鱼想了想，叫来了熊健，熊健照顾病妻有经验，恰好他在休美国学校的冬季长假，有足够时间陪她。小鱼被推进手术室那一刻，小鱼在熊健的眼神里读到了守望和无限的爱，出了手术室，熊健表现得惊喜若狂，为她的手术成功开心，接下来他像照顾新生婴儿一样照顾小鱼。

熊健有了西方男人的性格，理性又科学，一边是不对女人失去卵巢这事有任何介意，一边也搬了一堆书，从书上找出各种指点维持女人雌激素的治疗指南，轻松态度和认真对待，这两者符合小鱼术后要的感觉。

她突然觉得自己有一种酸酸苦苦又有一点甜的复杂情绪，她装得幽默地说："嘿，熊健，别照本宣科了，这上面这么多的指引，我这辈子也学不全的。"

熊健不理小鱼，蹦出另一个问题："我研究了，对这个病美国有全套护理方案，而且有全世界最好的药，你知道，我是搞研究出身的，这个我很有经验。"

小鱼尴尬地说："切了卵巢，会让我直接进入更年期，你不知道吗？"

熊健幽默地说："那个问题每一个女人都会有到的一天，不是你一个人，这非常公平，只是你比较提前点而已，可能你今后会脾气大点，但我喜欢你发脾气的样子，特别生动，那是 my favorite。"

听了熊健的话，她感动得想哭，不是为自己的病，而是为熊健的态度温暖如爱人。

一瞬间，她内心产生了和熊健一起共同生活的想法（也可以说，当年要按父亲意愿，先选择他），现实的情况是，熊健只是拥有一个大学实验室的工作，加上妻子治病让他的财政方面并不富有，她得想办法，自己在美国没有工作和保险，还有小虎的高额私校费，她必须为两人今后的生活打点基础。

小鱼告诉熊健："手术后休息一阵，我回国一趟，因为自己在这没有医保，必须在国内带些钱过来，长远地好好护理自己。"

熊健点点头："嗯。"

小鱼拉着熊健的手特别强调一句："你帮忙找中介看房子，我要在美国经营自己的画廊，这事出国前我一直在想，现在开始正式启动。"

熊健把书合上："也好，经营艺术这一行，让女人养心。"

十四个小时的长途飞行，小鱼竟然没有疲倦，内心也是，刚刚落地就盘算着回国的日子，好像想明天就飞回。面对脚下这个自己熟悉的城市，她突然产生了陌生感，而对大太平洋那一边的家（当然跟儿子和熊健在那边有关），她想一下也心头一暖，她很潇洒，没有要王恒去机场接她，直接从机场打了一个出租车就回来了。

王恒回家后，突然看到久别而回家的小鱼，非常惊喜地："自由女神回来了，也不要我去接？"

小鱼不忘幽默感："既然是自由女神，我就来去自由，不要人接，无需人送啊。"

王恒慌忙追问："前一阵，电话你总是三言两语收线，有什么事情发生？"

毕竟是夫妻，知妻莫若夫，小鱼坦白了："嗯，简单说来，安排好了儿子的一切，我出了一个小车祸，又切了右边的卵巢。"

王恒将喝下去的一口水都惊得喷出来："哇哇，这么大的事儿，你说得这么风轻云淡？"

小鱼平静却不带忧伤："我也很难过，所以，不想跟你电话里谈，现在，我已经恢复了。"

王恒对医学知识很熟悉，他担心地说："小鱼，你知道这对女人意味着什么的，你心里有准备吗？"

小鱼虽然觉得有些话该晚上私下安静时再说，但想想屋里就两人，而且反正是要说的："我知道，我没有月经了，但是，你不必为这个太担心，是吗？我早已把女人性这方面看得很淡了。"

她省略了"我们夫妻那方面的事早已陌生不是吗"这句话。

王恒不想否认，仍然有点伤感地说："嗯嗯。"

不管怎样，小鱼一旦看到王恒伤感的样子，就会心软，她安慰王恒："恒，没有我，我相信你有能力也有魅力也有机会让自己去寻找幸福，不必挂念我的感受。还有，你现在这么有名，多少人要跟我分享你的成功和光芒，你属于地产这个行业，不属于我一个人，所以，天是你的，你一切自由自在，也包括爱情。"

王恒听了小鱼的话，刹那间目瞪口呆，王恒清楚自己是一个内心非常强大的男人，但自己内心再怎么强大，和小鱼一比，她显然比自己强大不止一倍，面对这样内心强大的女人，他反而陌生了，这是曾经那个脆弱敏感的妻子吗？

王恒觉得和小鱼虽然夫妻很多年，关于小鱼的性格，他永远有未知的东西，她骨子里那种深度的自尊又自信，智慧又孤傲，冷漠又热情，自己青春时代那么迷恋过她，夫妻多年，不知道什么时候开始双方热情冷却了。也许是小鱼的冷傲，更多的是男人对妻子那种炽热的感情冷却了，没了激情之后，他又总是在做好，又意识到各种方法均不正确，直到现在，他觉得已经不明白她的内心了。

王恒脑海中出现了短暂的空白，好久才缓过神来，有点不知所措地说："你要我做什么，我想为你做任何事，不管怎么说，你是我世上最亲最在乎的女人，我的孩子的母亲。"

小鱼点点头，一切变得有计划了："我已经定好了画廊的地点，交了定金，熊健帮忙找的，你还记得这个人吗？原来我们一个省委院子里的。"

王恒记忆超强，没有想就说："当然记得，你跟我说过这人。"

小鱼假装很平常："他一直在帮我。"

王恒问："他干得怎么样？"

小鱼眼睛望着远方，像在捕捉熊健的特点："他非常美国化了，只是一个大学教授理科的教授，其他没什么。"

小鱼把他的妻子得癌症死了这事没说，她的内心，有一种不愿透露任何对熊健状态打一点点折扣的描述，那是熊健的私人悲伤，她不愿意让任何人来怜悯，包括王恒。

很快，又到了与小鱼告别的日子，她又要飞美国了，这一次，她想把王恒的一些字画也带着，她问王恒："我带上这些，给我的艺术廊增加分量，这些也是珍藏品。"

王恒没有反对，只说："你的艺术廊定位是西画？还是中画？"

小鱼坦然回答："我觉得艺术无国界，我准备在我的画廊里，东西方的，古代现代的，都有。"

王恒四周看了房子一眼："这个屋子里的任何东西，包括抽屉里所有外币现金，还有银行里面的钱，你随时用，我的都是你的，你的更是你的。"

小鱼听了很感动，突然给了王恒一个拥抱，脸上露出少有的笑容，这让王恒心里有了一丝轻松和宽慰，当然也不乏一种痛楚和难过。

其实，用商人眼光看，艺术市场在国内还行，在美国有点难，但他没有任何劝阻，王恒知道即使赚不到钱，甚至是亏损很大，王恒也愿意一如既往。他觉得小鱼喜欢做这件事就足够，小鱼做自己有兴趣的事是他高兴的，虽然他们不再亲密，但他仍然非常宠她，而且他知道，内心对她的愧疚，怎么补偿也不多。

看着小鱼人在自己眼前，心却留在大西洋那一边，从不特别能记住诗歌的王恒，眼前的人和心情突然让他蹦出很久以前读过的诗人北岛的两句诗："你把内心，锁在心里，那是你的重心。"

小鱼回到美国，只发了一条短信，写着："生活让我们相遇，相爱，经过青葱岁月，相互成就彼此，现在，红烛将残，蜡烛已干，不忍别时终须别，我们都好自为之。"

王恒闻到了浓烈的离婚的前奏。

十一、冲击来了

离婚的前奏在两人之间游离，如小鱼所言，自由女神去了自由国度，她给王恒电话也很少，偶尔电话一次也多是说儿子，她封闭自己的一切信息。这架势逼着心里已爱着林林的王恒有些义无反顾了，王恒的心思常常会围着林林转，看到林林的居住条件不好，带她到了南风地产开发的公寓，一个朝向很好的四居室。

王恒带着林林心满意足地在小公寓里溜达，然后问："怎么样？这个不是租赁，送你了，你付很少的月供，首期我替你交了八成。"

林林看了一眼，眼睛淡淡的，没有兴奋感觉。

王恒关心地问："是房子不够大？朝向不够好？"

林林嘴巴挑了一下："都不是。"

王恒搂着她问："告诉我，是什么？你不开心？"

林林把身体往他身上靠："我不想收房子。"

王恒看着她："你想要什么呢？看你有心事。"

林林终于坦白："用这笔钱做有意义的事好吗，很多人说跳舞的女孩胸无大志，但我是有的，我知道跳舞这一行我已经难有前途，现在，电视剧市场火热，我想试试自己的运气。"

王恒不想马上拍手称好，他知道这个圈子有运气有深渊，他说："有事业心，想法好，但你要确定自己适应，听说这个圈子里也有很多虚荣和虚浮的东西。"

林林反驳他："我看到的是励志故事。"

王恒端着林林的小脸，用画家的理论是，这张肖像无论怎么潦草也是一幅好轮廓，自己曾经也那么迷恋艺术，两人之间的这个渊源也是令他赞成的原因："你的确有演员气质，也许不要浪费天赋，我曾浪费了自己的天赋，至今仍然遗憾。"

林林高兴了，又犯愁自己没什么门道："哎，空有理想，还不知道怎么闯，我几乎没什么娱乐圈的朋友。"

王恒这一下有些得意："你不是崇拜我是高人吗，我可以帮你，我认为，你必须签一个好的经纪公司，错签一个经纪公司，你在这一行基本是摸瞎。"

林林多少知道一些窍门，只是王恒谈得如此轻松，令她吃惊，感动加感谢，化成了一句："Thank you。"

王恒笑了："等成了才谢，嗯，不对，等红了才谢谢。"

林林变得忐忑："嗯，也可能不会红。"

王恒总结为："努力过，奋斗过，拼搏过，其他的，都是天意。"

林林急不可耐地说："我们的第一步是？"

王恒掏出手机："我上次在一个会上认识了华艺经纪的马总，我电话约一下他。"

王恒带着林林很快与马总见了面，这是另一个城市，演艺圈扎堆的城市。

三人在咖啡馆见面时，马总立即讨好王恒说："王总，你这样的大人物约我，我还真的吃不消呢。"

王恒直白地说："你是这一行的大人物，我今天来求你的。"

马总十分客气，是社交高手："你求我是给我面子，不瞒您说，我从不在咖啡馆见人，考虑到您的知名度太高，我为了不让人打扰，这个咖啡馆的时间段，被我包下了，保证，不让狗仔队拍下什么东西。"

王恒把林林推到他面前："就是这个女孩子，叫林林。"

马总看了一眼林林："你没演过任何戏？"

林林说："是的，我是跳舞的。"

林林掏出手机，秀了一下自己的跳舞视频，马总立马戴上眼镜，认真得像一个审查员，看了数段视频，摘下眼镜，面部略有难色："现在经纪公司都这样，十有九成签有名气的演员，如果是新人，除非是导演或制片带来的人。如果是我们要捧的新人，一般都从各个名牌学院那边签过来，慢慢培养，这个慢，你大概经不起时间的，过程很长，很多女孩子还没等到出名就老了。"

王恒谈判风格上一贯简约，他提出："林林怎么做好，马总提供一个好的思路。"

马总想了一下："好，您这么个大人物，不浪费您的时间，我就长话短说，目前倒是一个特殊的机会，对于林林，是最近的路子。"

王恒眼睛一闪："说说看。"

马总声音变小，体现话题私隐："有一个导演正在上一部古装大戏，原来资方指定的女角让导演撤了，这女孩子演过几部戏的，有点小名，但导演实在不想用她，说她古装扮相太难看了，会砸了这部戏，这样一来，女角不是她了，资金当然也跟着撤了。如果您想让林林上这部大戏，出一部分资是最好的办法。"

王恒幽默地说："用我的话说相当于收购烂尾楼，用你的话说是收购一个搁置的剧集。"

马总做了一个"高"的手势，笑道："您说对了，但这个戏非常不错，现在特流行古装戏，出一部，红两部，演员容易上位。"

王恒是商人，能准确判断什么是机会，特别是这些话从金牌经纪公司马总嘴里说出来，他点点头："这对林林，倒真是一个好机会。"

马总不忘记卖个关子："当然，还必须得导演不反对，导演是有权抵制很不合适的演员，这不刚刚抵制了，但我看林林，有九成把握行，外形上，她是有那么一股劲儿。"

王恒笑问："什么劲儿？"

马总再看着林林，审视的眼光："不止是漂亮，是有一种特别的美，我是金牌经纪出身，我的眼光八九不离十，我这样说，您该认同吧。"

王恒不想再犹豫半秒钟，马上同意这个方案："我愿意出这个资金，虽然从内心讲，'用钱买角'这种做法是我非常厌恶的，但为了支持林林，她急着想开展事业，也是为了不浪费她的天赋，我很想成全她。你回去跟导演商量一下，然后你的公司先签下，让她先接这部戏，资金你说一个数。"

马总握了一下王恒的手："那我马上运作第一步，你等我的消息。"

马总临走时又瞟了一眼林林，感慨地说："您到底是学油画的，挑人的眼光还真有水平。"

即使马总这样认可，王恒仍觉不够，补充说："她挺灵气的。"

意思是林林不只是美丽，灵气在这一行比美丽更管用。

马总告别说："我们回头见。"

走了两步，马总又回头挥了一下手中林林刚才给他的资料："这个我马上回去给导演看看。"

从咖啡馆出来，已近子夜，北方湛蓝的天空，清凉又舒适，无风，极好的天气。林林与王恒在同一辆车上，司机开车，两人在后排谈事，林林有点感慨地笑了："我学跳舞学了这么多年，原以为在艺术之门跨进了一条腿，原来半条腿也没跳进来。"

王恒望她一眼："如果你没学跳舞，这个机会跟你更没边呢，你记住，人生每一步，都是为将来某一天打基础。"

林林认同："这倒是，但今天，如果没有你，我可能连门也不知道在哪里。"

王恒非常肯定地说："今天马总说的这个戏，我觉得是一个机会，可以比较直接地入行，其他的靠你的运气了。"

林林知道这当然是机会，但也担心资金的事："哎，你要出资，这笔数目一定不小。"

王恒点点头："当然，可能不只是不小，可能是很大。"

林林面有难色，但显然不想放弃："我给你出难题了。"

王恒拉了一下她的手："对你，我付出多少，是心甘情愿的，过去，我从来是把自己的事业看得是天大的一个人，现在对你，我有了同样的热情，你若有成绩，我会觉得像自己获得一样惊喜。"

林林虽然感动，也很实在，继续想着资金的事："王恒，我知道你虽然是大老板，大名人，但你的腰包，并不鼓。"

王恒笑了，他明白林林说的是对的，王恒一贯对钱财看得很轻，会给公司赚钱不会给个人赚，私人的腰包并不鼓，加上多年积蓄被小鱼全部带到美国开画廊，所以，他自己全部掏空可能也不够十分之一的投资。他说："所以，我得想办法。"

林林打探地说："告诉我一下，你有什么办法。"

王恒用手堵住她的肉肉的嘴唇："别打听得太彻底，我有很多办法。"

林林追问："说说其中之一吧。"

王恒坦白了："其中之一是我可以把在南风地产的股权抵押，向其他股东借一点。"

王恒万事对林林透明，包括公司的股权，显然林林知道公司的情况，她担忧地说："那不今后会稀释你的股份吗？"

王恒开玩笑地："蓝精灵，这你也知道。"

林林不理王恒的玩笑，叹息道："这个对你付出太大了。"

王恒乐观地说："也不全是，我也会说服其他大股东，并以南风地产的名义赞助这个剧集，这也是企业文化的一种，只不过这个数目不能过高。"

两人正研究着，马总的电话来了，王恒问："怎么样？"

可能周围太静，电话里马总声音雷大："导演看了林林的照片和视频，我直播他的原话：'这是出资方推荐的女角到目前为止，条件最好的一个，'他可以明天下午约见林林。"

王恒高兴地挂上了电话。

任总办公室，任总和叶总二人相互望着，他们是被王恒指示到这里等他的，王恒一般说来是召他们二人去他的办公室，最多也是会议室，今天如此谦虚亲自走到任总办公室，一定是求他们什么了，这次他特意来而且叫上叶总，两人知道这件事有分量。

王恒慢慢地刚讲了事情经过，任总就跳起来："什么？你要把股权抵押给我和叶总，套出一部分现金去投资电视剧？为什么你不借呢？"

叶总附和任总："对的，为什么不借？"

王恒示意任总和叶总不要大声说话："你知道我从不喜欢借钱，除了给公司做项目才借，这个事我准备公司投资一半，私人投资一半。我家里的一切积蓄都给小鱼弄美国去了，所以我私人投资的钱，抵押一些股权给你们，借你俩的钱。为了让你俩心安，这是我按了手印的文件，下一步去工商登记。"

叶总感叹地说："你到底是为了这个女孩子的星运前程，还是进军文化产业链？哪个考虑多？"

王恒答："都有，你知道，我一直喜欢文化事业。"

两人不吱声了，接过文件，任总说："我回去取钱了。"

叶总则跟随王恒一起出了办公室，悄声问："你确认，你真的觉得很幸福？"

王恒肯定地点点头。

叶总笑逐颜开："从你眼睛里看出来了。"

王恒拍一下叶总的肩膀，走了，叶总从他的背影也感到他的春风得意，叶总摇头自叹："哎，这样倾力为一个女孩子受累，真是要折寿的。"

一幢市中心半新的大厦，任总和小弦上了电梯，小弦马上主动按了一下27楼。从她利索的动作，看出她很熟悉这里，自从她答应和任总交往之后，她到任总这个住处已有多次。

她进了客厅后，马上奔向任总那一面墙的书架旁边，因为任总是设计师，家里每一个地方都设计得有品位和完美。他有太多的书，都是外国设计的漂亮装帧，这些书既装饰书房也装饰脑袋，但大量书籍占据书房仍然不够，客厅一面墙壁都被书架占领。

小弦每次到来，都是面对书架，好像她到某图书馆一样。

任总仍然在感叹地说："哎，王恒这一次豁出去了，把我和叶总的积攒都掏个精光，还用公司的文化基金全部投入林林这个电视剧。"

小弦点点头："很多地产商也进军文化产业赞助电视剧，这不奇怪。"

任总交代小弦："这个消息暂时不要见报啊。"

小弦笑了："放心，利于王总的消息我写，不利的或是不成熟的消息我一律封喉。"

小弦做了一个拧脖子的动作。

任总很欣赏她这样，笑了："知道我为什么喜欢你吗，这个城市美人这么多，除了你的博学和雄辩，还有我最喜欢的……"

任总习惯把话说一半留一拉。

小弦好奇地说："还有什么，说来听听！"

任总像是对这个讲话预备了好久，有点文学味："就像一个男人在下雨天，满目一张张鲜艳的雨伞，你是那张素色的，我品位独特，喜欢素色。"

小弦不说话了，眼睛盯着电视里的新闻，任总知道她完全听懂了，只是故意不理他。

小弦看得透透的，虽然自己的聪明和朴素对任总有吸引力，但这只是一个个案，大部分男人，包括王恒这样的极品男人，喜欢的女孩子仍然是外貌占第一。通俗地说，"美丽压倒一切"适合于很多优秀男人，她觉得自己采访王恒这么多次数，成为推他成为风云人物的推手之一，但王恒似乎从未把自己当异性看待。所以，他肯为林林这么大手笔投资，她内心也是有很多的羡慕，每一个女人听到美丽的爱情故事时，特别是听到某个男人为女友巨大付出时，或多或少都会意淫一把，自己是这个女人多好。哪怕有一半也好，虽然任总很欣赏自己，但他在金钱方面是相当算计的，也可以说是小气的，连像样的礼物也没给自己送过，更别提那种为自己投资事业做什么牺牲，这也许是自己过去为何一直不能被他打动的原因。每个女孩子，心里憧憬的都是王恒对林林的这种奉献，虽然自己是独立女性，但对感情的憧憬和对男人的要求，和不独立的女性没什么两样，都希望对方为自己奉献。

任总看着小弦心潮起伏的表情，也很怅然，他有一个感觉，即使小弦面对面和他坐着，他并不能猜透她的内心，但他喜欢这个感觉。

燕子打电话告诉剑明，今天自己的车坏了，要坐剑明的车回家。剑明像一个守时的老司机，准时在公司门口候着，一辆车在南风地产大楼前点了火，又熄火，再点。燕子迟到很久才上了车，一坐上副驾驶座就一眼看见了剑明的文件袋，上面写着文化基金的项目书。燕子知道这一定是王恒决定让公司赞助林林的项目，因为刚才让剑明久等的时候，就是和叶总议论这件事，她听了这事脸色一直暗沉沉的，真像一只被雷电电晕了的燕子，眼神有点怵。

剑明问："今天心情不好，因为车坏了？"

燕子点点头，看一眼剑明的文件袋，她问："这样的小案子，要劳你大驾来写吗？"燕子知道，公司只有大项目，剑明才亲自动手写。

剑明欢欢喜喜地说："这可不是小案子，这是公司今后涉猎文化大项目的试行方案。"

燕了没好气地说："这个文化野心后面隐蔽的是男女激情。"

剑明一听，不生气，反而说："哎，我发现你最近谈吐文化味儿好浓。"

剑明其实想说的是为什么两人总是说话不对调儿的二重奏，各唱各的。

燕子继续自顾发表看法："王恒现在每隔一阵就是另一个人，他的想法跟他的年龄不合，一个地产企业，投资文化，不务正业，我发现他的商业才华跟他的不务正业比，一样变幻多多。"

剑明觉得燕子说这话实在不是时候，因为王恒也包括自己都正在兴致勃勃的关头，正为这个项目兴高采烈时，燕子这番话，把他的兴致一扫而光，他认为投资文化体现一个公司的品位，为何燕子这么反对呢？剑明问："你平时最喜欢电视剧了，特别是英文剧，怎么会对自己公司的投资反感呢？不可理解。"

燕子沉默了，她怎么能把真实原因讲出来呢？只好憋着，憋得久了，搞得自己像溺水一样，透不过气，她打开车窗，想吸点车外的空气，没想到剑明马上关上窗："哎，心情不好，外面空气更不好。"

这时候正是下班的尖峰时刻，车开始还像鱼一样游得慢吞吞的，最后竟然不游了，堵住，旁边的车子里面的人，个个堵得面目狰狞。燕子觉得自己无法再在车里待下去了，她突然下了车，剑明在她身后"嘿嘿"叫着，她也不听，跳过车流，上了旁边的人行道，剑明望着她的背影愣了半天也没想出她除了车坏了，还有其他什么理由。

燕子一个人走在人行道上，她内心的酸菜味道只有自己才知道，她是多么羡慕林林，年轻，有艺术气质，有王恒为他这样铺路。同是有那种婚外情的事儿，他对林林的好真是好到了要让自己愤怒加嫉妒快接近疯狂了，她知道，每当这种情绪来临，她必须暂时回避与剑明谈论下去，否则，她不知道自己会说什么。

燕子被这种心情笼罩着向前走着，她总是时常被这个与王恒的往事折磨着，她总是把这事在内心深处扎根，拒绝拔掉，这对她来说简直是磨难，但她自甘如此，谁也无法救赎她这个因为秘密和嫉妒带来的痛苦的人。

　　林林接到了这部戏，王恒也付出了代价，社会上流传着很多女星成功背后有一个大款支持的故事，如果要这样定义，可能林林算其中一个，但前提是要有自身良好的条件加天赋加努力加吃苦，林林也算是全部具备，用马总的话说，是一块"好玉"。

　　拍戏四个多月，林林仅见过王恒两次，她像铆足了劲，唯恐王恒的投资失误或者失败，在每天数十次吊威压时，被钢丝勒出很多血印，第二天继续吊，她几次痛得眼睛发黑脑袋发晕也咬牙扛过，生怕因为自己影响拍戏进度。剧集杀青那天，她去医院治疗伤口，医生无数次追问她是受了什么虐待，她一笑而过。电视剧在半年后首播，她满心欢喜期待的收视率，并没有像她期待的那样高，自己成名的效果当然没有像马总说的那种程度，创造出一夜走红的神话，但也算是有了不错的反映，至少被人关注了。关于她"表演不俗形象完美"的话也上了几次娱乐新闻，用马总的话说："凭一步就混进了三线靠下四线靠上的影视演员队伍，这个成绩来之不易。"

　　只是，出名的附加值也跟着上来，林林的负面新闻也见了报纸和网络，明指暗指林林是靠地产大亨王某的赞助才成了女主，也就是"砸钱买角"。绯闻是娱乐圈红的必要条件，但有些绯闻，如某老板投资做女主角，这种绯闻是可以让人由红变黑的事儿。新人像潮水一样，每天有人上岸，如果有了这种绯闻，马上又退回海里，你再去扑腾扑腾吧，看看什么时候大家接受下来了，你再来让剧迷重新认识。

　　经纪公司的马总找林林谈话，两人谈话在公司办公室进行。

　　马总在自己的办公室满屋子里溜达，不断地抓自己的脑袋，他也为难，因为他必须推翻过去自己的一些说法，他好像在计量着怎么说话才不与自己原来的提议相悖。马总看了林林一眼，意味深长地说："你知道有传闻说你是靠王总投资才有了主角机会。"说完马总又肯定一下："其实也不是传闻，是事实，对吧？"

林林点点头。

马总喝了一口茶："傻妞（语气中有痛惜），很多演员都是有这些传闻，永远再出不来了，剧迷对女演员是有要求的，他们喜欢演员是靠演技，而不是靠钱砸出来的。我跟你说，有一位甜星，有人为她投了好多部，至今仍然被剧迷评为'木桶'，表演永远不被承认，也是记者眼中描写的永远捧不红的明星。"

林林咬咬牙，回敬马总一句："但这是您的主意啊，是马总当时您要王总出资的啊。"

马总同意是自己的主意，但他明确表示："王总赞助你，这是内部秘密，这绝对不能让人知道的，现在是传闻，还可以遮盖，我在想怎么掩饰过去。"

林林着急地问："公司有策略吗？觉得我该做点什么好？"

马总眼睛假装眨巴眨巴，其实早就有了主意："公司已经设计好了，剧里的男主角演员阿坤跟你外形很配，所以接下来这部戏趁热度未减，还让你们演一对。另外，公司先让你们接一下汽车广告，让你们的情侣形象先铺天盖地地上些路牌和电视广告，你和阿坤平时显得亲密些，哦，不对，要显得亲近一点。"

林林马上问："要多亲近呢？"

马总笑眯眯地说："手牵手可以吧。"

林林幽默地说："都什么时代了，男女之间牵个手，好办。"

马总又马上补充："偶尔抱一下也没问题吧。"

林林"扑哧"笑了："我是跳舞的，在台上给男搭档抱着甩来甩去，我会怕这个？拥抱也没有问题。"

马总高兴地一拍手："行了，反正一看出记者，你们就拉手，拥抱，贴贴脸。"

林林点头："知道了，我照办就是。"

马总拍拍林林的肩："你是聪明女孩，一点就通，总之，给观众一些猜测，或者说幻想吧，让剧迷觉得，哈，这一对，很配，这就行了（马总一边说，一边做了一个滑稽动作）。"

林林被他逗乐一笑，把刚才的担忧抛得云外去了。

林林拍戏的片场，她与男主角阿坤一起拍一场情戏，阿坤也是一大男孩，长相极帅，与外表帅极不相对应的是脑子的简单，在片场一有空就打游戏机，打了高分还会拍大腿欢呼，好像占了大便宜。林林过去舞蹈队有很多这样德行和行为的大男孩，当然大男孩的好处是容易相处，也许是阿坤也接到了暗示，但阿坤对王恒只字未提，过去对林林说一句话也低眉顺眼的，现在也热情起来，有空就找林林东拉西扯。因为他是学表演的，演戏比林林多点经验，平时看着愣头青，一旦入戏立马变成剧中人，这是他学院几年磨炼的结果，所以，一旦有情戏，他会带林林入戏，也算是好兄妹吧，林林叫他坤哥。

两人没有镜头时，在一起对下一场戏的台词，这时，林林内心或多或少有了压力，台词背得磕巴，似乎总要阿坤提醒，阿坤做了一个要打她的动作，学过舞蹈的林林身手敏捷，马上一个高抬腿，差点把他的手压痛，阿坤是学表演的，高超演技上来了，马上假装手断了，惨叫一声，林林吓得缩回长腿，阿坤趁机一下把她压在地下。

"嘿，你这毛头小伙子，人家女孩子，动作注意点。"一个亲切得不能再亲切的声音突然在耳朵旁嚷了起来，她麻利地转过身，王恒将手伸给她："你没事吧？"

林林一个伸腿很快站起，笑得比花还灿烂："我没一点事。"

阿坤是一个不折不扣的不关心绯闻的单纯男孩子，他的心思全在他的手机游戏里，所以，他并不清楚林林与王恒的关系，他对着林林问："这是你爸？"林林听了嘴巴张开着还没回过神来，阿坤眼睛聚焦速度好快，惊喜地笑了："天啦，他长得太像你爸爸了。"

王恒和林林同时愣住了，一看两人的表情，阿坤似乎觉得自己说错话了，马上尴尬地说："哇，你们聊，你们聊。"

等阿坤走了，王恒问林林："这是和你一起配戏的那个男主角？"

林林点点头："是的，叫阿坤。"

王恒有点奇怪地说："怎么荧屏上看着成熟，镜头下这么嫩？"

林林嘴巴翘了一下："你说得太对了，他生活中就一长不大的大男孩，大概符合现在观众喜欢的小鲜肉吧，我觉得他表演起来是另一个人，真神。哎，你怎么今天有空来探我？"

王恒把自己鞋子上的泥沙抖了抖："今天我去看地，一块新抛出来拍卖的地，发现离你这地方好近，所以来看你。"

然后，林林把王恒拉到一边，悄悄地说："刚才你看到的那个阿坤，公司想宣传我们，把我们设计成是一对。"

王恒马上明白怎么回事："这是宣传策略，这个路子是对的，俊男美女，永远是百看不厌。"

林林马上拍了一下王恒的胸脯："你怎么什么事都知道，这可是娱乐圈的手段。"

王恒马上回她："我也偶尔看娱乐新闻，因为你在娱乐圈啊。"

林林又告诉王恒："我和阿坤要拍一个汽车广告，叫'爱与梦'的旅行，我们也演一对。"

王恒很关心地询问："广告什么时候拍，要去外景吗？"

林林很职业地介绍："可能有一点点马路上的景，大部分都在摄影棚搞定，特技后期加上去，明晚开拍。"

王恒还想说什么，有人在叫林林了，王恒扬手要她去忙。

晚上，起风了，林林穿着休闲衣服出了阳台，她特意走出来关上阳台上的玻璃门，拉上窗帘，然后转身进门后她坐回王恒身边，只要王恒来她的住处，她都以他为中心转，包括做饭做菜。

林林把菜夹着喂到王恒嘴里，问："好吃吗？"

王恒点头："还行。"

其实他觉得这菜既没油味也没有盐味，像苦日子里煮出来的清汤菜，小时候他吃了太多不放油的菜，自然害怕这个味道，所以他改口："林林，坦白说，不好吃，我知道你怕胖，不进油盐，但我真不喜欢这个味道。"

林林一听，马上高兴地又跑回厨房准备重新做。

王恒跟随她走到厨房，从身后搂着她："别忙了，你累了一天，我们出去吃吧。"

林林一听，顺口说出："我们现在最好别多出去吃饭了，公司说让记者拍到，我就有负面新闻了。"

王恒敏感地问："是觉得你跟'爸爸'一样年纪的人谈恋爱吗？"

显然，王恒今天对阿坤说的"你爸爸"很介意。

林林马上解释："不是爸爸不爸爸的事儿，是说投资买主角这事，如果剧迷认为我是靠投资商才进这行的，会完全不记得我的演技，即使我有演技，他们也不会认可，所以，我千万不能钉上这个标签。"

　　王恒心痛又心酸地托着林林的脸："你进了一个让你虚伪的圈子，之前我说过的，记得吗？"

　　林林也摸摸他的脸："你说过，凡事都有代价，你为我投资这么多，我心里压力好大，如果我失败了，投资就泡汤了，我希望熬过这一段，等我这个剧的投资收回后，我这颗悬挂的心才落地。"

　　王恒拉着林林的手："别老想着我的投资，如果求胜心切，事情会走向相反，唯一你自己可以把握的就是，让你的表演感染人。"

　　林林笑了，只是笑得有点疲倦。

　　王恒起身告辞，他们虽然很亲密，但并没有同居，王恒心里有一个底线，什么时候他正式单身了，他才会有这个决定。

　　下楼之后，他回头特意扬头看了一眼林林602的那个窗口，往日他离开时，林林都会站在阳台上目送他离开，今天他没有看见林林站在阳台窗口。一阵狂风吹过，王恒打了一个哆嗦，他想到刚才林林疲倦的笑，希望林林是累了，而不是因为怕绯闻让她如此小心翼翼，这样的生活，对个性张扬、生活随性的王恒来说，是一种压力。

　　王恒没有去看林林拍广告，一是他很忙，二是怕林林受情绪影响，最担心的也是林林怕的那件事，过去他最介意的两人的新闻上报纸，因为自己的名声和名气，现在轮到林林介意了，他当然无条件支持，只是觉得滋味怪怪的。

　　林林和阿坤虚假的恋情，用林林自己的话说，假得让她有点牙酸，但有了这个童话，她的名气持续热度就多了一些，俊男美女的新闻让林林被媒体开始追踪。初尝成名滋味的林林从很羞涩，慢慢地也有点儿享受这种感觉了，偶尔上了一条娱乐新闻第二条之类的版面，她也暗暗高兴一下。虚荣心，是这个世上所有的女人都有的，谁不呢？

看到心爱的女孩子在成名后那种快感，这也是一种相同于爱情一样令人精神振奋的事情，王恒知道这是成名的附属品，他没有意外，只能接受。只是，她常常被邀请去拍摄写真，涂上红得滴血的指甲油，穿上要么是挤压身体露出性感部位的服装，要么是无限肥大的奇装异服，戴着半边脸大的耳环，眼睛或迷离，或迷茫，或狂野，做一些魅人的各种 pose。那些照片上了一些杂志封面，王恒有天拿出两个封面，问林林："这都是你吗？"

林林看着杂志上那些连自己也不喜欢的前卫造型，感叹地笑着回答："都是我同意拍摄的，都是我，但大概统统都是，另一个我吧。"

两人相望一眼，苦笑。

很快，林林和阿坤的汽车广告在大小路牌、地铁，包括电梯里开始轰炸似的播放。第一次播放，王恒看了两眼，后来，他的眼睛拒绝接受这个信息了，从内心讲，林林的外形与阿坤真的是天造的一对，阳光、健康、青春。王恒因为事业成功，享尽了衣冠楚楚地演讲，被人追逐，闪耀的镁光灯，各种数据媒体的采访等各种光环，加上自己的绝顶聪明，他从来没有在人面前包括人后自卑过，哪怕是一点点。但阿坤的青春和年轻气盛，多多少少提示了他，岁月，年龄，这个东西，也是男人生命中脆弱和敏感的东西。如果没有和这个年轻的女孩子恋爱，他对今后的岁月并没有太多奢求，但与林林的恋情，让他产生了一种延长那个早已逝去的青春的幻想。青春消失的力量，对每一个男人是，对一个成功的男性名人更是，虽然面对媒体谈到未来，或者谈到老，他会侃侃而谈，永远不怕老去，即使外形已变，但机器仍然会高速运转直至机器休止，并不断挑战自己，同时树立新的目标。不仅不服老，也无惧死亡，他多次公开用死亡的话题来谈论企业今后的传承问题。这种敢于面对人生最伤悲的话题时的坦然，被媒体传为佳话，但是，独自面对林林，他不会那么假面示人，偶尔像个多愁善感的老同志，正常谈起这个不能抗拒自然的感受。关于青春逝去的年轻女孩子与一个中老年男人的爱情未来，这些带着伤感又实际的话题，包括，某天他终将老去，是否会有一个依然年轻美丽的女人推着轮椅，老人表情孤独，女人耐心又忧伤，脸上挂着无奈，但非常耐心，两人聊起曾经绚丽的人生……记得这些话王恒只说到前半截，林林马上用手压住他的嘴巴："别说了，我眼里，你是一个不老的传说。"

王恒装成潇洒又幽默："你见过大街上五百岁的人行走吗？"

林林严肃地看着他："有一个人，灵魂不老，思想不老，精神不老。"

林林的回答一如诗意，但王恒晚上还是做了一个梦，他是一个极少做梦的人，常常倒头就睡，钟响就起，梦从来与他无缘，但他突然有了这个梦，这个梦里：林林双手蒙着眼睛，走到他床头，呢呢喃喃：我要当一个超级明星。

王恒被闹钟几次才叫醒，已是大摊工作涌来，他不再儿女情长，爱情，被他马上抛诸脑后。

两人各式各样的忙，盼着相聚，终于等到见面，仍然是林林的住所，林林忙得像保洁工，满屋子里打扫，把已经干净的地再擦一遍，把茶杯洗了又洗，直到王恒扯住她："麻烦你，不要在我眼前转悠，我马上要晕了。"

林林这才坐下，问他："你看了我的广告吗？"

王恒其实看过，他挤挤眼，谎称没看："NO。"

林林释然地笑了："不看也好，广告太假了，车也是，情也是。"

王恒问："怎么个假法？"

林林表情出现焦虑："'爱之车'这是我第一个广告，这款国产车根本就不过关，我没夸张半点，一天时间内，就在这市里面五公里路，居然有两次打不着火，如果真有情侣开它上路，我看得来一辆拖走一辆。你说，我做这个广告代言，今后准挨骂，虚假代言。"

王恒哈哈大笑，然后安慰她："名车也会有这个问题，烧车的事情也发生过，何况你们这款车是低端产品，匆匆上线的。"

林林知道自己改变不了这个事实，耸耸肩，话题绕来绕去扯到阿坤身上："还有那个大男孩阿坤，前天说戏杀青后要约我去一地方，很浪漫的地方，你猜他说哪儿？"

王恒打了一个"哈欠"："不猜了，你说吧。"

林林"扑哧"一笑："他说要一起去迪士尼乐园玩个够，还说过山车得玩十遍。"

王恒有些费解："他还嫌自己不够青春吗？要回到童年？"

林林眼睛眨动："现在还真有一群拒绝长大的人，据说也有中年人愿意到那儿去找回他们没有享受过的童年游戏，但是我永远没那个向往，我觉得自己从小就小大人，现在更成了老大人，所以，和阿坤总不搭调，公司想策划爱情童话，真不适合我。"

王恒听了林林的话，想起了一首诗歌，记不全，意思大概是：如果你想年轻，我愿意为你变得更年轻；如果你想成熟，我会为你变得更成熟，我就是那个陪你年轻、陪你变老的永无倦意的候鸟。

林林双手绕上王恒的脖子，对着他的眼睛："你在想什么？"

王恒没有把自己想起的歌词告诉她，反而说了另一个话题，这是他这些天突然想说的话："林林，你觉得一个演员成功一定要靠炒作吗？"

林林闪烁其词："我觉得是靠演技，但市场不是这样，好像演员不炒就不热，一阵子没新闻人们就忘记。"

王恒眼光开始柔和："你必须学会跟你所处的圈子保持距离，否则很容易被人同化，你要成为一个好演员，必须学会观察生活，赋予你的角色灵魂，让自己的艺术感觉配合你的表演，我想这些很重要。"

林林眼光一下亮了："啊，你学过表演？"

王恒摇头："没有，但我认为表演的最高境界是真实地反映生活，真诚很重要，英美有不少明星天生是同性恋，为了自己的女粉丝假装与某女星是一对，恋得虚假，最后的结果是更令粉丝失望，人要敢于面对真实的自己。"

林林明白王恒这句话的弦外之音，她赞同王恒的观点，并坦诚地说："你说得对，我不能像一个 idiocy（白痴）一样配合经纪公司了，他们为了经营好我这个产品，编这么一个俊男美女的故事，你想想，某一天，我俩的事迟早得面对观众，现在的童话故事就得撕碎，那时候，更有欺骗的意思了。"

王恒认同："人，应该尽量保持真实，即使不符合人们的想象和要求。"

林林试探地问："那我们在人前可以自然手牵手吗？"

王恒没有马上回答，顿了一下，接着说："也许，将来的一天，我们不要用这个感情的事去配合炒作，无论是什么情况，我们选择追随自己的内心，真实点，不虚伪。"

也许是林林听了王恒的话，更多地是觉得自己已经成熟，观众要接受真实的自己，即使他们认为不完美，她恋上了一个中年男人，但这是她真实的自己。

春光美好的正午，一线阳光钻过讲究的木质结构，折射在一架三角钢琴上，也有几缕光折射在人的眼睛上，好像让每一个人的眼睛都在闪烁，这不像一家餐厅，反而像一个文化会所，其实这是一家吃西餐的地方，林林已吩咐经纪公司找好的媒体拍照，她试图半公开与王恒的关系。

两人出门，她看到有记者"咔嚓"，显然不是手机在咔嚓，而是专业相机的声音在拍照，她知道，今后自己和他的命运，不仅仅是私人的，也是公众的了。

两人的照片正式上了一次娱乐新闻的头条，她内心认定，即使因为这个自己演艺事业没有前途，她也没有什么后悔的。

绯闻正式揭开了：

记者甲在林林的片场采访她："你如果没有赞助，是否能当上女主角呢？"

林林想了想，尽量靠近事实："嗯，赞助方面是南风地产自己的形象品牌广告，我和王总又是好朋友，就碰在一起了。"

记者乙："南风地产已经很有名了，还需借用你这个戏出名？"

林林眼睛真诚地望着记者："也许，企业文化是持续宣传的，好的宣传总是越多越好，重视文化也是多多益善。"

记者丙："那你到底与王总有没有发展为恋人？"

林林镇定又略有所思："感情的事有时是很脆弱的事，如果要拿了出来分享的时候，可能是比较成熟的时候。"

林林的表情和语气是欲说还休，不承认，也不否认。

大热天，记者站在太阳底下问得满头大汗的，林林买了冰激淋给记者们吃，而且和他们一起吃。这些年轻的娱记本身是追星族，又是喜欢跟新星建立友情的，有些新娱记甚至押宝今后谁会红，预测谁谁将来名气大了，他们可以凭老友情关系采访到一线新闻，所以，娱记也喜欢新星，有几个竟然私下打赌林林将来会大红，所以愿意为她做点推手。

林林这一下竟然忘记藏着掖着了，马上对支持她的记者开玩笑："如果将来我真火了，大家都是兄弟姐妹。"

小娱记们顿时很爽，一些大牌经常傲慢得不得了，她们在林林身上，找到了邻家仙女的感觉，然后一篇篇吹水的报道：

"林妹妹的仙气""邻家美女，仙子飘飘"——

林林凭借情商高超，一下子笼络了娱记们的心。

王恒与她的绯闻迎风站住，一切"真诚面对"，这个主意太对了，王恒到底是媒体高人，长期与媒体打交道的经验，总结出了"真诚"二字适用任何新闻，即使不那么正面的，何况人们观念开放，生活本身也有许多萝莉爱上大叔，慢慢地，大家开始接受了。

经纪公司觉得林林有了潜力，又准备让她接另一个戏。

华艺公司企划部当然不愿意放过炒作，既然这个产品有了比与阿坤童话更有噱头的"萝莉与大叔"的新闻，怎么可以放过这么好的炒作机会？于是，经纪公司通过大小渠道把林林与王恒的花边新闻往各大报纸和网络输送着，而且，输送的消息越来越多，越来越猛。

这些花边新闻，网络报纸几乎定期一条，大洋彼岸的小鱼，很快在网上看到这些新闻，还有林林与王恒在一起逛街的照片。虽然小鱼心理上已有与丈夫离婚的准备，两人也极少联络，但眼见这些新闻一条比一条多，多多少少有些刺激，有隐隐的灼伤。毕竟真正看到了照片，而且照片上王恒那种温馨的表情，令她熟悉又陌生，熟悉，初恋时他常常会有这种表情望着她，陌生，因为他已经很久没有这样对自己了。这一刻，那种过去给予自己很多很多爱的、属于自己的爱人，意味着真正不属于自己了，她那颗骄傲又脆弱的心，还是真的变得冰凉，恰逢那天送儿子上学，她差一点出现了恍惚。早已知道父母有问题的儿子故意问妈妈："妈妈，你怎么都不会笑了？我们同学说的，会笑的妈妈运气好，你要重新学会笑。"

小鱼真的破涕为笑，这一下也让小鱼痛定思痛，把心一横，决定让早萌生在心头的离婚计划提前实施，她找了一位律师，单方面拟好一份离婚财产分配合同，准备次日寄出。这时候，小鱼接到妈妈的电话，爸爸癌症晚期病重了，可能随时离世，小鱼把儿子的事吩咐给熊健，又从美国乘飞机回国了，她把离婚协议放在了手袋里。

这次王恒在机场接了她，两人在机场见了面，就直奔医院，在一个多小时的车程里，两人没有太多的话。王恒知道小鱼是对父亲的悲伤和对自己的失望兼有，那种复杂又无能为力的伤感，让王恒不知道说什么好，他几次张口想说点什么，又不知道说什么好，最后选择了安慰一下小鱼。

王恒说："爸爸的病，也别太难过，癌症这事，你伤心和难过也没法让他好起来。"

长途飞行，劳累疲惫，加上情绪，小鱼的声音低而嘶哑："爸爸他，可能知道一点点你的那些事，这大概是他放不下的东西。"

小鱼修养好得可怕，即使这时候，她也很注意措辞，问话仅仅是"那些事"，而不用"婚外女人"这类字眼。

王恒并不回避，坦然地说："也许过去他听说过一些，但最近这些新闻，

248

他可能不会看到了，我去医院看他好多次，护士已经不让他看任何报纸或电脑了，他眼睛很坏，充血，而且，他现在已经不进食了。"

小鱼眼睛望着窗外："不进食了，就是最后的日子了。"

到了医院，小鱼与王恒进了重症病房，小鱼妈妈也在，三人都穿着防菌衣服。

小鱼与王恒两人坐在床前，小鱼哭了，王恒看到岳父，眼前这个老人，过去走路总像急行军，疾步如风，声若洪钟，现在，他气若游丝，被癌症折磨得只有一堆骨头，唯有眼神里仍然闪耀着对生命渴求的余光，他拼命地睁着疲惫的眼睛，看着小鱼和王恒。

王恒这一刻，想起他过去对自己的关爱，那种完全超越了自己的亲生父亲的好，让王恒感慨万千，而关于自己的绯闻，老人那么敏锐，不可能不知道一点点的，也可能早就听闻过一些，但他从未责备过他一个字，也从不往这个问题上扯。或许，他的内心总在期望他会有一天回头的，只是这一天他可能等不到了，想到这儿，王恒更加忍不住眼泪直落，他是一个在人前从不流眼泪的大男人，这会儿眼泪却"滴答"地狂泄，也是真伤了心。

小鱼爸爸好像是明白了王恒的伤感，仍然用宽容的表情看着王恒，显然，他仍然是清醒的，护士之前就说过，这种临终前仍然大脑清醒的奇人并不多，这位老干部就是一例，他虽然已经被剧痛折磨了好长时间，常常是打镇静剂才止住疼痛。突然，他硬睁着眼睛，颤抖地欲拉着小鱼的手与王恒的手放在一起，想说点什么却说不出。小鱼的妈妈暗示王恒："王恒，去，给老人一个安慰。"王恒也很想对临终前的老人违心说一句："您放心走吧，我们两人一定会好好的。"

王恒试图拉过小鱼的手，想完成这个仪式，给老人一个安慰，但是，小鱼泪流满脸地轻轻地把王恒的手推开，语气里有着震撼的坚定："让我一个人来，我要单独一人跟我爸爸告别。"

王恒几乎是用乞求的眼光要小鱼不要这样做，但倔强的小鱼坚定的眼神没有任何商量余地。

王恒无奈又不忍地离开了病房。

小鱼想好了，她要与父亲单独告别，是因为这世界上父亲最爱她，既然是最爱的人，就不需要任何假的东西，包括谎言，她知道这样近乎残忍，因为父亲想让他们永远是一对，但她知道这已经不可能，何必让一个虚假的诺言给父亲带到天堂呢。

王恒这一时刻也濒临痛苦的边缘，他尝到了极度内疚又无法承诺的伤悲，还有因为太多原因和因素造成的爱情重伤。

葬礼结束后，王恒彻夜未眠，脑子里全是小鱼爸爸对他的各种关怀，他觉得自己的心被无数尖利的针一一穿透，深扎，像几辈子也无法愈合的伤痛，一个比石头还硬的东西梗在他的咽喉部位，让他无法呼吸，好几次差点让他晕过去。他悲伤之极拿出纸和笔，含泪写了一篇悼念小鱼爸爸的文章，标题是：致亲爱的爸爸。

"亲爱的爸爸，我与您，是茫茫人海中两个原本陌生的人，命运让我们有了一段父子情，在这段短暂又充满温暖的缘分中，有很多难忘的事，难忘的情，今天你离我而去，永远，我把与爸爸的片片回忆拼在一起。您是表面严厉内心慈祥，智慧真诚又大爱无疆，您像一盏生命的明灯，照亮了我人生的第一步，您对我的付出，让我此生难忘，我却没有像一个好儿子那样回馈您。愿您，在天堂原谅我，您一定一定要原谅我。"

那种感情上的真情流露，没有情是绝对写不出来的。

文章登在城市晚报的"真情实感"栏目上，很多人把这篇文章传播着看。

南风地产的饭厅是大家闲聊的地方，也是八卦地带，乱哄哄挤在一起七嘴八舌，往日他们议论的是商业，今天大家的话题中心是老干部的去世，但悲伤的气氛不浓，毕竟这不是他们的至亲，好像大家更关心的是王恒这篇纪念文章。大家都在传阅，连万事挑剔的燕子都把这篇生死相离的文章看了多遍，而且每见一拨不同的同事，发出这个相同赞叹："想不到王总文笔这么好，我的眼泪也要出来了，感动。"

是的，生命有时的确像是一场长久的聚会，有人成为聚会的中心，有人永远默默站在角落，有人中途离场，有人走后，但最终，大家都将离去。

大刘也拎着这张晚报，走着他最习惯的内八字步，进了剑明的办公室，大刘在办公室看到剑明在认真看这篇报道，依然用一贯的尖酸挖苦说："今天怎么了，公司人都成了文学界评委了，都不工作了？有什么好感慨的呢，不就一个老头子久病之后不辞而别吗，其实，准确地说也辞了一阵子了。"

剑明眼睛红红的："我是为王总难过，你看这文章，知道他内心有多痛。"

"王总这文章，应该去争取个什么茅盾文学奖之类的东西，我真看不出，他平时从不吹捧人，一旦吹起来，相当有水平，也可以被评为年度最具吹捧的写作功底之人。"大刘没心没肝地说着自己的观点。

剑明呛回大刘："说话积点德，即使你现在与王总有矛盾，也该对死者尊重吧。"

大刘很不好意思地说："其实，我也难过，起码，我们的地产生意倒了一个靠山了。"

剑明急眼了，立即修正大刘："老人是建设这个城市的高级领导，支持过无数人，包括我们，并不是给我们靠什么山，说话有点格调。"

大刘眼睛翻着白眼："嘿，怎么你说话像王恒一样老板范儿呢，简直是复制王恒，还有，他真伤心吗？那就别伤害他女儿啊。"

剑明语气不硬了："这个感情上的事，很复杂的。"

大刘用男人的八卦概念概括："我说，他干吗一定要把追女孩这事扯进婚姻里呢？男人如果把每一个心仪的女人都扯到婚姻里，那得结多少次离多少次啊。"

剑明强调："你才是那个喜欢结婚喜欢离婚的人。"

大刘神秘地说："我有一种预感，王总这次真离了。"

剑明看着窗外，没有说话，分明是春天了，偏偏吹起了强劲的北风，这是南方少见的天气，剑明感觉将有大事发生。

王恒、小鱼别墅的大客厅里，有一张小鱼画的油画"深秋"，画巨大，画中那肃杀的、凋零的片片落叶如同真叶散落在客厅地上，屋子里就两人，对影成四，已有一种说不出的寂寞，现在是寂寞中加上忧伤，那种冷清和冰凉的感觉。小鱼与王恒处理了葬礼的后续事宜，小鱼也平静了很多，她一如既往的温婉，对王恒说："恒，我们谈一下，好吗？"

王恒温和地说："当然。"

小鱼眼睛仍然红红的："那天跟爸爸送终的事，我想自己一个人来，我想告诉你我的真实目的。"

王恒觉得很委屈："不管你的目的有多对，还是，太残忍了。"

小鱼诚实地说："我是为你好。"

王恒没听懂："为我？什么意思？"

小鱼看着他："你想想，如果你那天答应了爸爸，你自己将承受一个多么大的承诺，你答应老人临终我们会在一起，但我们还能在一起吗？"

王恒不说话了。

小鱼把眼睛擦擦："所以，我这样做，就是不愿意让你有任何压力，夫妻这么多年，我一直支持你，包括最后这个时刻也是，尽管在婚姻问题上，我们早已远离了对方的心灵，但我仍然不想为难你，也不想用道德、恩情，包括感情来绑架你，所以不想你在临去世爸爸的面前，做不可能的承诺。"

王恒突然明白了小鱼："你的意思是？"

王恒感觉到了自己的心跳。

小鱼从手袋里掏出离婚协议："我们离婚吧，在婚姻这个事上，这是我的美国律师拟好的协议，本来打算寄给你的，没想到，爸爸正好病危，我就带回来了。"

王恒眼神有点黯淡，并不意外，显然，他更早想过两人婚姻到头了，但他一直觉得应该由小鱼提出，这是对她最大的尊重。

小鱼接着说："我认为自己已经没有吸引力扯住婚姻这根脆弱的线，我没有了女性最重要的那个妇（附）件，这意味着我是一个老人了，而你精神上和体能上那么strong，这方面，我反而觉得亏欠你，更理解你对爱的需求。"

王恒对小鱼的深度剖析难受，做了一个不想听的手势，他看了一眼协议日期："这事，你想过很久了？"

小鱼点头："从我车祸后做了手术的那一刻。"

王恒不敢看她的眼睛："你想马上办手续？"

小鱼冷静地说："越快越好，唯一的离婚条件，是儿子归我。"

如果说当初王恒结婚时是爱上了小鱼的骄傲的性格和高干出身，让他这

个穷孩子出身的人感觉到征服和高攀的快感，那么离婚时王恒敬畏的也是小
鱼作为女人的高品格，这种教养是很少有女人能做到的。

　　两人一起去了离婚公证处，关于财产分配做了公证，然后，两人在民政
局签了字，整个过程安静、理性、有条不紊，被律师称为世界上最具离婚风
度的夫妻之一，几乎可以称为离婚的榜样。两人签完字后，小鱼给了王恒一
个紧紧的拥抱和真情的眼泪，她平时克制的感情真到了这一时刻，还是有些
脆弱。

　　这一时刻，王恒感觉自己并不坚强："谢谢你。"

　　小鱼愣了愣，问："谢我什么呢？"

　　王恒想了很久，理理思绪该怎么谢，然后动情地说："谢谢你在我移情
别的女人之前之后，你从头到尾，一直都是这么克制，一直沉默，还有你的
大度，这一方面，你做到了一个女人的极致，这种气度，世上少有。也许电
影中出现过，现实生活中，可能没有人做，你却这样做了，作为你的丈夫，
虽然这过去了，但在这一点上，我要庆幸我是多么幸运。"

　　王恒说到这，眼睛湿润了，他知道，小鱼是他生命中爱的起点，两人却
无缘善终。

　　这一时刻，小鱼也意识到两人真离的时候，反而回忆起这个优秀和成功
男人的身上很多的好，给了自己甜蜜纯真的初恋，还有，在这段婚姻中他对
自己的巨大付出。除了他不能达到她要求的爱的高度和长期保持两人之间炽
热的爱，他几乎算是一个超十分的好男人，所以小鱼也没有吝啬对他的临别
感言："你永远是我的亲人，我孩子的爸爸。"

　　这种完美离婚，当然是与王恒的无私和慷慨有关，两人签字离婚的内容，
是王恒自愿把自己的所有身家都给小鱼，这点两人没有任何细节谈判，完全

是王恒一厢情愿。王恒相当于净身出户，除了南风地产的那个暂时不能变现的股权，王恒把自己包括现金、各种收藏品以及自己住的别墅的产权，都给了小鱼。

王恒叮嘱小鱼："离婚协议对任何人不提一字。"

小鱼点点头，然后补充说："我向谁透露呢？难道你的铁杆记者小弦会透露出去？她是我唯一认识的，也是唯一认识我的记者。"

王恒这才想起，小鱼的低调，几乎没有任何媒体拍过她一张照片。

王恒终于安心了："这就好，我只是，不想你受任何伤害，哪怕一点点。"

小鱼苦苦地笑了一下："王恒，已经没有时间伤害我了，晚上我就坐飞机飞了。"

王恒与小鱼再一次拥抱了对方，从内心深处，两个人都把这个时刻当成了最后的时光，双方都几乎不敢用眼睛直视对方，因为两人知道，内心深处仍然有一种脆弱的东西，是碰不得的，那种相伴一起成长的青春岁月，男孩子和女孩子最纯真的感觉，那种见了对方会心跳的悸动，虽然那个感觉已经一去不返，但曾经有过的那种感觉，仍然会让人铭记在心，深藏脑海。

飞往美国的航班都在晚上，王恒送别小鱼，回程时候已近午夜，高速公路上车子极少，好像是他独自一人孤独地开着车子急速奔驰。

头顶上有飞机飞过，他立即打开汽车的顶层玻璃窗户，望一眼上空的飞机，看着那一道由大到小最后会消失的轨迹，他在猜想，这是否是小鱼坐的那趟飞机呢？那种紧绷在眼眶里的眼泪，随着劲吹的风声流下，很快有决堤的感觉了，他想到了那句人们最喜欢引用的诗词：多情自古伤离别。其实，他从来不是一个多情的男人。

王恒离婚的事，事后很多年也一直是一个谜，报纸上没有一篇报道写他和小鱼的离婚，只有媒体不断猜测他们的财产分配，包括林林也不知道王恒这些财产上的全部损失，她也是从很多记者撰写的猜测王恒净身出户为求得良心平安的文章中得知的片字消息。

很久很久以后，林林和王恒开起了玩笑："你当年是否净身出户？"

王恒点头："是的。因为她不会赚钱。"

林林调皮又幽默："而我，很会赚钱。"

王恒刮了一下林林的鼻子："你在乎我的钱吗？"

林林发自内心地开心，她双手撑在床边："我嘛，我永远感激她，放手你这个无价之宝，至于赚钱，你我都是高手啊。"

的确，林林一个广告代言也是很多人一年的工资收入，她已经成了三线靠上的演员，有记者问林林："为何不往二线靠呢？"

林林语气里有满满的知足："我已经满足，即使今后徘徊在三线这个水平，也超过了我原来对这一行成功的期望值。"

也有记者问："你和王总什么时候结婚呢？"

林林闪烁其辞："应该是，将来的某一天。"

其实，这的确是一个问题，王恒没有向她正式求婚，在离婚之前，他们也从不讨论这个问题；离婚之后，王恒过去内心闪过无数次的，离婚之后马上拖林林的手去登记的冲动，被小鱼爸爸的去世与离婚时小鱼哀而无怨的大度搞得心如乱麻，他决定把与林林结婚的事缓一下。林林知道眼前这个男人为了自己已经付出了所有，她没有任何理由不支持他，他对她做出了远远比求婚更动情的事，也付出了远远高于无数人婚姻质量的行动，她干吗要在意那个形式呢。

何况这时候，她也尝到了成名的滋味，成名的快感，让她分心了很多，

256

她常常累得精疲力竭，半夜有时忽然接到王恒的电话，她都睁不开眼睛了。

相比林林的感觉，王恒与小鱼的离婚，另一个也在意这件事并暗受刺激的女人，是燕子。燕子获知王恒离婚这件事的信息是通过剑明，是过滤了一遍的消息，剑明省略了很多的细节，燕子仍然有莫名的伤感，这个曾经在她面前说过对妻子看一眼也是幸福的男人，最终也是离开了那个让他看一眼也幸福的女人。当初她和王恒有过几次情之后，他所说的那个"绝不"会为任何女人离开自己的爱妻的男人，还是为了演员林林离开了自己的家庭，而她当时仅仅是乞求与他保持关系不介入婚姻，也扯不住那根脆弱的感情线。那一天的对话，那逝去的几夜情，原本是内心深处的记忆碎片，最近却清晰撞击她的脑子，理性阻止自己停止这片回忆，回忆却像胃里的酸水，一个劲往上倒流。

燕子内心在想，自己的记忆力为何要如此顽固呢，已经跟剑明结婚这么久了，虽然二人没有生下一代，也算是公司的爱情童话，只是这个童话里有那么一个秘密，这个秘密通过王恒的离婚被她重新定义为"抛弃"，因为王恒当年是和她"玩"一下，而和林林才叫"情"。她和他过去那个事，他会提到"道德"上去讲，他和林林，就忘记了那个"道德"，燕子越想越难受，她想找人谈谈自己的痛苦，否则，她觉得自己都要窒息得透不过气了。她想了想，找冯之之，不行，她自己就是二奶，她思想里面就是认同男人在爱情上群魔乱舞，向她诉苦等于自讨苦吃，但，她只有这个好朋友，她还是和之之坐到了咖啡馆。

幽静的咖啡馆的灯光时明时暗，音乐低沉，八成是那晚放音乐的男孩或女孩正处失恋，尽放些哀伤的情歌，男声女声都低压嗓音，唱尽世间的凄凉，这调调简直成了燕子回忆悲情往事的背景音乐，让她把自己原本有点模糊和扑朔迷离的往事，道了个明明白白，清清楚楚。

之之听了她说的往事，眼睛睁得大大的："啊呀，你这算我什么闺密，太不够密了吧，我和大刘那些事，我什么都向你汇报，包括细节，你这事瞒我这么久，真可怕。"

燕子白了她一眼，仍然不能把自己从情绪中拉出来，她抱怨之之："我怎么敢跟你说呢？你呀，总是关不住任何秘密，什么事你上一个洗手间，就能告诉别人，我敢说这个秘密吗？"

之之嘴巴撇一下："那你今天不是告诉我了。"

燕子眼睛都湿润了："我这不是难过得忍不住了。"

之之吓得把燕子抱在怀里："哎，这么久的事了，你今天仍然难过，可以想象你这些年的憋屈，过去我总羡慕你，以为天下没有不爱你的男人，原来你也有被甩的经历。"

燕子听了这话不顺耳，伸手一推之之："别说得那么难听，不是甩，是协议分手。"

之之点头："好好，协议分手，但协议分手也是分手啊，总有一边先提出来的，谁提的。"

燕子低头："当然是他。"

之之两手一摊："所以，说来讲去还是那个字嘛。"

燕子觉得这人真是哪壶不开提哪壶："哎，你这人，跟你诉苦，就是越诉越苦呀。"

之之不服气地说："总比不诉好吧，对不对？"

燕子感叹地说："这倒是。"

之之贴心地说："下次，有任何苦，记得跟姐姐说，我这儿（指着自己的胸脯）住着一个壮汉，任何伤心的事，到了我这儿，化整为零，再难过的事、再难消化的东西，我这儿，全部消化了。"

燕子叹息地说："世界上的女人都像你这么包容，男人都逆天了。"

之之笑哈哈地说："有一个小说不是说过吗，男人的一半是女人啊。"

之之说话，是可以把任何概念都能跑到天边的女人，完全忘了两人谈话的主要概念，燕子知道再说下去没意思了，起身道别，临别时叮嘱了好几遍："这秘密一定不能说，要守得比你的寿命长，你想象一下若剑明知道了？"

燕子做了一个上吊的可怕动作。

之之举手誓言："放心了，姐姐，我死了，托梦也不会说的。"

两人最后笑了。

燕子回去的路上，接到小弦的电话，说有一篇重要采访王恒的文章要发稿了，因为王恒太忙，她想托她先过目一下，关于公司股东的一些结构，担心这个写错，燕子是股东，比较清楚这个事。

燕子一边答应，一边有一个念头闪过，她，过去从来没有想过在小弦面前说王恒的任何负面事情，这次他与小鱼离婚，小弦显然也是不知情的。她何不趁这个机会说点什么呢，虽然她是王恒的铁粉，但记者都有大嘴巴的职业特点，如果把自己那件往事跟现在的离婚新闻扯一起，将是够王恒受的，两人电话约好了次日在新世界餐厅见面。

在新世界海鲜餐厅，小弦还没来，她就点了很多时令海鲜，另外，她精心准备了一个包包做礼品，包包不是一线名牌，太大牌了，担心吓着她，不是名牌，以小弦现在的位置，她也是有分量的财经记者了。

两人刚刚坐下，燕子就把包包放在她旁边："这个，送你的。"

小弦惊讶地说："啊，这么大阵仗的礼物，吓我啊。"

燕子笑容满面地说："女人没有不爱这个东西的，但我的标准是不选贵的，只选择潮流，你背着，在那些一身名牌的企业家面前，本记者也是有品位的。"

这一番话，简直是暖到了小弦的心窝里，她对包包是有好感的，任总知道她的爱好，也送过一两个给她，因为是男人的眼光，没有挑到她心窝里，还是燕子有眼光，小弦暗暗佩服。

小弦说："那我先笑纳了。"

燕子笑得皱纹也挤出来："记者真会用词。"

小弦仍然不解："你怎么突然这么好？对我。"

燕子说得风轻云淡的："你一直当王总的吹鼓手，助他一路成为商界男神，让我们公司形象一路上升，我当然要谢谢你。"

小弦感叹地说："我这也是替财经新闻找料，他这么有受众，我当然要抓住他。"

燕子神秘地笑了一下："王总离婚了，你知道吗？"

小弦把嘴里吃的东西差点吐出来："啊，离了，为了那个林林？"

燕子很聪明地说："是的，我真的替小鱼难过，我和小鱼情如姐妹，她对我太好了。"

小弦同意燕子的观点："是的，我见过她，很有气质的女人。"

燕子继续说："小鱼忍了多久啊，但她从不愿意伤害王总，你知道吗，这位林林太过分了，还在王总婚姻内，就跟着我们去西藏了，个性太张扬，她真的对不起我那位小鱼姐姐。"

小弦有所认同，频频点头："这个跟我平时认识的王恒那个完美形象，差了好远呢——"

小弦之所以认同燕子，其实也有和燕子一样的看法，究竟自己内心有没有像那本世界名著中形容的那个暗恋情绪，她非常清楚并没到那个暗恋的程度，但女人平常的妒忌心，她也有。至于燕子对王恒这份妒忌，听上去显然比自己重多了，小弦听过一些捕风捉影的燕子与王恒的事，她一直不敢相信，难道真的是？她试探地说："这个世界，舞台的主角都是优秀男人和美女的天下，谁听了这些故事都有醋意，你是南风地产的美女，又一直是王总的总助，也许，你的醋意可能会比一般人多点。"

"是的，我也是美女，却没有林林这个命。"燕子说完捂住了嘴巴，她差点就要把那个捂住的秘密冲出嘴巴。

其实燕子并没有完全捂住，小弦听到了暗语，马上警觉地说："难道你和王总之间真的？"

燕子拉住小弦的手："小弦，我自己是不会亲自肯定这个传闻的，别从我的嘴巴里套了，我不想把我的婚姻也搅黄了，只是，你不要把王总写得太高尚了，他不是这样的，你现在应该明白了。"

小弦追问："燕子，你真的和王总有过一段感情纠葛吗？"

燕子不否认也不承认："你是才女，该明白我的意思，对这样的男人，我觉得你该修正一下，至少写一写他对小鱼的不忠，至于他过去来来往往的女人中包不包括我，你不要点名好了，点了名就把我烧着了，想象一下我的命运吧，都是女人啊。"

小弦同意了："这个，我会评估一下怎么下笔好。"

燕子瞧着小弦表情里翻云倒海的样子，想象她的精神世界一定是复杂的，她突然问了一句："你不会也暗恋王恒吧？"

小弦听了吓一跳，像听了惊悚故事一样，她压着燕子的手说："美女，你不要把这个世界搅乱了，我与王恒，纯粹的采访关系，如果把这个无稽之谈再扯一起，这是要引起世界大战的，你刚才说过的，女人不要为难女人，对吗？"

　　小弦站起身，把包包还给燕子："这个先还你了，什么时候把我当真朋友，不是利用了，再送我吧。"

　　小弦像电影里逃离敌人阵容一样的速度，疯狂逃跑，燕子对着她的背影和一堆点好的没有吃完的海鲜，发呆。

十二、商战

"干杯，我们为囤地捂盘的主意干杯。"

大刘和他那一拨海陆丰兄弟，喝了好几瓶年份厂家产区都有讲究的红酒，他们情绪高昂的理由，是大刘今天做了一个重要决定，就是停止开发所有项目。这段时间，销售出现时高时低，香港的大公司在捂地，他闻到了另一个商机，并得出结论，开发不如囤地，囤地不如捂盘。

大刘来到王恒的办公室，最近他有些发福，他急着要推销他的新理念，他知道王恒的理念完全与他相反，任何时候，王恒也不愿意南风地产囤地、捂盘，王恒知道这个虽然赚钱，却降低了资金的周转，他要说服他。

大刘挺着发福的肚子，用从未有过的和声细语说："王总，香港那两个姓李的大豪都在捂地，我们应该跟，把我们的地都先囤积起来。"

虽然大刘明明知道王恒经营地产不二的理念是快速开发，拍到地之后马上办动工，施工期最短八个半月，最长也就一年，王恒不求赚钱多，求稳求快，他知道这个方法可能比不上囤地，但资产回报率高。

明知道王恒的理念为何要游说呢，因为大刘被囤地赚钱的机会搞得五迷三道了。

王恒把头摇晃得跟机器一样有节奏，然后手上一扬："圈地的事想也不要想了，现在的新项目做好后尽快销售，我现在的兴趣是房子建好户型和小区环境，也包括销售服务，这些赚钱方式光明磊落，这才是地产商的良心钱，是不同于捂盘的价值。"

大刘不理，继续说，王恒不理他，他一个人喋喋不休了好久，王恒就一个字"no"。

大刘出了王恒办公室，觉得不必再劝他了，他用事实来搞定这些。

南风地产在 Y 市买的两块地，做了动工仪式之后，银行贷款到期，这时，南风地产开始出现资金短缺，无数的施工款和未开发的用地的银行利息，各种税费统统涌上来，加上支持林林事业赞助的文化基金，王恒有点着急。大刘趁机说服王恒把南风地产的未开发的地抵押给信达投资公司（这个公司实则是大刘与袁家兄弟私人所投）。王恒考虑到南风地产一些在开发的项目有缺口，于是，同意转让了其中两块拍地让信达开发，王恒做出转让的条件是，任何项目都必须是以南风地产的名义开发，目的是不想自己拍到的地给他人开发。

狡猾的大刘接到转让协议后，马上启动他的圈地方案，他仅仅做了一个动工仪式，就把地的周围圈起来，耐心看着别的开发商把周围的三通一平全部搞好，他仍然是一个木做的圈子围着。这时，市政府指出要对这些未按日期开发的用地罚款，大刘却指示下属用法律方面的关系打官司，拖时间，这样起到捂地的目的，然后静静待花开等地升价。

媒体记者对这位在媒体面前深藏不露的隐形商人大刘未有认知，仅仅死死盯着媒体红人也是南风地产的灵魂人物——王恒，而且所有圈地的拍地公司是南风地产，所以，财经媒体齐齐对南风地产捂地不开发事件猛烈开炮，把前一阵与林林的绯闻扯到一起，负面新闻越搅越糊。很多媒体认为这是王恒在囤地捂地，有记者直指南风地产囤地的行为是奸商行为，良心大大地坏，周围的开发商趁机挖苦南风地产摘他们种的桃子，因为他们同时期买的地，附近住宅已经盖了一期，做好了周围的路和花园环境及配备。

连一贯无条件挺王恒的城市快报财经版都是同一个标题：南风地产圈地囤地——开发商的赚钱新招，王恒在商业方面最令媒体和买家喜欢的迅速开发让客户受益的好形象，包括王恒个人光明磊落的形象都变了调子，一面倒地负面了。

王恒把小弦等几位关系最好的记者召到办公室。

小弦从任总那里知道了事因，她提示王恒："王总，你有必要把大刘推上前台了，你这是代人受过。"

王恒背靠窗台站着，好久，他摇头："这可能不行，无论怎么倡导透明的企业精神，但没有商业秘密的公司是白痴公司，公司的一些商业秘密不能成为公众讨论的东西。"

小弦比王恒还着急："那你怎么将这个负面新闻扭转过来呢？"

王恒坚定地说："这两块地，我马上开发，一个月内准时施工。"

小弦掌握了情况，通过一些关系好的财经记者，帮助王恒不断辩论，与唱反面的报纸打起了擂台，为王恒呐喊。

小弦的标题是："囤地不实，一个月内见分晓。"

王恒自己也连续不断更新微博，为自己解释，仍然是有不少负面报道，这对王恒来说，相当于，大刘搞阴谋要他承担名誉损失的尴尬。但是，最关键的是，王恒承诺的马上开发等于一纸空文，因为大刘现在才是这两块地的持有人，他又是南风地产的股东之一，其说话硬气极不一般。王恒想联合公司小股东积极筹钱迅速收回开发的方案，支持者仅仅只有剑明，每个小股东的意见与大刘惊人一致，负面新闻很快会过去，赚钱是硬道理，王恒看出，钱在这个时候是硬道理，当然认命时候也是。

连续几天的股东大会，王恒马上开发的方案仍然未能在公司董事会上通过。

王恒清楚自己正与一个或者说几个赚钱眼红的人在暗战，几乎到了要掏"枪"的地步，但他现在缺的是资金，他需要资金赎回自己抵押的地和过去给他的股权。

苦苦地想了好久，他想到了赵总，觉得不合适，再想，还是只有他。赵总，他感慨良多，这个人他不是没有想过，是不敢想，这个小鱼父亲的旧部，一直是南风地产最大股东，对公司投入最多发言最少。自己这么多年管理公司，几乎一直是自己一堂言，呼风唤雨，与赵总的无条件支持有关，他，一直是自己隐形的翅膀。而且，也因为有了赵总领导的国企作为大股东，南风地产才在银行融资上容易很多，而且在市场上信用也大很多。但恰恰对他，他是最不敢开口的，赵总对小鱼的爸爸，情同手足，而自己，离开了赵总的兄弟的女儿小鱼。

赵总为人低调得让人发怵，绝迹记者的眼线，媒体上几乎没有他的报道，但江湖上一听他的名字就有人回避三分，王恒决定向赵总求助。

他给赵总打了电话，电话那边传来了赵总爽朗的笑声："啊，小王啊，你这个电话我等了好久了。"

王恒一听热情的语气觉得事情有一个顺利的信号。

王恒露出少有的谦卑语气："我想来拜访您。"

赵总爽直地说："好，我明天下午有时间。"

华商集团的办公室大概有一种国企优越的气派，气派中又有威严，那种拒人于千里之外的威严，从门口的高龄保安都可以看出，他们自视很高，虽然年龄接近退休，但守护他手中那最后的权利，他们把王恒挡在大楼传达室外十五分钟，理由是赵总要午睡。

王恒对剑明感叹："天啦，午睡？我十多年没有过了。"

剑明耸耸肩："我从来没有过。"

两点，保安准时让进，王恒和剑明来到赵总的办公室，赵总握了一下王恒的手，拍拍他的肩膀："小王，我在晚报上看了你悼念老首长的文章，你真是有才情，有超强的好文笔，看样子，你的强项不止是商业上的才能啊。"

王恒惊讶："赵总这么繁忙，仍看城市晚报？"

赵总把手一摆："我是国企领导，晚报是党报，那个看晚报的习惯永远不会改的。"

王恒和剑明坐下，剑明眼尖，瞅了一个不起眼的位置坐下，做一个忠实的聆听者，他决定今天不张嘴，完全配合王恒行事，很快，赵总切入主题："你说，要我怎么帮你？"

王恒直奔主题："我想让您的华商集团增加对南风地产的投资，稀释刘总的股份。"

精明的赵总觉得王恒没有说完："还有呢？"

谈到借钱，而且是大数目，谁也不能淡定，王恒做了一个深呼吸："借钱给我，收回我曾经抵押给大刘的地，我想禁止他囤下去，马上开发。"

赵总眼神犀利："小王，我是军人出身，说话从来说一不二，而且，我知道，你从不开口求我，既然开口一定是遇到了困难，我把你这个开口理解为，你相信我信任我。虽然我入股南风地产之后，从不过问你的经营，但从每年的结果看，你完全超出了我原来预期的收益，你替我赚了大钱，却没表功，甚至没有要我请过一顿饭，很少有人有这样的品质，今天你有困难，我能不帮吗？"

王恒笑了一下，想表示说谢谢，但赵总暗示他不用客气，赵总继续说："虽然我们不怎么见面，但我一直在默默关注，用我军人出身的话是暗地侦察，可以说，我非常认可你的商业眼光和管理模式。当然我也认可你的人品，即使你离开了小鱼，我个人认为那不是你的问题，你和那位演员的绯闻，我也认为没什么大不了的。"

王恒一听这个有点"心虚"："这个您也听说了？"

赵总目光严肃："这个我还能不听说，我把这个理解成关注你吧，我认为，这绯闻有什么了不得呢？男人哪个不喜欢美女？"

剑明这时才哈哈笑了，表示："的确是，我至今都被一美女治得没有脾气。"

赵总放下严肃，开起玩笑来："你们最近看电视剧没有，讲那位鸦片将军的，把他说得太正面了吧，他有那么伟大吗？他和那位红颜的故事被演了又演，没劲。"

王恒和剑明相视一笑，既然话打开了闸口，王恒说："我也认为他没什么了不起，一辈子做了很多坏事，只是做了一件伟大的事而已。"

赵总说："我是说他写的一首打油诗很贴切你，我背给你听：自古英雄皆好色，好色并非真英雄，我虽并非真英雄，唯有好色似英雄。你是地产界英雄，所以，好一个美女算什么呢？"

王恒脸红了，他这个表情是有点尴尬的，赵总这些话像批评又像夸奖的比喻，让他极不自然，赵总大概意识到谈话的概念跑远了，马上拉回主题。

赵总说："就凭你把南风地产打造得这么成功，还有，把南风地产的企业文化、信仰，还有那一套严谨的企业管理方法都搞得口碑这么好，我非常看好你。"

王恒说话突然不利索了："我以为您从不在股东会上说话，是有一些不理解我的地方，没想到——"

赵总继续表扬："我认为，没有你的努力，根本不可能把南风地产经营得这么好，因为跟你同时期建功立业的南风九二派里，风云企业、风云人物一大堆，我随便举几个吧，三州房地产公司的唐总，那个唱歌唱得像职业歌手一样的，也赞助了一部电影的，破产了。还有金三元的金总，那个项目遍地开花但没一个项目自己做的，听说自己倒是富了。另外还有那个鸿运地产的施总，每天一出门就是一个队伍，到处收购到处承诺，最后什么也没做。所以，你们这拨南风派，只有你，是一颗真金，这么多年，大浪淘沙，只有你，你领导了一个稳定的队伍，所以，我当然愿意出手帮忙。"

王恒高兴得热汗直冒："赵总，我来求您帮忙，反而受到表扬，那么，这是文件（剑明赶紧拿出来），您过目。"

赵总送王恒和剑明到电梯口，华商公司的所有人行注目礼，事后知道，赵总从不送人出门，还送进电梯一起下楼，王恒享受的待遇，前所未有，仅这一点，王恒也感激中带有得意。

王恒出了电梯，并不容易激动的他一时间心跳加速，把赵总的手握了又握："谢谢您，谢谢您。"

赵总笑声爽朗："不用谢，这事情应该早找我的。"

王恒突然低声地说："因为小鱼和我已经离婚了，您又是她爸爸的旧部，我知道您的感情一定在她那边。"

赵总眼睛一怔："感情怎么能代替原则？这是两回事。"

王恒一说到这话题，仍有不安："说心里话，过去我认为您是因为小鱼爸爸才一直支持我，一直像我的一只隐形翅膀，您这次在这个关键时候又拉我一把，我——"王恒一时找不出任何词来表达感激。

赵总拍拍王恒的肩，意味深长地说："如果真想报恩，一定有机会。"

王恒百感交集地点头。

大刘看到报纸上小弦的显赫标题："南风地产新地王开工在即"，以他对王恒一贯沉着应战的性格，猜测王恒一定会打有准备之战，知道他一定有可能计划进行什么，于是，他必须要拉小股东站在他一边，于是，他首先要稳定的是燕子，然后让燕子再带上剑明。

大刘特意把定期周三回冯之之的住处的日子提到周一，每次像迎接节日一样迎接他的女人，每次他进门，一定是精心做了头发涂了指甲穿了新睡衣的姿态试人，这次他进门，冯之之像受了惊吓一样往里屋跑，原来是她没有化好妆，她闪进屋匆匆忙忙往脸上擦了粉抹了口红，出门之后马上明艳照人。

大刘看出了冯之之的变化："我们这么长时间的交往了，你为什么仍然不敢素颜见我呢？对自己的样子这么不自信？"

冯之之胆怯地说："她们（指大刘的其他几个女人）都喜欢浓妆艳抹，我当然不想被比下去。"

大刘笑了一下："每一天画一脸，不嫌累。"

冯之之换了话题："这周怎么提前回了？有事？"

大刘二话不说，坐下，冯之之赶紧把早已做好的菜热好，端上桌子。

大刘只夹了一筷子，就开始问话了："你和燕子是闺密，她有没有向你透露过，她曾经和王恒有过短暂的一段情？"

冯之之一听吓得差点把碟子掉下，反问："你怎么知道的？"

大刘把一块肉放在嘴里嚼着："所有的管理层里，这么多人，只有燕子拥有股份，有传闻燕子曾对王恒有火一样的热情。"

冯之之变得诚实："既然你猜到了，还问我干什么？"

大刘语气严厉地说："我要知道，细节。"

冯之之嘴巴一歪："她没告诉我细节。"

大刘放下盘问的态度："我只问你当时她怎么诱惑他，他怎么甩掉的，就说这两点。"

冯之之回忆了一下："这是好久之前的事了，开始燕子是崇拜，后来是暗恋，后来是诱惑王恒，后来两人有了几夜情，再后来就是王恒一定要断，而且给了她公司股份作为赔偿，某方面说比很多人离婚的代价还高，就是这样了。"

大刘打断她："说关键，她和他在什么地方发生的第一次，在什么地方最后一次，就这两个要点，告诉我就行了。"

冯之之眼睛一眨，只好老实交代："第一次是在办公室，最后一次在云山市酒店里。"

大刘放下筷子："知道了。"

冯之之叹了一口气："你别让燕子知道我说的就行。"

大刘起身："好的，我走先了。"

大刘急急地走了，留下冯之之追他的背影："你怎么走了，我热了这么多菜，你多吃一口啊。"

大刘回头："把菜放冰箱里，我周三还来你这里吃，这周来两次，算是对你的奖励。"

冯之之站在窗口，看着大刘的车很快上了马路，她自言自语地感叹："我这算什么，是什么金丝雀啊，这种待遇，最多就是一只麻雀。"

冯之之一生气，把桌子上的一桌子菜，一碟一碟地"轰轰"全部倒进垃圾桶，突然，看见了一块自己最喜欢的海参，有点后悔了，停止了一下，马上拾起来往嘴巴里送了几块，感觉有点饱了，想了一下，又全部倒进去，那样子既搞笑又有点伤感，总之，像极了一个寂寞又无奈的怨妇。

大刘开车迅速上了马路，从裤腰里摸出手机约燕子见面："嘿，美人，我想约你去一个大世界餐厅吃饭。"

燕子怀疑自己的耳朵，这人哪根神经不对，从来也不多说一个字的人，居然要请她吃饭："什么时候啊？"

大刘很肯定地说："就今天。"

燕子在电话里没有商量地说："不行，约我，必须提前三天。"

大刘半挖苦半讽刺地说："嘿，美人，别玩那个味了。"

燕子不爽，声音坚定："我要是不去呢？"

大刘笑哈哈地说："那你可能会后悔一辈子的。"

电话挂了，大刘暗暗笑了。

在大世界餐厅包房，燕子见到大刘，把包一放，屁股没有坐稳就急着开玩笑："刘总，你想拉我站队，一个电话就行了，吃什么饭啊？还这么高档的地方，太不符合经济学原理了。"

大刘指了指旁边的位置："坐下，我有礼物送你。"

燕子更奇怪了："你送我礼物？"

272

大刘从包里掏出一块玉，很通透的那种，看得出精心挑选的："燕子，有个很著名的女明星说的啊，女人收藏翡翠，任何时候都是傍身之物，无价啊。"

燕子看了一眼，并没有表现出喜欢："嘿，这个东西，买入贵，卖出难，收藏给自己的孙子辈那一级了，看看会有增值不，但我连儿子也没生，所以，还是你自己收藏吧，你的接班人多。"

燕子差点没明说，你几个二奶几个儿子都分不过来这些东西呢。

大刘继续讲述收藏学问："燕子，古人只有达官贵人家的女孩子才可以拥有翡翠的，佩玉女子，人当如玉，有玉在身，行为举止也如玉石一样有品。"

燕子一本正经地说："刘总，我知道你的好意，你送我这么贵重的东西，让我觉得压力好大呢。"

大刘开始切入主题："你有什么压力呢，你应该觉得这是一个报仇机会。"

燕子挪了一下屁股："我这个人与谁都不结仇，即使今天有仇，我明天也一定忘记，别说仇恨，连过节我也不喜欢，我是一个随时随地寻找快乐的女人，不会为了某个男人去伤神，包括对老公剑明，我也是这样。"

大刘直说了："如果这人是王恒呢？"

燕子听到这，立即哑巴了。

大刘很会激怒人："他曾经把你甩了，不是吗？"

燕子静静地，不说话，很久才开口："你从之之嘴巴里撬开这件陈年旧事的？"

大刘不答："我很早就知道，但不想挑起这件令你和王恒同时尴尬的事，所以，我从来不提。"

燕子冷笑了一下："我敢打赌你知道这事不超过五小时。"

大刘阴阳怪气地说:"这个并不重要,对吧,重要的是你被他甩过。"

燕子纠正他:"其实,也不算甩,是他不想有婚外情而已。"

大刘笑得更邪了:"他跟林林,也是婚外情,但他为她离婚了。"

燕子感觉这坏人怎么这么会戳人家痛处。

大刘继续煽动:"我是男人,我知道男人的心思,不是你不够好,是他不够爱你,不够爱你到为你离婚。"

燕子看穿了大刘:"嘿,刘总,不用你挑拨了,你这个目的我懂,是想刺激我站在你一边,你直说好了,别装得跟一个高贵的绅士一样去谴责王恒了,伤害女人方面,你是标准榜样,王总要追上你,得下辈子才行。"

大刘终于停止了笑容:"好,这么说,如果你这次投我一票,站在继续囤地的方案这一边,我这块价值千万的玉就是你的了。如果你选择站王恒那一边,你就等着,某一天,他与林林办那世纪婚礼时,你自个儿躲在他的婚床下面,去哭去伤心也好,去控诉也好。"

最后这一句,真把燕子给说通了,其实,燕子内心是无比讨厌大刘的,但认为大刘句句真言。自从王恒离婚后,每次王恒与林林的结婚消息传一次,就隐隐地刺痛她一次,虽然不是多大的痛,但那种酸,是她内心永远的酸,大刘说得对,有一个人,是你永远放不下的。

燕子开着车在海滨大道上奔驰,大刘今天是戳中了她的伤疤,虽然她与王恒只限于一夜情的层次,但一个女人被男人逼迫着说不继续了,这一点,在自尊心上,是一个巨大的创伤。这个创伤,造成了她某种程度的人格撕裂,常常会间歇性让她内心不平衡,今晚,她也因为这种思绪困扰,竟然好多次错过回家的路口,二十分钟车程,她开了近一小时。

回到家里，剑明早已上床睡了，燕子听到剑明涛声一样大的呼噜，料定他今晚也喝了。

燕子把他推醒："你今天跟谁喝了？"

剑明半梦半醒："没人，跟自己喝的。"

燕子轻轻踢他一脚："你今天有什么烦心事？"

剑明擦擦眼睛："你先说说你的烦心事，我想我俩差不多。"

燕子询问："你说，我们该站大刘的一队？还是王恒的？"

剑明马上回她一句："这个你不需要问了，好吗，对王恒，我不会因为任何事和他对立，何况在这件事上，他是有责任的做法。囤地，本来就是令发展商羞耻的事，地产开发商，不开发，只圈地，相当于是占着厕所不用，还有，我们已经找到了资金。"

燕子眼睛一瞪："我认同大刘的意见，现在地产圈都在囤了，我们不囤地就傻了，香港那两姓李的囤得最多，王恒为什么要硬着头皮开发？就为了讨好媒体和群众？"

剑明不睡了，正式坐起："我是学法律的，我认为王总这样的把荣誉和遵守法律永远放在第一的人，是一个值得尊重的人。"

燕子听了不顺耳："他是商人，他不知道赚钱是商人的天职吗？"

剑明把被子往头上一蒙，不理她了，完了又从被子里伸出头："你被大刘洗脑了？"

剑明再次坐起："难道就那么看重年底那点小股东红利，囤地这事如果被政府查，一旦产生罚款，那个数目，你最会计算，算算吧。"

燕子伶牙俐齿地说："我当然会计算，大刘说的，如果真的打官司，你也知道，法律的程序启动有多复杂，立案，起诉，执行，强制执行，有了这些时间，地价早已经涨得老高了。"

剑明口气软下来："这种做法都是无良发展商的主意，大刘就这种人。"

燕子没好气地说："我不打算做道德模范，把人格人品看得那么高干吗？"

剑明来气了："不要再说了，一句话，我投我的票，你投你的。"

燕子难过地说："你想让我们为这事离婚吗？"

剑明下了床，那意思是他睡另一间房了，卧室门前，停住说："你不要把离婚这事挂嘴边，我说过多次了，我宁愿死，也不离，想离的那天，到火葬场去领我的死亡证和那个离婚证吧。"

燕子内心知道剑明是不可能与王恒对立的，这事她试过一百次了，但是，今天，她必须说服他，她突然冲动地决定马上告诉剑明那个秘密，她和王恒几夜情的秘密，这个最证明王恒人品有阴暗面的例子。

她来到书房，看见剑明在书房沙发上，呼噜中带喘，是那种累到极限之后熟睡的呼噜，她坐到他旁边好久，终于决定不叫醒他。

回到卧室，燕子睡在床上看天花板，上面有一个深色的咖啡色印子，这是某一天她生气时把手上的一杯咖啡往上抛去留下的痕迹，那天她和剑明也是为王恒的什么事吵翻了，她做出的疯狂举动。那一天，她也想过把这个秘密说出来，刚才，她也有了同样的情绪，但只要想到要说这事就令她一千个不安，这个秘密已不新鲜了，早被岁月染黑，属于过去了。所以即使今天她把与王恒的那段秘密告诉剑明，也许他都未见得相信，他可能会质疑这事的真实性，因为这么久的事情，早不说迟不说这时候说，是要黑王恒吗？他或许会认为这是她虚构的故事，至少是添油加醋的事，而且，这是男女之间的事，也不是王恒商业方面的缺陷，不具备在股权这件事上煽风点火的功力，想到这，聪明的燕子铁定了心不说了。

又是一个不眠夜，燕子早上起来，剑明被他推醒，燕子告诉他自己早走一步，她用化妆品遮住黑眼圈，穿上西装出门，她知道，近来的日子一定是关键，她必须精神抖擞。但她不知道，她的判断力多么有限，王恒联手了赵总，她马上变成了小股东的扑腾，非常无足轻重，毕竟她还是停留在低层人物的心计上，即使她和大刘的心计都加一起，与王恒的大智慧相比，也隔着几条大马路。

王恒以董事长名义，发了紧急通知的股东大会，全体股东出席。

南风集团会议室里，主要位置由王恒变成了赵总，这个极少露脸的，过去一年才见一次，甚至他常常会找人代替会议的人，让人差一点忘记了他才是真正的老大。而且，他过去从不在会上发言，对于公司所有的战术和策略，他都交予王恒决定。大家曾纳闷军人出身的赵总，为何甘愿做一个傀儡，都猜测这可能是小鱼爸爸的面子，现在老人去世了，格局该变了，一瞬间，每位股东同时注意到了赵总鹰一样锐利的眼神和今天的主角气场，所有人同时意识到，王恒的牌在赵总身上。

赵总讲话开门见山，省略了所有的会议开场白，没有一句多余的话，语气像宣布结果，而不像提出方案："今天的股东大会中心议题是增资扩股，我代表华商集团，决定马上增资30个亿，增大南风地产的投资，各位股东有没有共同增资的想法？"

这种大手笔，震撼所有人，谁敢上？只好共同把头低着，不敢吱声。

全体股东没有异议，大股东要增资，中小股东马上知道自己的股比会减小，但含金量并不一定减少。任总和叶总最先举手赞成，大刘吓得大气不敢喘，如果他不继续注资，股比会减小，如果注资，他的钱从哪儿来？他知道，如果股东比例变小了，发言权自然也跟着股比减小，那个他最喜欢的囤地方案就要泡汤了。

全体股东有一个月的时间来找资金。

大刘这时才真是傻了眼，一个月内他要筹到一笔大钱来迎战，对他来说并不容易，在收购王恒的股份时，他已经付出了一大笔，加上拍卖用地大部分是自己私募，都是海陆丰圈子里的富商筹来的，他知道，兄弟们裤兜里的钱都被他掏得差不多了。

大刘走出会议室时，夕阳如血色平射在他脸上，让他眯起眼睛看上去成了红色，显得特别疲倦，他不开车，也不让助手开，也不跟助手说一句话，沉默地无目的游荡，直到夕阳消失时黑暗来临，他才记起该去吃饭了。这时，袁小弟打电话给他："中级法院已经下达强制执行书，新律项目，嘉宾项目，鸿图项目，都收到了法院强制执行的通知书。"

大刘这一下，冷汗都吓出来了："这些项目，可都是囤地涨幅最高的地啊。"

袁小弟在电话里的声音几乎是哭泣的："可不是，大哥，这都要马上开工，否则要交纳巨额的土地延迟开发的罚款。"

大刘眼珠转动："这一定都是姓赵的能耐，王恒的主意。"

袁小弟有点怕了："这两人联手了。"

袁小弟都没有词语准确表达心里的意思了。

大刘机械地安慰袁小弟："让我想想该怎么办？"

大刘放下电话，他说的想想怎么办，显然是嘴上说说而已，他其实知道自己也不知道怎么办了。

于是，他又拨通袁小弟的电话："叫兄弟们一起开会。"

这些平日就抱团、有了困难更团结的海陆丰大家族，当然是招之即来。

大刘往会议室桌子上一站，像极了揭竿而起的起义军头目："兄弟们，现在是筹钱的关键时刻，筹不到钱，我的大股东可能就从此没了，接着很多东西包括我的想法我的观点都会跟着没有的，我知道你们裤兜里没有什么钱了，但我们仍然要积极筹备。我也决定了，古董字画全部拿出来卖就不说了，而且，我的所有房产都决定马上出售，包括我送给老婆小芳的别墅、送给之之的别墅、小丽子的公寓，都全部抛售，哪怕是全部低于市场价，也一律做笋盘卖掉，一个字，筹钱。"

袁小弟难过地说："这些能值多少钱呢，而且，即使全部出售，让您那些夫人们住什么地方去呢？"

他差点问难道让她们住大街上去。

大刘严肃地说："嘿，暂时租房子住一阵不行吗？仗打完了，我们再买新的，不行吗？"

袁小弟说："大哥，不是我夸张，小弟我这方面比你还能耐大，平时我不敢告诉你，我那些金屋比你还多两个呢，所以，我今天去分头说服，我保证全部抛了，钱都给你。"

袁三弟嘟囔了一句："这个方面，我平时太正经了，就一个老婆，当然，我也决定把她卖了。"

袁小弟笑道："把她也一起卖了？"

袁三弟没好气地纠正道："我是说把她的房子卖了。"

大刘觉得大家还有心情开玩笑，有点意外："兄弟们，这个时候，你们还可以开玩笑，体现了我们革命的乐观主义，所以，我们一定会赢。"

众兄弟异口同声："是，大哥。"

大刘来到老婆小芳的住所，小芳，这个从不化妆、喜欢晨跑的女人，长期在加拿大居住，大刘娶她之前找来兄弟们开了一个"常委扩大会"，投票决定是否娶她，最后证明她的确是大家认可的人，因为不记名投票的结果是统一都投了小芳。事后他告诉大家，他自己内心早已内定了娶小芳，理由是，小芳为获取加拿大移民身份，整整一年过着一个人独住的日子，唯一的户外活动是长跑。大刘曾派人暗访小芳是否假长跑，是否借此在外勾搭帅哥。但是，多次证实，小芳从不与陌生男人说话，包括good morning 都不说，这样的女人，当然是他最信任的女人，即使两人结婚后，她连续给他生了两个女儿，他也不生她一次气。

他回家看到小芳，她已经上床睡觉了，他把她叫起来。

大刘问："这么早睡，难道你是种田的？"

小芳不理他的玩笑："跟孩子上学节奏一样啊。"

大刘抱歉地说："啊，对不起。"

小芳问："什么事，这么晚了？"

大刘不好意思说："你这还有多少存款？"

小芳回答："好像有七百多万，我都在理财账户上。"

大刘马上说："全部取给我，急用一下。"

大刘没敢继续开口说要卖房子的事，小芳先开口了："哎，有人今天过来给我装修施工单了，我把预算放桌子上了。"

大刘没有听明白："什么施工？"

小芳眼睛眨巴着："这事我说了好多次了，就是把我们的别墅的地下室建成家庭影院啊。"

大刘恍然："啊，我完全不记得了。"

小芳笑了："两个小胖，上隔壁家别墅看了一次家庭影院，回来就闹着要盖一个一样的，我想来想去，只有地下储藏室合适。"

大刘不好意思了："啊，啊。"

小芳突然说："哎，除了要我取钱给你，刚才说找我商量事？是什么？"

大刘不好意思再提了，支支吾吾地说："就是两小胖上名校的事，算了，明天谈。"

大刘从小芳住处回来，又到了冯之之的别墅，冯之之叫了按摩师在按摩，看见他回来，马上支开按摩师："哎呀，今天不是星期三。"

大刘说："今天不开玩笑，跟你说正经事。"

冯之之吓了一跳："什么事？"

大刘语气严肃："明天找人卖了这别墅，我需要钱。"

冯之之吓一跳："啊，都这么严重了？要卖我的房子了？"

大刘不想做思想工作了："现在还什么你的我的，你的一切不都是我给你的，我第一个是去我老婆小芳那边做工作，不是你一个人。"

冯之之似乎平衡了一点，望了一眼别墅："你的这些别墅全部卖出去，又能筹多少呢？"

大刘想了想："全部加起来，大概最多三个亿吧。"

冯之之追问："能解决你的问题吗？"

大刘摇头："差一截呢，但大家都在筹款，我得做榜样。"

冯之之说得近乎热泪盈眶："你想想，这别墅要脱手并不容易，看房子加交易最少也得一个月，呜呜，来得及吗？"

冯之之这些话，也是给了大刘一记闷棍，让他眼冒金星，的确，要与赵总抗衡马上增资扩股，别说卖掉这几个别墅来翻身，就是一批别墅，也是杯水车薪。何况交易也是需要时间的，房子毕竟不是金条，不可能那么快兑换成现钞，而且这些都是有名的"二奶村"的别墅，名声并不好，脱手不容易。另外也有办法是抵押给高利贷，关于这个办法，他想想就出了一身冷汗，他摸了一下脑门，没敢想下去。

十三、冲冠一怒

大刘从梦中醒来，梦里他看见兄弟们个个立场坚定，眼睛闪亮，大声欢呼，仿佛一个个从钱堆里跑出来的，笑得灿烂，他看看四周，知道是梦，电话一响，原来这不是梦，这帮兄弟，总算筹到钱了。

大刘完全没有想到，袁小弟等一群兄弟，居然几天之间筹到了十个亿，这个数目令大刘百感交集，但感动仅仅是一分钟，接下去的一分钟他开始担忧钱的来路？难道是借了高利贷？

大刘试探着问袁小弟："你们是，去借了澳门高利贷？"

袁小弟几个面面相觑表情一致："哥，你怎么知道的？"

大刘长叹一声，无奈地说："这么急的资金，除了高利贷，还有谁来冒这个险？"

袁小弟高兴地说："不管怎么说，钱已经到账了。"

大刘叹气："这种钱要你还的时候，你没有还，那是要拿命来还的，你们知道不？"

袁小弟一种视死如归的样子："要命，也是小弟的命，绝不会与大哥你

283

有什么关系。"

大刘有点感动："小子，说胡话，难道我把你们带来这个行业，要你们丢掉性命的？这有意思吗？你们没读书啊，生命无价，这几个字你们还是听得懂吧？"

几个人不吱声了。

大刘大声叫着："把钱还回去。"

袁小弟众人齐声说："不还。"

大刘看了看大家，个个视死如归，他有点动心了："那好，我们就搏这一把。"

次日的会议上，赵总听说大刘他们筹集到与他的华商集团相等的资金，赵总大手一挥："好，我代表华商再投五亿，总之，你跟，我加，我们一定要做南风地产的最大股东，这一点，谁也无法改变，你有多少可以拼的，全部摆上桌面。"

大刘看着形势不对，觉得这个赵总好像看到了他的心虚，大刘做梦也想不到，赵总嘴巴上强硬地表示华商马上再加码的说辞，其实是一彻底的"空城计"。因为军人出身的那种雄心壮志的面孔，让大刘有了错觉，觉得跟这个战争狂人斗下去是一场绝望的斗争，加上借高利贷后那种要命的惶恐，他在会议上当场举手投降，说了一句："我撤退。"

大刘当然想不到，赵总的台词是王恒设计的。

大刘离开会场的时候，王恒善意地伸出了手，从不与人为敌是王恒的人生坐标，何况这个人是自己创业之初的伙伴，当然是他死活要与自己结伴的，自己从来觉得道不同志不合的被拉上轿子的伙伴。

王恒和赵总走出会议大厅，相视一笑，那种类似热恋男女爱情才会有的默契让他们二人配合得天衣无缝。等大刘的背影消失在电梯间，他们二人才乘着电梯下楼，在公司大堂门口，赵总握着王恒的手，笑哈哈地说："这是一场戏啊，你导演，我主演，重要的是我们不得不演。"

王恒点头："是的，大刘这一套让公司名誉损失了很多，我要马上追回来。"

这一仗，王恒赢了，赵总的通力合作，加上心理战术。

晚上，王恒突然高兴地抽了一支烟，算是对自己的奖励，突然觉得自己嗓音短促带有砂石音，于是放弃，准备早点上床睡觉，林林来电话了："嘿，today is good？"

因为王恒要求林林学好英语，她常常会用英语问第一句话，意思是我在学习。

王恒来了精神："Good。"

林林笑问："有没有好到要庆祝？"

王恒高兴地说："足够好到要庆祝。"

林林有点撒娇："你没打算叫上我？一起？"

王恒摇头："不行，我打算用自己睡一觉来庆祝，我都好久没有睡好了，我记得，睡得最好的一次是上周六，在你的公寓里。"

林林装得很惊讶："My god，你居然记得这么清。"

王恒温柔地说："我会记得和你在一起的任何细节，你是我的 happy fairy（快乐精灵）。"

林林问："我知道了，今晚上，你得一个人过。"

王恒问："你同意吗？"

林林装得像家长："Good boy。"

林林很多时候会叫王恒"好孩子"，事实上，王恒很多方面的确像一个大男孩。

王恒的确太累了，这个事让他失眠了好几宿，神经紧张好久突然放松有点不适应了，很困，却睡不着，走到客厅，打开自己珍藏的红酒。他是爱酒之人，特别是红酒，近乎痴迷，一本英国人休·约翰逊著的《葡萄酒：陶醉7000年》，他看了好多遍，他跟作者一样，认为红酒融入了人们的智慧和心血，是人间甘露，直到觉得自己迷恋过度，才强迫自己减弱这个特别的享受，所以他已经自己戒红酒半年。今晚，为了享受这分好心情，他破了这个戒，当美酒从嘴里咕嘟了几下品位完了再下到喉咙再顺流下去时，有种类似万物皆欢的快乐从他心田流过，他又喝了一口，于是，开心又增一分，他索性把一瓶都一次享用了，他觉得自己意识里常常有苦行僧行为，而极少享受快乐，但一旦尝试，他会给自己一刹那的放任。

这时，赵总的秘书打来电话，要他一起出去喝酒，他吓一跳，难道这个开戒有灵异，见鬼了哈，居然一开酒戒就有人邀请，而且是赵总，这个千年不约自己的大人，他怎么能拒绝呢。

王恒想起刚才林林的扫兴，觉得带上林林一起开个心，林林也是能喝点凑兴的人，久闻赵总是酒神一名，无酒不欢，他考虑一下必须得叫上剑明，没准四个人的酒量才能对付赵总。

赵总没喝酒之前，非常威严，正襟危坐，两眼毫不斜视地握了一下林林的手，领导者的口气："你好，小林，听说你演过电视剧，原谅我没看过，我只认识那几个新闻联播的播音员。"

林林谦虚地说："知道您忙，而且，我的作品不多，也很难碰上。"

赵总立即挥了一下手："好，下次你有戏播出，叫小王通知我，我可以帮你找一群人看，增加你的收视率。"

林林受宠若惊地笑了："谢谢领导，谢谢。"

赵总扭头吩咐杨秘书："杨秘书，快点打开这几瓶百年红酒，送酒的人是在法国波尔多收购了酒庄的人，他说很地道，我们来评判一下地不地道。"

王恒马上迎合："我也略懂一点点，书上看的，是纸上谈兵。"

赵总声音洪亮地说："什么，你只懂一点，小王，你是一个全才，还有你不懂的东西，听说企业圈流行一句你的话：没有王恒不懂的东西，除了他不喜欢的东西。"

王恒不好意思了："这话太过奖了，我把自己定义为一个喜欢学习的人。"

赵总幽默地说："我也喜欢学习，就是什么也学不会。"

剑明赶紧恭维赵总："您的军旅生活，领导才能，我和王总都没办法学到啊。"

赵总对着二人说："好，就为了这一点我比你们强，那，为我的长处先干一杯。"

酒喝了一半时，赵总开始有点失态的前奏，频频向林林敬酒，每敬一杯，重复同样一句话："你真人比电视上好看，不像赵某某和周某某明星（言下之意是常常和女明星碰杯），荧屏前后两个模样，你是最经得起推敲的美女。"

赵总这一番话，显然忘记了开场白说的，他从不看电视，后面这几句，如此熟悉明星，且常在一起碰杯，还能分清楚谁在荧屏下耐看，分明就是半个娱记。

赵总喝到后部分，第二次第三次又是刚才那一番车轱辘话："你比某某荧屏下好看。"

林林脸上挂不住了，一个劲地说："谢谢领导，谢谢赵总的夸奖。"

王恒也有点不好意思，脸色有点红又有点白，这一边是比自己年纪更大的长者加恩人，一边是心爱的女人。他使了一个脸色，暗示剑明顶上去，剑明马上一个快动作冲到赵总面前："赵总，您知道我的外号是不倒翁吗？意思就是喝多少我也倒不了，来，我跟您喝，如果我喝倒了，算我输。"

赵总不理剑明，把他轻轻一推，赵总劲大，又趁着酒兴，把剑明直接推到椅子上坐下了："你还不倒翁吗？你看，你这不就倒了吗？"

斯文又绅士的剑明，这一下尝到了秀才和兵的区别，他甚至不知道如何是好，只有眼睁睁地看着赵总发酒疯。

赵总满脸通红地说："来，小林，跟我喝一杯交杯酒。"

林林还没答话，赵总已经窜到她面前，酒杯递过来了，林林把酒杯放在手上，尴尬地摇摆着，突然，她鼓足劲，以最快的动作，把这个交杯酒"吱"一下快速完成了，赵总一边说："啊？这叫什么交杯酒，交都没交，动作太快了。"

林林羞涩地说："不好意思，赵总，我没有和人喝过交杯酒。"

赵总不高兴了："什么，难道你跟小王没有喝过交杯酒？我不信。"

林林胆怯地说："我们真没喝过，所以，我不熟悉那动作。"

赵总斜眼看着林林："亏你还是演戏的，这个简单的肢体动作都不会，来，我教你，你把你的右手放在我这里（赵总指了指他的腋下），然后，我的手穿过你的这里（赵总趁机指的时候也摸了一下林林腋下）。"

赵总一边趁着有点儿身体接触的机会，一边与林林重复做着这个动作，王恒看不下去了，一个箭步冲上去，在林林面前挡住了赵总，硬是把赵总做交杯酒动作的手给拉了下来，赵总的脸上"吱呀"一下变黑了，眼睛明显写着："不就请你的情人喝两杯吗？犯得着上火吗？"

王恒趁机坐在林林旁边，赵总瞅了一眼王恒，说："都传说你王恒心如海宽，我看，你心眼很小嘛。"

王恒知道赵总的弦外之音，仍然答话："是的，某些方面不宽。"

王恒暗自思想，这方面我也心比海宽，除非我脑子有病。

赵总又继续批评道："这种酒桌上的事，最能看出一个人的肚量，你这方面经不起推敲啊。"

尴尬到此，王恒也只好用语言交锋了："这个我非常认同，酒桌上最能看出一个男人的风度。"

王恒心想你赵总今晚在酒桌上的风度真是"差评"。

赵总大概也觉得极度扫兴,他说："结账,这一顿,酒我请了,菜单你来结。"

晚上的酒席在非常非常尴尬的情绪下收场，这一下，王恒原来那点高兴劲全烟消云散了，那么让人陶醉的百年红酒喝出了不美的味道，告别时几个人的表情木木的，都有点类似于刚刚参加什么追悼会，脸色都极不好看。

赵总和杨秘书坐上司机的车一溜烟先走了，剑明在酒楼门口拦了一辆出租车，跟王恒挥了一下手，表情凝重，心事重重，他坐进出租车时仍然担心地望着王恒。司机以为他在等人，没敢开动车子，剑明看着王恒表情跟自己一样一样，无奈地扬手，暗示司机可以走了。王恒和林林在等司机来载自己走的那几分钟，面对面不敢讲话，时间显得格外漫长，车终于到了，二人快速上车，车流入了夜晚的车流里。

回家路上，王恒和林林眼睛直直地看着窗外，窗外车流不息，灯光连成一线，象征着这个城市的夜生活的繁忙景象，这个景象中有多少奢靡与欲望，甚至可能包括一些罪孽，当然也不乏美好的东西。两人仍然没有谈论这件事，分明只有他们两个人，却有一种害怕被赵总听见的后怕，直到两人回到家，坐定，才开始正式谈话。

王恒感慨地说："今晚，赵总有点，不，不是有点，准确地说不是有点，是很，很失态。"

林林费解地感叹着："是的，他喝酒前很像一个特别正经的大领导。"

的确，赵总醉酒前满脸的笑容，这种笑容让人觉得严厉，眼神清醒睿智，和酒后的好色样子判若两人。

王恒扯了一把额头上方的头发，自我嘲笑："看来，我只研究了红酒的好处，没有研究它的坏处，这东西有时候会让一个好人变成另一个坏人。"

林林不这样认为，她的看法是："这跟酒没有关系，跟人的内心有关系。"

王恒点点头："我同意，人的内心怎么可能会被酒改变呢，人可能因为酒来宣泄深藏内心的一些东西。"

林林终于道出了自己的真正担忧："你说，他会不会因为这个原因，不帮你了。"

这话直戳王恒的担忧之处，无疑，林林的担忧也是无用的，王恒摸了一下她的脸："这个不是我们担心就可以避免的，无论发生什么事，我们唯有面对。"

王恒的眼神和语气，在林林面前，总有一种超然的引导力，指引她心情恢复平静，跟随他忘记今天的烦恼，林林也坦然地说："那我可以睡一个美容觉了。"

王恒温柔地笑了："好，今晚我们约好谁也别骚扰谁，好好睡。"

林林伸出小指："一言为定。"

王恒钩住林林的小手："你知道，我从不食言，即使在这件事上。"

两人开起了玩笑，刚刚平静下来，林林又突然说一句："也怪我，这方面不够机智，我听说我们圈子里有些女孩子这方面很会长袖善舞，经常做到不得罪人，又能把这些人整得一愣一愣的，看来今后，我得提高自己的两Q，包括EQ和IQ。"

王恒温柔地说："那些高EQ，大部分是酒桌上操练出来的，而这种操练一定要吃亏的。"

林林觉得王恒这么体贴自己，心头一暖："好吧，我们不要为这个问题谈到天亮吧，让这个酒鬼占据我们难得相聚的时光，亏大了。"

两人说完，进了卧室，显然这一夜，并非真的只有温暖加甜蜜，必有一个夜晚的心潮起伏和扑朔迷离。

这一边，剑明疲惫不堪地回到家里，燕子贴了一张面膜在脸上，坐在沙发上看电视，剑明冲过去把她的面膜一拉，然后紧张兮兮地说："有事和你说。"

剑明有任何事必须跟燕子商量，好像她是自己的精神食粮。

燕子心疼地把自己的面膜摆好："有什么事吓得你非得把我这个扯下来，这一张面膜下来就没用了，几百块一张呢。"

剑明严肃地说："不行，说这话，我得看见你的表情说，你的表情，有助我好好分析分析。"

燕子一听事情严重，马上自个儿撕下面膜，把脸凑过来说："啥事？"

剑明决定从头说起："今晚喝了几杯百年前的红酒，据说是几千欧一瓶。"

燕子有点失望，哦，这事，她附和道："嗯，长见识了。"

剑明话题一转："长见识不是重要的，是另一件事。"

燕子有点不耐心了："省略前面的，快切主题。"

剑明马上简明扼要地说："赵总请王恒，王恒叫上我，还有林林。"

燕子光听这几个人名，就明白了事情的复杂："是不是那位赵总逮住林林拼命敬酒？"

剑明苦笑一下："哎，你一贯都知道的。"

燕子鬼鬼地一笑："这我猜不出，我还叫燕子吗，面对美色，情难自禁啊。"

剑明眼前闪过赵总那色色的表情，嘴巴歪了歪："这叫什么'情'？"

燕子白了他一眼："那你来定一个词，叫什么？"

剑明想了一下，不愿意想下去了："反正我认为有点调戏的意思，你说，他含着一大股酒气，靠近林林，边喝边说那些吹捧加肉麻的话，那个表情，像要把林林当酒喝下去。王恒暗示要我上去挡酒，我哪能挡住，给赵总一把推在椅子上，我那个狼狈，我感觉，自己真太不男人了。"

燕子有点挖苦地说："如果你想很男人，只有上前给他一巴掌，可能吗？某些时候有些男人很男人，其实最后却是不男人了，因为你得为一些冲动行为埋单的。"

剑明觉得燕子分析得很好，感叹地说："燕子，这就是我为什么要跟你face to face 谈，就是要听你的分析。"

燕子眼睛闪了闪："你最担心的一定是赵总今后的态度，在增资扩股上的态度是否会因这事改变？"

剑明拍了一下大腿（通常剑明不做这个俗气的动作，连燕子看了这个动作也白了他一眼）："此言对极了，你觉得他的反应会是什么？"

燕子想了很久，似乎得出一个结论："我觉得他的内心一定会有芥蒂，这个一定会有，他的地位这么高，平时都是那种居庙坛之上的感觉，他怎么受得了这个气，芥蒂一定有，但可能会放在心里。"

剑明认同："是的，心里，他一定有疙瘩。"

燕子继续分析："也许，内心有疙瘩，他不会明着说出来，目前这个状态，还应该不会为这事放弃他在我们这种商业方面的运作，还有，他做国企领导这么久,估计肚量上一定还是有宽度的,没有这种宽度他不会有这么高的职位,难道他真为了一顿酒没喝好,就把这么大的商业动作给翻了,那不是千古笑话了。"

剑明连连点头："我们今天看法高度一致，行，睡觉。"

剑明准备脱衣洗澡，仍然不忘记称赞燕子："你的聪明，也和我比翼双飞啊，别的女孩和我谈话，永远达不到这个高度。"

燕子没有在意他的吹捧，自言自语地说："哎，赵总职位那么高，一定常见美女吧，他对林林，最高要求不就是喝个交杯酒吗？王恒犯得着这么大惊小怪吗？现在的社会，酒桌上喝点酒调个情简直就是和谐社会，我为这种和谐也喝过很多次，王恒可能反应太过激了，把林林当成了神仙妹妹吗？喝个交杯酒有什么呢？"

剑明已准备去洗澡间了，扭头，纠正燕子的说法："不对，赵总今天那个味儿不是你和兄弟姐妹喝酒那种味，完全是那种调戏女孩子的味，是老电影里那种旧社会的味道。"

燕子听了这，不说话了，虽然剑明刚才说了他们思想高度一致，其实不然，她的内心，深透得多，何况还有另一种情绪，对林林的妒忌，这一点，剑明永远不懂的。燕子自己都闻到了自己的酸味，平常她为公司各种商业应酬喝了多少交杯酒（当然是她自愿的），王恒连眼皮也没抬过，真的验证了，有些美人永远是碰不得的瓷人，有些美女就是钢铁侠。

燕子沉潜在自己的思绪里，剑明已经洗完澡出来，还在谈论刚才的话题："从另一方面说，那个林林，的确嫩了点，这事，本不应该这么尴尬的。"

燕子点点头："对，有些东西要用足够的智慧来替自己圆场，有位台湾女神这方面就是模范。"

　　燕子的言下之意是，林林也不是小女生了，还在娱乐圈混，这一招都学不会，除了矫情，还是矫情。

　　数天之后，股东扩充会议开始，会议室气氛热烈，一切有序，赵总红光满面，说话依然声若洪钟，没有一丝痕迹表现出有事发生，这恰如王恒和燕子同时判断的那样，他没有产生芥蒂。也许这位大干部是表演帝，也许官场、商海把他的肚量撑得巨大，他正襟危坐发言，一如既往地在这个大股东增资问题上支持王恒，这一下让为这事忐忑的王恒松了一口气，也暗自庆幸这件事没有让双方失去友谊。虽然聪明的王恒也知道这事不可能这么简单，但这一时刻情愿抱定侥幸的心理，这种侥幸心理有两层意思，第一是赵总作为华商集团大股东的掌舵人，在小鱼爸爸介绍认识后的第一天起，对公司对自己都付出了智慧、诚意、信任、现金、后台的各种支持（虽然他的收益也相当可观），第二是面临大刘的在囤地方面对王恒的围攻，如果没有他出手，自己可能会被大刘逼进险境。

　　如果侥幸他真的没有对这事介怀，他愿意今后忘掉这事发生过，仍然回到自己过去那个感恩的状态，也许，这位赵总真的只不过是酒后一次乱性而已，人格还是没有问题的。

　　这种侥幸的喜悦没有持续几天，赵总的秘书小杨又电话邀约："王总，今晚去一私人会所品酒，赵总说算是一个道歉会，为几天前那个喝多了无礼的事情道歉，今天大家少喝点，红酒我们少带了一半，喝到点到为止。赵总交代带上你的女友林林，他必须向她亲自当面道一个歉，所以，你一定记得带上她，因为我们要赔礼的人是她，请她务必出席。"

最后两字用的务必出席，王恒知道这两字的含义。

王恒和剑明一合计，这算道什么歉呢？喝多了酒，道歉的行动是用再多喝一次来说"对不起"，这是相当于把人打伤了再补你一巴掌。

王恒和剑明不叫林林，决定两个男人单独前往，二人按指定地点，进了星城私人会所，进去是左一道门，右一道门，再过一道门，王恒觉得这里如迷宫，自己盖了半辈子房子，什么样的设计也见过，这个秘密设计也让他这半个行家大开眼界。进了最后一道门，杨秘书像木乃伊一样在外站岗放哨，见了王恒嘿嘿笑了一下，笑容有点古怪。王恒没有理会，进门，看见赵总早已坐在沙发上等候，沙发是红木做的，有格调，但显然坐得舒服欠奉，赵总的屁股歪着坐的，他一眼望过没有看见林林一起，脸色马上变得不好看了，接着问："小林呢，她什么时候来？"

王恒平静地说："她说今晚有一个广告拍，可能赶上最后关头过来凑热闹，我们先喝，您觉得怎么样？"

赵总脸色沉沉地说："好，那我们一边等，一边喝，不等她到，我们不见不散，杨秘书，你出去，站在最外面那道门等，这里比较容易迷路，不能让她走丢了。"

王恒和剑明会意地一笑，心想："让他等吧。"

几个人一边吃，一边聊，赵总无论怎么聊，眼睛总盯着门，显然他仍然在等林林。

直到最后，王恒接了林林的电话："啊，你来不了，要加夜班，我明白了，我来跟赵总解释一下。"

赵总听着王恒讲电话的神情，一看就知道是局，他怎么也沉不住气了："小王，你不用解释了，你这不是耍我吗？你睁眼看看，我是那种可以被人耍的人吗？你好大的胆。"

赵总说完，拍案而起，拂袖而去。

王恒和剑明相视一望，王恒问剑明："这老人家，什么作风？"

剑明探索地说："黑社会？"

王恒摇摇头："黑社会的人没有他坏得这么有格调，电影里正邪各半的人物。"

两人跟着赵总出来左一道右一道的门，这里有一个习惯，不用为吃饭埋单，这里表面上见不到一个与钱相关的如菜单酒水的价格，全是会费涵盖。

两人上车之后，不说也明白，这一次的得罪，较上一次，赵总的火一定又加了一把，但王恒也明白，该签的合同已经签订，他并不担心赵总在增资事情上反弹，只是在感慨今后怎么面对他呢？这个变化莫测的老人。

剑明只是一个劲地安慰王恒："不怕，兵来将挡，水来土掩，该怎么着就怎么着。"

王恒叹息地说："剑明，我们现在与他的关系是拥薪救火，林林这个柴火不送他，这火不会灭，但我，宁愿死掉也不会让林林委屈的。"

剑明同意："当然，把林林送这人，士可欺不可辱，上断头台也不行。"

王恒突然被剑明这句话吓了一大跳，啊，原来剑明对心爱的人如此舍命，他再也不敢接剑明的话题了。

也许每个男人，身上都有一种类似于魔鬼一样的东西纠缠，那个魔鬼就是一种称为色欲的东西，而这种东西通常和美女串在一起，理性的男人是可以很好地控制这个魔鬼，邪恶的男人就常常会做这个魔鬼的奴隶。王恒或多或少有那么一点点理解赵总痴迷林林的情绪，林林是那种特别能让男人产生色欲的美人，如果她愿意爱上你，那叫两情相悦，如果她反感，这种痴迷就有点可怕，也很恶毒、很阴暗。

　　他不敢对剑明讲这些感觉，他知道，剑明的感情世界，纯净如水，他永远是一个纯真的大男孩，内心和心智，都是这样。

　　两周后的一天，华商集团有一个五星级酒店一楼设立名牌衣服品牌店，原本参加剪彩的演员，是华艺经纪公司的一个知名明星，赵总暗示杨秘书改请林林剪彩。

　　华艺的刘经纪吃了一惊："你们要林林？她的名气比原定的周某某小了一大截。"

　　杨秘书傲慢地说："我们是业主加赞助商，顶头上司定了这事，圈定林林这个演员了。"

　　刘经纪吓一跳："你们的顶头上司关心这个？难道林林是他家的亲戚，想让她赚这个钱？"

　　做老总秘书最大的优点是不乱说一个字，杨秘书这方面是模范，他不多一个字地表示："总之，我们是甲方，你们让甲方满意就行了，如果这次操作好了，今后这种剪彩的事很多的。"

　　这一招，令经纪公司乱了阵脚，王恒也是从林林发来的现场微信知道了这事，王恒在 k 市开会，开完会立即乘飞机与剑明一起飞回来。林林剪彩后在酒店套房休息室，林林因为比较独立，既无助手也无跟班，她也没有为这事想得太多，被现场的品牌经理敬了不少酒，回到休息室一看杨秘书，她有点防范了，不肯喝酒了，只肯喝饮料。杨秘书从外面端了一杯果汁给她，她才喝两口，就有点晕晕的，身体轻飘飘的，她只好坐在休息室沙发上半躺着，后来，林林感觉越来越困，眼睛睁不开了，她真的睡了过去。

关于这个细节有两种解释，一是林林前一晚开了夜戏，真的打瞌睡了，二是传闻杨秘书在果汁里放了一粒安眠药，不管怎么样，事情的由来是赵总设计的，杨秘书最多只是一个踏实的执行者。

这时，赵总进来，他对熟睡的林林开始动手动脚，林林迷迷糊糊感觉一个人直往自己脸上靠，把她的脸都挤得有点痛了，一只粗壮的手也顺带进了自己的内衣处，很快解开了她的内衣。林林虽然人非常迷糊，女性本能的警觉让她意识到情形不对，她下意识地使劲把赵总往外推，不让这个人靠近自己，越推越重，只觉得这个庞然大物像一头怪兽。正当林林无力之际，门"轰"一下开了，跟着杨秘书在后面叫嚷："这里不让进，不让进。"王恒和剑明已经进来了，王恒和剑明同时看见赵总扭曲的表情，他正在进行的准备解裤子的动作，熟悉法律的剑明立刻拿出手机"啪啪"拍了现场照片。赵总见状，马上对剑明大声呵斥："不准拍照，不准拍照。"王恒见了这个情景，平时一贯的十足的君子风度瞬间抛到九霄云外，他像上了战场的斗士，连骂都懒得出声了，看了一眼桌子上的台灯，目测一下是木头的，扔过去伤不到什么很深的程度，看准了赵总的胖身体，"哐哐"一下扔了过去。赵总一急，用脸来挡，结果台灯砸了额头，头部马上红了一大块。王恒没有被吓着，他感觉这个伤口大约是敷一下冰就过去的轻伤。

保安在门外听到动静，进来也看到情景，他们认起真来，用对讲机准备叫酒店救护车，醉意加愤懑加羞愧的赵总在这种情况下仍然拿出了"姜还是老的辣"式的沉稳，他对保安吩咐说："你们看到的一切，是我们朋友之间的一些误会，你们一个字也不准外传，不传的给奖金，每人发 1000 元，有传话的，一律开除，还要加一个诽谤罪，明白了吗？"

杨秘书从包里掏出钱来："来，各位保安，奖金我当场发放。"

杨秘书给完钱强烈叮嘱："记住了，你们什么也不知道，以赵总自己说的为准。"

保安甲是一个久经沙场的目击者，看过很多血腥打斗场面的，他见怪不怪地轻松地说："我们什么都看见过，还看见过刀子进刀子出的事，这个就是擦点云南白药就过去的事，不算事儿。"

杨秘书马上点头："对，对，你说得对，这里你们可以回避一下了。"

保安甲、保安乙、保安丙将钱塞进腰包："有事吩咐，我们先走。"

刚出门口，三个保安笑得山花烂灿的："今天这小费，大手笔，这人是谁呀，蛮像个大人物的。"

看见保安出了门，赵总捂着头，被杨秘书扶着走出休息室，临出门他狠狠地瞪着王恒："你打算把我砸死吗？"

王恒靠近他，冷冷地一个字一个字吐出来："我一点儿也没有失去理智，只是给你一个教训，下次你不要再动任何心思。"

赵总恶狠狠地说："你先想想你的后果吧。"

赵总步履缓慢地出了休息室。

王恒这时才奔过去看林林，看着礼服被搞得有几分凌乱的林林，王恒脱下自己的西装给林林盖上，摇摇她："林林，醒醒，你得去医院检查一下。"

林林惶恐地说："去医院？我怎么要去医院？"

王恒有点难受地说："你可能被人非礼了。"

林林下意识地摸自己的内裤，感觉安全，松了一口气。

王恒安慰她："还是得到医院检查，买一个放心。"

林林点点头。

王恒感叹地说："今后你还是需要一个助手，出了什么事有个捎信的。"

剑明在窗口朝下面看了一下："下面好像挺平静的，我们可以去医院了。"

王恒给林林倒了一杯绿茶，她一口气喝完了，好像清醒了很多。王恒说："剑明，咱们走。"

林林站起来，觉得自己行，坚强地说："不用扶，我自己行。"

剑明仍然望着窗外。

王恒说："剑明，别担心，别以为那些记者嗅觉真有这么灵敏，没人捎信，不会有新闻的。"

王恒和剑明没有扶林林，三人平静进了电梯，出大堂，果然如王恒所说，外面是正常又平静地来来往往的客人，他们三人换乘下车库的电梯，顺利上了车。

王恒、林林、剑明三人一起刚进医院的时候，发现"冤家路窄"这个成语形容得太准了，他们与刚刚从医院出来的赵总和杨秘书狭路相逢。王恒一看就庆幸自己出手有分寸，没有真的伤到他，显然医生都没有意思要他留院观察。

双方擦肩而过时，眼睛都同时夹着恨意、尴尬、狼狈、无可奈何，但又无处躲藏。赵总看了一眼林林，又看了一眼王恒，站住了，声音依然响亮："犯得着这么兴师动众吗？我什么也没做，什么也没干，她来医院凑什么热闹呢？带她来这里，叫严重浪费国家的医疗资源，我的行为完全是'未遂'，身体都离了她八百里，难道会造成她受伤不成，你当她真是什么王妃吗？她就是一刚刚出山的戏子。"

王恒压抑自己的愤怒："你太不尊重女性了，您的行为起码要对得起您的身份吧。"

赵总摇摇头，叹息，准备走开，又回头，对着王恒说："我有不对，你更不对，你是男人应该明白男人对美人的冲动，我最多就是喝了酒之后来了一个冲动，但我罪不至死，而你差点亲手打死我，而我一直是你事业上的恩人。"

赵总最后一句话似乎让王恒感触了一下，是的，恩人，他同意，某些方面，他也像仇人，他用没有畏惧的口气说："您是我的恩人，这点我从不忘记，但这件事是两回事，这方面，我无法原谅您。"

王恒说完继续扶着林林往里走。

杨秘书跑过来，屁颠屁颠地跟着王恒和剑明说："首长的意思是，大事化小，小事化了，除非这位演员想炒作什么，否则，这事应该马上摆平。"

王恒点头："这个你放心，她（指林林）比我们还在乎这个，只是做一个简单检查而已。"

王恒说完不再回头，径直朝三楼妇科急诊室走去。

杨秘书也回头马上跑过去扶赵总，赵总把他一推："别扶我，我自己行。"他打起精神，仍然威严地迈着军人步伐，出了门，一刹那上了已候在那里的车子，车子绝尘离去。

剑明回到家里，已是半夜，他蹑手蹑脚上了床，燕子眼皮睁了："今晚，又摆平什么事了？"

剑明倒抽了一口气："王恒今天动手，把姓赵的给修理了。"

剑明大概感觉与赵总再也不是朋友，连称呼赵总都嫌不够格，索性用"姓赵的"来称呼。

燕子一听这话，像机器按钮坐了起来："王恒会这一手。"

剑明把燕子往下一拉："继续睡，没有什么大惊小怪的，一点皮外伤而已。"

他
的
红
颜

燕子不想躺下，大声叫起来："至少也是开打了，王恒虽然脾气不好，但能让他打人，那是大事件啊。"

剑明迅速下了床，从裤袋里掏出手机，刚想打开照片给燕子看，突然又觉得不妥，马上缩回，说："算了，睡觉。"

这一举动被燕子看见了，以她的性格怎么可能让剑明瞒得了什么事，她下了床，马上翻开剑明的手机，一边翻手机一边唠叨："我最讨厌话说一半不说了，留着半拉，这能让人睡着吗？"

剑明看见燕子翻手机了，索性抢过来自己自觉打开给她看，一边翻一边嘀咕："今天我这动作挺冒险的，为了王恒我是拼了。"

燕子认真看了几张照片，问："这是做了之后？还是之前？"

剑明眼睛眨了一下："没做成，只是想这样，也差点儿成功了，但我们进去了，大概用法律的话说，算猥亵行为，强奸未遂。"

燕子把手机一扔："那王恒打他干什么？他已经够窝囊了。"

剑明一愣："啊，你不认为这赵总太可恶了吗，这叫企图强奸。"

燕子说了自己的观点："但是，是'强奸未遂'啊，也许最多算一个猥亵而已，这事你们打算闹到法院？"

剑明严正声明："这绝对不可能，这关系到王总的声誉，关系到林林今后的演艺生命。"

燕子不高兴地说："你就想着关系到谁谁谁，有没有想过关系到你什么的。"

剑明白了她一眼："这事与我没有关系，我最多是一证人。"

燕子眼睛比他更白了："你手里捏着这照片，姓赵的得恨死你。"

剑明坦荡地叹气："他恨我最多是拍了两张照片。"

燕子想了想："这事我们见风使舵吧，睡觉。"

剑明累了，很快就睡着了，燕子却没有睡，她眼睛望着天花板，直直的，在想她的心事。她在想，如果把某人企图强奸林林，王恒冲冠一怒为红颜的新闻报出去，这叫一石二鸟啊，有了这条新闻，林林的名声一定毁于一旦，今后想继续在演艺界混一定很难了。对王恒，他曾伤害了自己（虽然是自己主动奉献上去的，但那也是伤害啊），而且，这个凭着小鱼爸爸的关系捞到了第一桶金的幸运男人，虽然他有自己的刻苦努力天赋运气拼搏，但没有岳父大人的暗中相助，他怎么可能一条直路通向成功呢？但他，现在眼里只有林林，爱情大过天，对自己的恩人加支持者可以出手，这样的人，是否该给他一点负面新闻？问题是，这事不能把准确的人名（如赵总）扯上去，那会自讨苦吃，因为这人背景太大，惹不起，最好只让媒体去捕风捉影，现在娱乐记者对新闻都这样，有风写风，没风捕影，实在没有就拽着影子添油加醋，让媒体去整他吧。

燕子想到这儿，觉得自己有点阴暗和恶毒，她都被自己的阴暗吓着了，这事不做，报复王恒和林林的机会就永远没有了，如果做了，对他们而言，自己就有罪过了。

燕子想来想去，决定先把剑明拍摄的照片放在自己手机里，看情况再定。

于是，燕子蹑手蹑脚下床，从剑明的手机里发送照片到自己的手机里，然后删除了剑明的手机记录。做完这些事，她捂着自己跳动的心口，准备睡觉，但这一下，她更睡不着了，简直觉得自己要灵魂浴血，她为自己的狠毒害怕，用被子蒙上头，连气也不敢出。

次日早晨，燕子假装和平时一样跷着二郎腿在吃剑明做的早餐，一边用手机看新闻，剑明："别看了，要迟到了。"

燕子假装漫不经心地说："我今天要晚去一会儿，想去吹吹头发。"

剑明不高兴了："要去赴晚宴？也得晚上吹啊。"

燕子沉稳地说："最近晚上睡不好，眼圈黑，头发再不吹好，太没感觉了。"

剑明心思沉沉地说："又没有人天天跟踪你，人家林林都不这样，素面一张脸，蛮好看的。"

燕子听了很不高兴："你们都集体爱上了这女孩吗？你昨晚到今早都一个劲唠叨这女孩。"

剑明激动地："嘿，我说过了，她是你未来的老板娘，我，包括你，要对她好点，特别是发生了昨晚的事，我估摸昨晚我们去错了地方，她倒不用看妇科医生，心理上一定受了伤，所以，可能看看心理医生才对。"

燕子反唇相讥："每个女孩子最好的心理医生是自己，如果自己不能消化痛苦，自己没有治愈伤口的能力，那可能会让自己疯掉的。"

剑明心软了："燕子，别吓你老公，难道你受过什么伤害吗？"

燕子一听，马上纠正："这些东西，全是我每天在手机上看的新闻。"

剑明做了一个捏了一把汗的动作。

等剑明开车走了，燕子自己开车到了照片冲印馆，现在社会上有了智能手机，冲印照片的地方成了一个冷清地方，照相馆两个女孩子趴在桌子上睡觉，燕子把手机的照片翻出来："我想印这两张，给双倍价，要快。"

女孩子眼睛一白："最快三十分钟。"

燕子高兴地说："那我等吧。"

女孩子很快把照片冲出来了，把照片给她："三十元。"

燕子从钱包里掏出五十，给了她们："不用找钱，谢谢。"

女孩子高兴地说："谢谢你才对。"

燕子出门前又回来对女孩子说："请把刚才那两张照片删除好吗？"

女孩子打开电脑："我已经删除了，你看。"

女孩子打开刚才的文件夹，燕子看了笑哈哈地说："谢谢。"

女孩子笑哈哈地说："这老头，不帅，谁看？又不是周杰伦。"

燕子出门听见这女孩子悄悄地议论："这照片算个啥呢，比这还猛的照片多的是，谁稀罕。"

燕子暗自笑了，走出照片冲印馆，呼了一口气。

当燕子回到公司，看见外面停了一个车队，她感觉什么大人物到了，问大堂保安："谁来了，这么多车？"

保安严肃地说："是华商集团的赵总带了财务、律师、审计、保镖、秘书、司机。"保安眨眼想了一下："嗯，还有穿制服的公证员。"

燕子进了会议室，看见赵总和王恒一样脸色铁青，显然，这个肚子里面能撑船的人是说说而已，实际上已撑不下这船了。也许换了谁也难有度量了，目的没达到，美色没享受到，动作仅限在预备状态，就给打了，他若再支持王恒，会有人觉得他脑子进水了。即使内心再佩服这个商业天才，赵总有礼有节摆事实讲道理地把历年的投入列出，要求南风地产先支付历年来华商在现金及项目上支持的回报，一分也不能少，而且，在结算后，华商集团计划退出大股东位置，并要求开全体股东会议通过。

赵总最后的总结语是："我个人从此不看好地产这个行业，现在社会上流传着：囤地是等死，捂盘是寻死，开发是拼死，反正地产这个行业怎么说都得一死，所以，作为大股东华商集团的掌舵人，我有义务做这个决定。"

赵总先后用了三个死来形容这个他之前形容为灿烂的光辉行业，显然，这个行业被他几天之间从魔术变成魔咒，赵总的话一放出，有一种"血洗"股东会的感觉。

如果说王恒对他的变脸意外，那王恒是傻子，聪明敏感又精明无比的王恒显然料到了赵总的反戈，只是，时间过短，他还没有想出对付赵总的办法，赵总这一着，让他对预期准备开发的圈地项目停顿，还面临股东退股的资金压力。王恒发言很少，他暂时没有特别有把握的方案，他采取了沉默不语的方法来表现。燕子平时一贯看着王恒威风八面的明星风采的样子，突然看见了他那个腹背受敌的悲凉，平时那个训练有素的笔直的身躯好像也向下弯了一小截，忽然没有了那种很多记者形容的"冻死迎风站饿死头不低的特别气质"。仅限一刹那，她突然心生怜悯，女人身上那种优良的母性在心底油然而生，昨晚想了一宿准备把这事泄露给媒体的狠毒计划，一刹那有了改变，甚至她产生了一个与昨天相反的想法，要帮助王恒渡过难关，所以，会议刚刚结束，她来到了很久没去过的王恒的办公室。

王恒站在办公室窗前，背对着门，从背影也可以看出他的内心苍凉，燕子在后面叫了一声："王总。"

王恒回头："燕子，有事吗？"

燕子从包里掏出照片，放在王恒桌子上："这是我今早冲印的照片，是剑明拍的现场照片。"

王恒看了一眼，马上把眼睛移开，显然他不想多看，担心自己受刺激。

燕子接着说："你可以用这个照片吓唬一下赵总，让他不撤资。"

王恒摇头，叹气："你觉得他会在乎吗？他年龄这么大了，已临近退休状态，我担保，他已经，也许并不怕这些了。"

燕子试探地，也是表达忠诚地说："难道他愿意晚节不保？"

王恒苦笑一下："很多人都是晚节不保的，这是一个危险的年龄段，这种伤不得，如果我伤了他，我必须损己。这件事，双方最明智的是忘掉。"

燕子点头，表示有理。

很久以来，从十几年前那件事后，王恒和燕子从无这样坦诚聊过天了，这一聊，让燕子多少有点受宠若惊。王恒很坦率地看着燕子："你跟我干了这么久，应该也知道我的为人了，我不愿意做桌子底下的事，我要剑明拍照片时，目的仅仅是怕赵总想反戈一击时我们有现场和事实根据，这个是保护自己拍的。而且当时我还不知道这件事对林林的伤害度，但我绝对不愿意用这种照片去要挟他的，这不符合我的为人，我觉得仇恨是制造悲剧的引子，报仇更是毒瘾，这个毒瘾轻易沾不得。"

燕子听了这些话，有敬佩，有认同，也有惭愧，有失望，敬佩的是王恒做人在任何时候仍然磊落，认同的是知道报复这东西确如毒瘾不报不舒服，惭愧的是自己内心曾想用这个搞坏他的名声，遗憾的是王恒没有采纳她的意见。她没有再说话，静静地出了王恒的办公室，走时故意留下了那张照片。

出门看到叶总和任总，两人那个焦急的样子像是失了灵魂和主心骨，叶总审视了一眼燕子，直觉她心情沉重，似乎连笑都不会了，马上犹豫要不要现在去打扰王恒，叶总拉着燕子问："他的心情是不是很差？"

燕子不答："除非你们有什么好方案。"

叶总面有难色："这一时半会怎么有什么好办法呢？"

任总把手里抽了半截的烟丢到附近垃圾桶，说："我们主要是想给他打气。"

燕子眼睛闪了闪："对，这个时候打气也不失为一个好办法。"

燕子做了一个姿势先走了，走了两步她回头看着任总和叶总站在门外，你推我，我推你，合计谁先进去合适。那种担忧又害怕的样子，让燕子感慨男人的友谊很多时候的确比女人坚定，这二人在这个时候表现出来的对主子那个关切程度和行为举止中体现的真诚度，根本不是表演，完全是真情流露。

燕子看到他们二人最后决定一起进门，她觉得眼睛都有点湿润了，她很快进了电梯，离开了 18 楼。

下班时，燕子心绪仍然很乱，她刚刚打开车门，突然从后面被一个女人抱住，她一看，是之之："是你，吓我一跳。"

冯之之不高兴地说："吓什么呀，没做亏心事，半夜敲门都不惊，现在，天还没黑。"

燕子吐了吐舌头（她最喜欢做的表情）："什么事？"

冯之之很亲密地挽住她："今晚去喝一杯，坐我的车，你喝酒，不要开车。"

燕子反问："你不喝？"

冯之之高兴地说："我不能喝了，我要摘掉不孕症的帽子了。"

燕子惊讶地："啊，你有了？"

冯之之做了一个"嘘"的表情："不要说，孩子小，才一个多月呢。"

燕子白了她一眼："那你告诉我干吗？"

冯之之又抱了她一下："你知道我受的苦，什么科技方法没试过啊，吃了多少莫名其妙的中药，打排卵针，做试管，多少次失败重来。"

燕子笑哈哈地说："你愿意受虐啊。"

冯之之羡慕地说："你没怀孕不怕，剑明思想西化，从不怪你。"

燕子嘴巴嘟嘟地说："好吧，我上你的车。"

两人来到丽地酒吧，之之嘴巴讲个不停，燕子喝个不停，她都记不清自己喝了多少杯了，以至于之之了讲什么，她一句也没听进去，脑子跑到了九霄云外。对于公司最近的和今天的事，她想了一遍又一遍，该怎么做才好，直至大刘出现在眼前，她才恍然大悟，之之约她，是大刘要她做的。

燕子白了一眼之之，感觉有点尿急，于是，她上了洗手间，刚到洗手间，突然地，她觉得自己晕头转向，想吐，她对着洗手盆吐了点水出来。这时候她才想起自己没吃东西，加上昨晚没睡好，她觉得自己酒醉了，抬眼看了一下自己，又一阵晕，她马上对着洗手盆狂吐了起来。

外面，大刘和冯之之看着燕子久久没出来，大刘暗示："你去看看。"

冯之之摸了一下肚子，不想动："也许她在打电话呢。"

大刘用眼睛瞄了瞄燕子的手机："她的电话在这呢。"

这时，剑明给燕子打的电话响个不停，冯之之想接，大刘叫住："不要接。"

冯之之停住了，电话又响，冯之之忍不住又去接，一边说："接个电话怕啥呢？我们又没在红灯区。"

大刘一把拉住她："不能让剑明知道我们约她。"

冯之之手用力一松，撞到了燕子的包包，包包里面的照片溜了出来，大刘捡起一看，好吓人的猛料，他以最快的速度拍了下来，动作之迅速反应之快，要么天生是干坏事的，要么是看多了特工片，然后十分淡定地把照片放回燕子包里，这时候才对着瞪眼望着自己的冯之之说："今晚，我想打听的事情，不但知道了内幕，还拥有了证据，你一会儿，不用再劝说燕子什么了，只谈穿衣吃饭，然后回家，还有，你不要说出半个字。"

冯之之难过地捂着肚子："额的神，让我静静，让我静静，这肚子的小宝宝真可怜啊，还没成人形就看着他爹爹做特务。"

大刘狠狠地瞪她一眼："这不叫坏事，这叫商业斗争，如果你老公没这两下子，怎么养活你们这一群女人。"

　　冯之之从来没有听过大刘对自己称老公，这一刻突然听到，或许为这事有表扬她的意思，多少感觉有点甜菜，而且，她能怎么样呢？跟着这个妻妾成群的男人混了这么久，年纪越大越没有反抗的本钱，她点点头，做了一把同伙。

　　燕子回来，屁股还没坐稳，大刘就急着说："燕子，你脸色好苍白，快回家去休息，有事今后商量，之之现在要早睡了，我们回吧。"

　　大刘这一说，燕子觉得这人怎么这么有人情味了，后悔怪他今晚有什么目的，自己阴谋诡计太多又疑神疑鬼太长时间，别人单纯了，她倒有点不适应了。燕子怎么也没想到，她原来计划做后来放弃做的坏事，大刘接上了，而且远比她原来打算做的，杀伤力要强得多。

　　大刘把自己收藏的名片翻腾了好久，也找不到一张娱乐记者的名片，过去他从不喜欢与记者打交道，与娱乐记者更是绝缘。他不喜欢记者，一是他不喜欢上报纸，每当看到报纸上有自己的名字他会头皮发紧；二是他的生活态度虽然开放，性观念更在开放之上，也是地产圈里二奶最多的老板之一，但他做任何事情是那种偷着乐的人，从不喜欢秀自己的生活给任何人看，几乎把自己的私生活捂得不见一丝阳光。要命的是，他也不喜欢看别人的新闻，除非他要整这个人，他才愿意为此费点心思。这一刻，他想要整王恒了，想找一个记者来报道王恒为林林冲冠一怒闹出来的风波，这还真让他犯愁了，尽管他手上有猛料。最后，他情急之下求助袁小弟，袁小弟很快帮上了忙，发了一个叫张艳的娱记的电话，他打电话过去，叫张艳的记者很快就同意见面了。

　　大刘电话说了一个约在"空中花园"餐厅，张艳吓一跳："啊呀，那地方，好贵啊，你这新闻就是炸天，我也请不起你那地方。"

大刘立即纠正："是我请你。"

张艳惊讶地说："你报料给我？还请我，行，冲你这一点，我准时到达。"

张艳自己的坏毛病就是迟到，采访一线明星，她也迟到，所以时间久了，明星朋友少，渐渐，她写明星负面新闻出了名，现在明星都怕她，叫她"张三八"。

大刘见了张艳，首先握了一下手，很有风度。张艳是急性子："快，有什么猛料放。"

大刘点了一桌子菜："急什么呢？这么多吃的，边吃边谈。"

张艳吃一块烧鹅，大叫："啊，这是我最喜欢吃的，不好意思，我这人就是爱吃肉类，烧鹅排第一，你知道吗，做娱乐记者这一行，是纯体力活，也是磨时间的活，如果不多吃点肉类的食品，有时撑不下去。"

大刘假装不懂似的："体力活，头一次听说。"

张艳貌似找他诉苦一样："反正你不是娱乐圈的，跟你说点实话，明星并不是好采访的，大部分开新闻发布会时都是宣传稿，一样的车轱辘套话。想要点真消息和猛料就得蹲点，有时扛着相机在明星屋外或酒店什么的守候，看见猎物我们跑得像兔子一样快，动作慢点根本抢不到新闻。还好，现在的年轻记者都是半个追星族，跑得欢快，有时，不得不说，娱乐和空虚是绑在一起的，现在的年轻人，极度空虚。"

大刘同情地说："啊，你们这一行不容易啊。"

张艳又夹了一块肉塞到嘴里："你的猛料呢？"

大刘从包里掏出照片："你看，这是林林被某位老总侵犯的现场。"大刘没提"性侵犯"，他想让自己说话像个正经人，说话不涉及不雅的字。

张艳一看："这老总也只是裤子脱了一半了，林林好像在睡觉。"

大刘神秘地说："很猛料吧。"

张艳摇摇头："这不够猛，最多是一女明星赴饭局，可能受到非礼，这种新闻多了去了，不是什么猛料。"

大刘神秘地说："但是这位林林后面的大人物你知道是谁吗？"

张艳眼睛眨巴："知道，地产大亨王恒啊，他与这事有什么关系呢？"

大刘靠近张艳："王赶到现场，为了林林，出手打了想侵犯林林的某总，然而，双方都想息事宁人，让酒店保安封口，但是，这事最终还是搅起了一场股权大战，这，还不够猛料？"

张艳这下再也不吃碗里的烧鹅了，娱记的天职和嗅觉同时上来了，她掏出包包里的本子："快告诉，时间，地点，发生事情的前后情况。"

大刘来了精神，从头到尾，把从酒店保安那里打听到的细节如实汇报，不知道的杜撰一下，再说不出就凭空想象一下，最后靠近事实的是赵总在公司的强硬态度，王恒的无奈、被动，对恩人的尴尬，公司的疑云，各位大小股东的逆袭。

张艳之所以得名"张三八"，就是她的八卦消息狠准快，配上辣评，况且强项是报负面，加上在娱乐圈混的年份长，她的伙伴多，也是记者圈的"穴头"似的人物，所以，她的负面报道经常是她首发，然后一大群跟随的，整个事情排山倒海报道过来。

这是所有人没有想到的，包括赵总、剑明，也包括燕子、林林，最后是王恒。

谁也不知道，这个放料人是大刘，因为这事情发生的前前后后，他从未出现在现场。他的那些跟班也都不在现场，赵总怕自己的丑闻，当场就给了封口费，打死他也不会透露风声，王恒更不会，剑明这么忠诚，也是排除在外，

312

谁会想到大刘得到这个猛料呢。大刘是最想看王恒负面新闻的，他觊觎大股东位置好久，而且差一点胜券在握，偏偏出了赵总挺王恒，现在赵总被王恒打了，这是天上掉下的属于他的馅饼，他惊喜若狂地接了下来。其实，他一直在等待这个机会，这个属于他的机会被他等到，他当然要拿出他那个神秘的堪称"阴阳术"的手段，使上最邪恶的一招，这一下，包括他自己的内心，都暗暗为自己的"阴暗"吃惊。

这一切，王恒完全蒙在鼓里，他在商业运作上，从骨头到灵魂都是以规范透明的方式作为座右铭的人，对公司股东，有荣誉和责任，对朋友，有真诚诚信，剩下是对敌人，严格说来他从不树敌，但他某些方面却是神经大条，像极了光明和黑暗打斗，光明看不见黑，黑是一望就知道光在何处，所以，他跟大刘，往往总是吃亏的那个人，但却从未输过，这一次，大刘让王恒尝了一把输的滋味。

还在几年前，王恒就想让公司上市，也在港交所取得了上市的核准资格，但一直未走到公开发行这一步，因为各种心态各种想法，加上股东多，股权分散，最初反对的也是大刘，他认为公司一旦上市，公司财务必须像脱衣一样，一层一层脱给上市的各种机构检查，公司财务没有任何自由可言；南风地产一直在赚钱，自行项目融资通畅无阻，无任何力量阻碍公司发展和赚钱，上市之后却可能把赚大钱的机会交给了券商。这个理论也说服了全体大小股东，也说服了王恒。但现在，面对负面新闻的腥风血雨，王恒觉得他必须让风雨过去，他，再也无需在乎任何人的杂念，可以说做了一个必须做的决定，把南风地产的命运交给资本市场，让南风地产上市，这个市场公平吗？也许更黑，也许更暗，但某些方面却必须公开、必须合法，因为资本没有姓氏，南风地产不姓王，也不姓刘，也不姓赵，所以，这一步棋，他必须走。他想，如果自己个人放弃南风地产这个大股东的位置，可以让所有人安静，让流言消失，面对铺天盖地的各种传闻传说猜测和撰写，内心有万件不可割舍的东西，也决意让它割得一干二净。

放弃是寻找精神的沉潜，让精神穿过浮躁最终点的行动，也许有许多不舍，但你经历过，享受过，这是经历了很多的绚烂之后，另一种人生的意义。王恒这一着，的确让所有的人安静了。

这个夜晚，王恒是在黑暗里思索的，黑夜突然让他的视觉拉长，他在黑暗中的灯光中可以看到无数房间格子里那些人的幻想和欲望，他知道他们都可能活在自己的欲望里，如果用灯光照透一切，欲望会马上消失。

十四、我欲乘风归去

窗外突然有飞机声音掠过，由远到近，又由近到远，王恒抬头仰望天上，看着那一缕像彩虹一样的飞行划过的痕迹，中断了自己的回忆。

这时，剑明的信息来了，只有四个字"我马上到"。

这个迟来或者说迟疑不决的回信时空里，到底发生了什么，经历了什么，王恒不愿意去想，他拿出自己的一支笔，这支他常用来签重要文件的最顺手的笔。这一刻，竟然感觉自己平时握着非常顺畅的手在颤抖，难道笔有灵通，知道这些字签下去的意义，他略为停顿了一秒，毅然下笔，慎重写下："本人，王恒决议将自己的公司股份，在上市之后赠予公司管理层，将本人职务按公司章程第17条规定让副手剑明继任，本人从今日起，正式辞去南风地产的董事长和总经理职务，此文自次日凌晨生效。"

签名：王恒，之后是年月日。

王恒在经历了百种滋味之后，感觉到一种从未有过的自由，如千斤重担一刹那丢下，那种飞一般的身心轻盈，真的恰如苏轼的诗词中最精彩的一句："我欲乘风归去。"

　　林林挽着他的手，认真地问："你确定你不后悔？"

　　回答是："永远不。"

　　的确，他的人生不能只有地产，虽然这个企业在他的打造下被大家传说得很完美，他知道，那只是一个传说。

　　王恒做这个决定之前，没有告诉过林林，也许担心她的一个留恋的眼神会否定他的一切想法，但决定之后，林林很平淡地接受了他的辞职，对王恒提出的想在国外游学的建议，她居然提出要一起前往，王恒感觉林林并没有像他想象的那样迷恋演艺圈，她对这一行有理想，有梦，有付出，但却可以轻松地放下，这份潇洒的确不容易。这个圈子让女孩子最痴迷的镁光灯，华丽的红地毯，无数露着香肩的香艳礼服，都是每天以千计吸引人闯入，而没有女孩子会谢幕的，林林却可以，她可以说放就放。当然，她这个放弃也或多或少与回避那个绯闻有点关联，她想让自己的精神世界清晰一下。这些，让王恒更加相信，两人对名利的追求取舍是如此合拍，反观两人对人生的态度，都好像有着某种使命感，这让他惊喜。

　　林林随着王恒一起来到有历史、有文学、也是最有精神营养的英伦，一个叫约克的小镇，两人一起学习，像一对年轻的普通校园情侣，一起上课，一起骑自行车放学。王恒对自己曾经一手创始的曾经奋战的商业帝国，好像真的放下了。每天，他和林林成了穿越在这个古老小镇的两个中国异乡人，而这个异乡的小镇朴素得如故乡的明月，让他们感觉温馨和亲切。

　　秋天一眨眼过去，美丽寂静的约克镇，冬天黑暗很长，太阳升起来没有两小时，就被黄昏的阴云一下子吞下去，接着漫长的黑暗来临，古老的石头街上，弱弱昏暗的路灯，与霓虹照耀的现代摩登城市形成鲜明对比。

　　冷清的街头巷尾来来去去不到几十人，店铺常常是下午四点已关门大吉，有次两人想进店买点甜点，因店主急于关门把他们拒之门外，让他们为一个简单的食物没有吃上而饿了一晚肚子。这对从喧哗世界来到这里的恋人，多多少少会有那么一点寂寞和难耐，过往那种压力之下向往的宁静和孤独，这时变成了真正的孤独。王恒与林林两个人突然有了太多的时间依偎在一起，比两人在国内要以分秒计算的时间宽裕和富有，让爱惜时间的二人常常感叹："啊哈哈，这么多奢侈时间，可惜啊！"两人也只好欣然享受了，因为你必须认为这是享受，否则可能会有悔意。他们内心也无比清楚，奢侈的东西一旦变得多了，就会变成浪费，所以他们即使有大把时间恋爱，也只是偶尔纵情一阵后会立即停止，马上各看各的书，他们是那么爱惜时光，如果把太多时间花在爱情上，他们会有犯罪感，两人把这叫作基督教中说的"原罪"。

他们偶尔也会上网，但大部分时间是学习，完成课程后再看其他的书，也会一起画画，日子过得平静，如果不是要记着上课的日期，他们有时会忘记今天是周几。

即使这样清闲，他们也从来不谈论国内那个决定的对错，因为他无法权衡这个决定的利弊，双方内心也清楚，这内心葆有一丝怅惘，也知道对方内心仍然对过去生活留恋，但他们从不说出，生怕惊动双方内心那根脆弱的神经。

等到熟悉了周围的环境，林林会趁没课的时间搭地铁去城中心看莎士比亚的话剧，王恒则会参加当地的一些商会组织的演讲，两人嘴上说着是自己的业余爱好，心里明白，他们在做好学生的同时，也关注自己喜欢的东西。

又是一个周末，两人一起晨跑，因为下雨，两人索性到一家小咖啡馆避雨，两人天上地下地聊，可能是王恒把林林逗笑了，她笑得有点直不起腰。突然，有一个中国学生"啪啪"给他们二人拍了一张照片，两人同时愣了一下，久违了的网友拍照，他们在这里这么久，显然第一次遇到这种关注。两人没有对拍照的事情过分介意，也没有责备拍摄的网友，绯闻早已远去，他们现在是很平常很普通的恋人，除了二人年龄有点落差，他们的穿着打扮和行为举止都是中规中矩的普通人。

两人的照片登在了国内的各大网站报纸上，显然国内仍然有人八卦他们在海外的新闻，林林在吃早餐时看到的，她让王恒看，王恒看一眼，笑了一下没有评论什么。

周末的晚上，两人如平常一样，把冰箱里的菜拉出来，做了老三样，林林厨艺一直不太好，虽然有进步但进步的速度是可怜的，所以吃的方面相互将就。谁说过做一手好菜是通向爱人胃里的爱，做菜好当然是爱，做菜不好也是爱，林林就是例子。王恒常常会对着林林做的各种难咽的食物甜甜蜜蜜地笑，宁愿这样，王恒也不会自己做，他对吃不讲究，是英女王最提倡的那种"食物仅仅用于生存和活着的"，他不挑剔吃。

林林也是不爱吃的女孩子，什么东西只要填饱肚子算数，她今天吃的东西更少，眼睛一直在网上转悠，突然，她捂住了嘴巴，忍住了没说，显然，她看见了重大新闻。

王恒没有打扰她，对林林的宠爱，王恒表现在很多方面，其中之一就是不打扰她看自己喜欢的新闻，也是王恒尊重女性的表现。等林林合上电脑了，王恒才开始说："林林，我们今天聊一个重要话题。"

林林看出他的认真劲了："什么呢？"

王恒问她："你那天看的新闻上有你的照片，有触动吗？"

林林眼神沉静，并未因被关注而增加兴奋："觉得国内仍然有人关注，还是好的感觉多过不好吧。"

王恒继续问："你留恋演艺事业吗？"

林林看着他，没有回答，反而问他："你留恋你的事业吗？"

王恒停了好长时间不回答，抽了一支烟，眼睛闪着光，然后坦诚地说："说没有留恋是假的，公司是我一手创办，我流了多少汗付出了多少心血，然后不得已急流引退，我当然有不舍。"

林林试探地说："打一个比方，你还有可能回到公司去吗？哪怕做一个不重要的角色。"

王恒望了一下窗外："可能我要考虑一下，这也是我内心深处的东西，也许，我一直没有放弃，也许自己当时的放下只是为了今后的很好的回归，就好像我从来没有离开过。"

林林高兴地打开电脑，放在王恒面前："你想看一眼今天刷屏的新闻吗？"

王恒盯着林林打开的电脑，无数网络的头条新闻：

"南风地产成功上市，并同时召开全体股东会议，经会议推举和通过，选出了新一任董事长，新一任总经理，王恒。"

这时，王恒的手机响个不停，所有的朋友呼之欲出："期待，王者归来。"

王恒怎么想也想不出，这个结果是怎么来的？有各种消息的版本，各种传闻和传说，是赵总在最后良心发现仍然选择支持他？或是剑明以宣布放弃接任位置仍然坚定站在他一边？还是大刘最终因资金不够加上坏事做多担心报应在中途放弃？或是小弦联手精英记者在媒体上支持他，让负面新闻颠覆过来变成正面新闻？

一切都是谜，但关于王恒与红颜的传说仍在江湖不断升级，总之，都是女人们最津津乐道的爱情故事。

王恒，地产大亨，南风地产的创始人，他可以成为一名画家的，但他却成了知名商人，他对爱情很认真，却没有从一而终，但他生命中的女人都在他身上有斩获。前妻小鱼得到了他全部的金钱并借他之力成为海外迄今为止作品拍价最高的女画家；秘书燕子得到了他的股份和自己的成功事业，如今是南风地产的风云人物；知名演员林林得到了他一生的真爱，撰写了一段刻骨铭心的爱情童话；女记者小弦因为歌颂他的才华和撰写他的文章而名声大振。